Eigentlich ist Alex eine intelligente, interessante, attraktive Frau – doch wieso fühlt es sich plötzlich an, als habe sie irgendwann den Zug verpasst? Alle scheinen ein erfüllteres Leben zu leben als sie selbst. Schluss damit! Doch wie hört man auf, sich selbst im Weg zu stehen?

Ein herrlich ungehemmter, kluger und dabei urkomischer Roman der klinischen Sexologin und Paarberaterin Victoria Brand über Selbstfindung und (Selbst-)Liebe, wenn die Kinder und der Mann aus dem Haus sind. Für alle, die zwar eine sehr, sehr saubere Wohnung haben, aber schon länger nicht mehr im Schlafzimmer waren.

VICTORIA BRAND ist eine österreichische Autorin. Sie wurde in Wien geboren und studierte u. a. in den USA und Irland. In ihren Büchern gibt sie ihr Wissen als klinische Sexologin und Paarberaterin an ihre Leserinnen weiter – weil das Bett ein guter Ort zum Lesen, Lieben und Lachen ist.

Victoria Brand

# NiMM MiCh (Wie ich BiN), SONST MACH ich'S SeLBST

Ein Befriedigungsroman

Ullstein

Besuchen Sie uns im Internet:

www.ullstein.de

**Wir verpflichten uns zu Nachhaltigkeit**
- Papiere aus nachhaltiger Waldwirtschaft und anderen kontrollierten Quellen
- ullstein.de/nachhaltigkeit

MIX
Papier | Fördert
gute Waldnutzung
FSC® C021394

Originalausgabe im Ullstein Taschenbuch
1. Auflage Juni 2024
© Ullstein Buchverlage GmbH, Berlin 2024
Wir behalten uns die Nutzung unserer Inhalte für Text und Data
Mining im Sinne von §44b UrhG ausdrücklich vor.
Umschlaggestaltung: Sabine Kwauka
Titelabbildung: © shutterstock / © Katsiaryna Miadzvedzeva
(Duschvorhang); shutterstock / © Alex Serezhnikov (Duschkopf);
shutterstock / © Lilanakani (Paar); shutterstock / © Lana Brow
(Hände); shutterstock / © BNP Design Studio (Federboa);
shutterstock / © DeShoff (Goldfisch)
Gesetzt aus der Quadraat powered by *pepyrus*
Druck und Bindearbeiten: ScandBook, Litauen
ISBN 978-3-548-06903-6

Inspiriert von wahren Geschichten.
Gewidmet allen Frauen.
Und allen Männern, die das aushalten.

# Winter-Tiefschlafphase

Januar

Es heißt, Sex ist wie Rad fahren, und man verlernt es nicht. Man sagt aber auch, Ausnahmen bestätigen die Regel. Und ich bin offenbar diese Ausnahme. Denn trotz der verführerischen Tatsache, dass Jonas seit einer Ewigkeit zwischen meinen Beinen saugt, schleckt und leckt, als wäre ich sein erster Eisbecher im Frühling, befindet sich mein eigenes Lustzentrum noch tief im Winterschlaf – und verweigert vehement jegliche Kooperation. Von Hitzestößen und Heißblütigkeit keine Spur. Vom Können oder gar Kommen noch weniger.

Vielmehr bekomme ich bereits kalte Füße und überlege, wie ich die Decke am geschicktesten über meine Beine ziehe, ohne Jonas' Bemühungen zu stören.

*Mensch, Alex, jetzt konzentrier dich mal. Oder schalt das Hirn aus. Oder was auch immer. Aber halt dich ran!*

Immer wieder driften meine Gedanken ab, bleiben bei der Schmutzwäsche im Badezimmer und der blöden Kuh aus der Firma hängen. Zu allem Übel tut Jonas mir mittlerweile auch ziemlich leid. Denn er ist zwar ein bemühter und netter Kerl, aber es knistert einfach nicht zwischen uns.

Positiv an der aktuellen Situation ist, solange das Herz nicht involviert ist, kann es auch nicht verletzt werden. Was wiederum vorteilhaft ist, weil ich in Herzensdingen erwiesenermaßen dürftig begabt bin. Immerhin ist mein Ehemann zwischen dem zweiten und dem dritten Corona-Lockdown, nach beinahe zwanzig Jahren Ehe, mit einer anderen Frau durchgebrannt. Seitdem pflanzt er Bäume im Amazonastiefland von Ecuador. Einerseits natürlich sehr löblich, andererseits auch ziemlich bekloppt, wenn man bedenkt, dass er jeden Sommer beim Rasenmähen über das hohe Gras und die Hitze gemault hat.

»Aber warum?! Warum denn gerade jetzt?«, hatte ich schluchzend von ihm wissen wollen. Ich war verzweifelt, geschockt und verwirrt. Denn auch wenn wir seit Jahren nur noch eine gut eingespielte Wohngemeinschaft und keine feurigen Geliebten mehr gewesen waren, hätte ich niemals über eine Trennung auch nur nachgedacht. Aus Feigheit, Nostalgie, Gewohnheit, des Kindes und des Geldes wegen.

»Alex, die Welt steht vor dem Kollaps. Alles geht den Bach runter. Ich kann einfach nicht mehr tatenlos vor mich hin leben«, lautete seine Begründung.

Ich fand mein Leben bis dahin eigentlich ganz okay. Nicht besonders aufregend oder außergewöhnlich. Leider auch nicht so ehrenwert wie seine Zukunftspläne. Aber dennoch okay.

Natürlich verstand ich seine Sehnsucht, in der Lebensmitte noch mal Gas zu geben und etwas Weltveränderndes zu tun. Früher nannte man diese Phase Midlife-Crisis, heute nennt man sie Alterspubertät. Dafür hat frau natürlich Verständnis. Dass der gute Mann mit seiner weitreichenden Entscheidung allerdings auch meine Welt zum Einsturz brachte und mich mit unserem panisch gebunkerten Jahresvorrat an Trockenhefe, Pasta und Klopapier allein ließ, fand ich dann allerdings echt zum Kotzen.

Während mein Ex-Mann also heiße Dschungelnächte genoss, verbrachte ich meinen Lockdown mit Selbstmitleid und Essen. Ein Zustand, der auf Dauer nicht auszuhalten war und mich in der dritten Corona-Welle zu Jonas führte.

Auch er war frisch getrennt, einsam und auf der Suche nach einem Quarantäne-Buddy, der ihm die trostlose Zeit des Social Distancing vertreiben sollte. Ein Arrangement, das sich trotz des fehlenden Feuers überraschend lange als zweckdienlich erwies.

Mittlerweile hat unser Abkommen das Ablaufdatum aber doch überschritten. Denn meine Erregungskurve steigt gerade so langsam, dass ich Sorge habe, morgen immer noch hier zu liegen.

*Kopfkino! Kopfkino! Kopfkino! Wo bist du, wenn man dich braucht?*

Wo sind all die erprobten Fantasien, die ich mir im Laufe meiner Ehejahre zurechtgelegt habe und mit deren Hilfe ich mich zuversichtlich bis zum »Point of no Return« hochschaukeln konnte? Offenbar auf Urlaub oder in Zeitausgleich, denn ich kann in diesem Moment keine dieser Szenen festhalten.

*Jetzt komm schon! Der Typ gibt doch schon alles, kriegt bestimmt bald eine Nackensperre.*

Immer lauter rufen mir mein Kopf und meine gute Erziehung zu, doch mal Gas zu geben. Unter Druck kann ich aber noch weniger.

*Wenn er doch nur ein bisschen höher ... oh ja ... ja, genau da! Das ist gut ... schneller! Und ein bisschen mehr Druck, bitte! ... Nein, warte, irgendwie ist das doch zu schnell. Oder ist die Zunge zu spitz? Oder ...*

Innerlich gebe ich Anweisungen, äußerlich bin ich stumm wie mein Goldfisch Kurt und hoffe, dass Jonas noch mal diese eine Stelle berührt, die durchaus Potenzial für ein Seufzen gehabt hätte.

»Ich glaub, das klappt heute nicht«, flüstere ich frustriert.

»Wir haben alle Zeit der Welt. Entspann dich einfach!«

*Entspann dich?!*

Ich habe von Menschen gehört, die sich tatsächlich auf Kommando entspannen können. Buddhistische Mönche zum Beispiel. Für jemanden wie mich ist diese Aufforderung jedoch so unnütz wie der Versuch, auf Befehl Spaß zu haben. Ich bemühe mich trotzdem, rufe mir die Tipps aus meinem letzten Achtsamkeitsseminar in Erinnerung, atme tief ein und konzentriere mich auf meine Empfindungen.

Jonas scheint sowieso keine Eile zu haben, stellt wieder einmal seine Ausdauer unter Beweis. Er zieht schmatzend und leckend eine Spur aus Küssen von meinem Bauch zu den Brüsten, bis hinauf zum Hals und meinen Lippen. Sein Kuss schmeckt und riecht nach meinen Körpersäften, und ich muss zugeben, dass dieser Geruch durchaus anregend ist. Aber so wirklich in Fahrt komme ich trotzdem nicht.

Ganz anders als Jonas, der seine Erektion voller Vorfreude an meinem Venushügel reibt. Kurz bin ich verführt, meine Beine zu öffnen und die Sache hinter uns zu bringen. Denn erfahrungsgemäß ist es recht schnell vorbei, sobald der Mann einmal drin ist. Als ob Männer *Schiffchen versenken* spielen würden. Weil ich für eine körperliche Vereinigung aber keine Motivation mehr aufbringen kann, nehme ich stattdessen Jonas' bestes Stück in den Mund. Hier befinde ich mich in meiner Komfortzone, habe die volle Kontrolle über die Situation. Bereits nach wenigen Sekunden stöhnt Jonas auf. Tief, weich und sexy. Ich mag diesen Laut, spüre plötzlich doch wieder Begierde in mir aufsteigen und erhöhe die Frequenz meiner Bewegungen.

»Langsam, langsam!«, mahnt Jonas lachend. »Es sei denn, du willst, dass ich komme?!«

Ich weiß ehrlich gesagt nicht, was ich will. Und weil ich es nicht weiß, Jonas andererseits auch nicht länger quälen möchte, behalte ich das Tempo bei.

Ich habe mal gehört, wenn weibliche Tintenfische keine Lust haben, sich zu paaren, erwürgen sie das Männchen und verspeisen es. Das ist interessant. So fies bin ich aber nicht. Und Vegetarierin obendrein. Und deshalb erlöse ich den armen Mann. Auf diese Weise bleibt wenigstens noch Zeit für eine Folge meiner neuen Lieblingsserie.

Samstagmorgen. Nach einem kalkulierenden Blick auf den Wecker entscheide ich, noch mal kurz die Augen zu schließen und mir vorzustellen, ich wäre jemand anderer. Jünger, schöner, erfolgreicher – oder wenigstens ausgeschlafen und befriedigt.

Ächzend rapple ich mich schließlich auf und schleppe mich halb blind ins Badezimmer. Kurz erschrecke ich, dann sehe ich der Realität ins Auge.

*Wow, ich sehe alt aus.*

Ich weiß nicht, wie andere Frauen es schaffen, direkt nach dem Aufstehen gut auszusehen. Skeptisch betrachte ich das fremde Wesen im Spiegel, dann ziehe ich eine Grimasse. Die Eskapaden dieser Nacht sind mir unleugbar ins Gesicht geschrieben.

Für gewöhnlich retten mir Make-up, Föhnschaum und je nach Anlass auch Shapewear den Tag, doch heute verzichte ich auf diese Anstrengungen, werfe mich stattdessen in mein Samstagsoutfit: Leggings und Sweater. Passend zu meinem heutigen Work-out: herumlungern, essen, lesen, Wäsche waschen, fernsehen, dösen. Ein durchaus straffes Programm, aber ich bin ein Naturtalent.

In der Küche stoße ich auf meine achtzehnjährige Tochter Jana. Sie war bei Freunden, und ich habe sie in den frühen Morgenstunden heimkommen hören.

»Hui, du wirkst etwas zerstört«, grinst Jana mich an, ehe sie mir einen Kuss auf die Wange drückt.

*Schön, wenn man eine so herrlich ehrliche Beziehung zu seinem Sprössling pflegt.*

»Dir auch einen guten Morgen!«, grüße ich ungerührt zurück und werfe einen Blick in den Kühlschrank, der mir gerade nichts anbieten kann, was mich reizt.

»Ich hab's eilig, spring nur noch schnell unter die Dusche«, erklärt meine Tochter und stellt ihre Müslischüssel in das Becken. »Wir fahren zu IKEA, bevor dort die Hölle los ist.«

Den Kommentar, dass sie die Schüssel auch in den Geschirrspüler räumen könnte, verkneife ich mir. Und dass bei IKEA einfach immer die Hölle los ist, wird das Kind auch noch lernen. Schweigen kostet eben weniger Energie als Konfrontation, und jetzt gerade habe ich keine Energie.

»Du brauchst mich heute doch nicht, oder?«, erkundigt Jana sich artig und dennoch schon halb zur Küchentür hinaus.

Ich schüttle den Kopf.

*Natürlich nicht. Wofür sollte ich meine erwachsene Tochter samstags brauchen?*

Ungerührt klappe ich nun mein Notebook auf, um meine E-Mails und Netflix zu checken. Früher habe ich gejammert, weil ich keine Zeit für Filme hatte. Dann kam Corona, dann meine Trennung. Und jetzt wünschte ich, dass ich ein klitzekleines Fünkchen weniger Zeit hätte, alle Filme anzusehen, die ich meiner Liste hinzufüge. Aber wirklich nur ein wenig, denn die Neuerscheinungen wirken äußerst vielversprechend, und die Kuhle im Sofa hat sich bereits wunderbar meinen Konturen angepasst.

Während ich warte, dass das Notebook hochfährt, mache ich mir einen Kaffee. Weil es für Gin Tonic noch zu früh ist und ich Kurkuma Latte nicht runterkriege.

Wie in Trance inhaliere ich den Geruch der gerösteten

Bohnen. Ich liebe dieses Aroma und das damit verbundene vertraute Gefühl, das einem vorgaukelt, alles wird gut.

Mit einer Tasse brühend heißen Lebenselixiers setze ich mich an den Küchentisch, als das Signal auf meinem Smartphone eine eingehende Nachricht verkündet. Und dann passiert das Unausweichliche: Mit einer Hand öffne ich die Nachricht, mit der anderen führe ich die heiße Tasse an meine Lippen, und schwups, schon habe ich mir die Lippen verbrannt, und etwas Kaffee ist auf mein Notebook geschwappt.

*Verfluchte Scheiße!*

Verärgert wische ich mit meinem Sweater über die Tastatur, und prompt verschwindet der Startbildschirm, dafür erscheint eine kryptisch aussehende Zahlenreihe vor schwarzem Hintergrund. Kopflos drücke ich mehrere Tasten, dann ist alles schwarz.

»Tschüss, Mama!«, ruft Jana und winkt mir vom Vorraum aus zu.

»Ich habe da ein Problem«, rufe ich sie zurück.

»Was ist?!«

Höre ich hier tatsächlich vorwurfsvolle Ungeduld heraus? Und das, nachdem ich diesem Kind meine Brüste, mein Geld und mein Arbeitszimmer geopfert und dafür auf Weltreisen, Karriere und einen ganzen Schuhschrank für mich allein verzichtet habe? Ich bin bestürzt.

»Dauert es lange?«, fragt Jana ungeduldig.

*Woher soll ich das wissen?!*

Ich drehe das Notebook in ihre Richtung und überlasse ihr die Diagnose.

»Okay. Was hast du gemacht, wo hast du draufgedrückt?«, will Jana wissen.

Schuldvoll blicke ich auf meine Kaffeetasse und die Flecken auf meinem Sweater, verkneife mir aber eine Aussage.

*Wir sind doch nicht vor Gericht!*

Mit einem Schubs drängt Jana mich vom Sessel, um sich einen Überblick über das Malheur zu verschaffen.

»Ich denke, es war die String-Taste«, überlege ich laut.

»String? So wie Tanga?«, kichert meine Tochter. »Ich glaube, du brauchst einen neuen Liebhaber, wenn du schon auf der Tastatur Reizwäsche siehst.«

Das finde ich jetzt aber gar nicht witzig, hebe tadelnd eine Augenbraue und zeige auf die unterste Taste im linken Eck. Stoisch buchstabiere ich: »S-T-R-G.«

»Mama, das ist die Steuerung.«

»Oh.«

Das ist mir jetzt doch ein wenig peinlich. Jana grinst immer noch, und in diesem Moment ist die Verschiebung des Machtgefälles zwischen Mutter und Tochter tatsächlich greifbar. Um mich nicht noch mehr zu blamieren, frage ich erst gar nicht, wofür das Kürzel »Alt Gr« auf der Tastatur rechts unten steht.

»Also, was genau hast du gemacht? An der Steuerung kann es nicht liegen«, hakt Jana nach.

»Ich habe nichts gemacht. Das war schon so!«

»Mama«, sonderbarerweise schenkt sie mir schon wieder diesen vorwurfsvollen Blick. »Nur Kinder, die etwas angestellt haben, und Eltern mit Computerproblemen sagen das.«

»Also, kannst du mir jetzt helfen?« Ich werde ungeduldig und überlege, jetzt doch auf Konfrontation umzusatteln. »Ja oder nein?!«

»Sicher!« Ein, zwei, drei Klicks, und schon öffnet sich wieder mein Startbildschirm. »Ich bin dann mal weg. Tschüü-hüss!«

*Juhu, mein Samstag voll niveauloser Serien ist gerettet – maximal unterbrochen vom Pizzaboten.*

Fünf Stunden später habe ich die Bügelwäsche erledigt, die Toilette und das Badezimmer geputzt, und wenn ich noch eine weitere Serie anschaue, muss ich mich wohl selbst einweisen.

Mir ist langweilig. Was nie gut ist, denn mit der Langeweile kommt die Melancholie. Und der folgen wiederum Selbstzweifel und Frustration. Und gegen diese Gefühlsregungen hilft nicht einmal mein lieb gewonnener und fürsorglich gepflegter Sarkasmus.

Das Wochenende ist immer die schlimmste Zeit. Zumindest für Singles mit erwachsenen Kindern.

Seit einer Stunde lümmle ich übellaunig auf meinem Sofa, stiere aus dem Fenster und denke an Jonas. Was soll ich denn jetzt nur mit ihm machen? Ich mag Sex. Manchmal sehr. Manchmal weniger. Und jetzt stehe ich vor einem Dilemma: Einerseits bin ich für ein Leben im Zölibat einfach noch nicht bereit, andererseits hat das mit Jonas keine Zukunft. Irgendwie nervt er mich, ohne etwas dafür zu können. Aber andere Männer stehen zurzeit auch nicht gerade Schlange.

Sex ist ein großes Mysterium. Es wird viel darüber gesprochen, die meisten haben ihn, und noch mehr wollen ihn. Und obwohl es in unserer Welt kaum noch Tabus gibt, wird über ganz viel nicht gesprochen. Weder über das unfassbare Sehnen, wenn man keinen Sex hat, ihn aber gerne hätte. Noch über die verflucht verzwickte Situation, wenn man Sex haben könnte, aber gar keinen will – und wenn man absolut keine Ahnung hat, wie man das seinem Partner beibringen soll.

Mit jedem Jahr meiner Ehe nahm meine Lust ein wenig mehr ab, ging am Ende gar gegen null. Wohlgemerkt, nicht die Lust allgemein, sondern nur die Lust auf das verfügbare Exemplar, sprich auf meinen Ehemann. Unerklärlich, denn er sieht toll aus, ist liebevoll, humorvoll, aufmerksam. Und er wusste genau, welche Knöpfe er drücken musste, damit ich kam. Das Problem war nur, ich wollte gar nicht mit ihm kommen. Ich wollte mit jedem, nur nicht mit ihm!

Und ihm ging es bestimmt ähnlich. Gesprochen haben wir über diese Unlust aufeinander trotzdem nie. Sich diese Tatsache selbst einzugestehen, war bereits schwer genug.

Es war eine harte Zeit für uns beide. Jana war aus dem Gröbsten raus, und in mir machte sich eine üble Unzufriedenheit breit, die ich selbst kaum erklären oder einordnen konnte. Stets wisperte diese Stimme in meinem Hinterkopf, dass das doch noch nicht alles gewesen sein konnte. Ich sehnte mich so sehr nach Aufregung, Abenteuer und Lebenslust! Jahrelang jammerte ich meinem Mann die Ohren voll und versuchte, ihm zu erklären, dass ich mich einsam fühlte, dass ich begehrt werden wollte, dass er doch bitte mehr, besser oder jemand anderer werden sollte. Ich nörgelte und nörgelte und nörgelte. So lange, bis er ging. Und dann war ich wirklich allein. Sehr allein! Und selbst schuld, irgendwie.

Die Erkenntnis des eigenen Versagens schmerzt.

So viele Jahre lang wollte ich ausreißen und mein spießiges Leben verlassen, bin aus Feigheit und Bequemlichkeit aber nie weiter gekommen als bis zur eigenen Haustür. Und dann ging mein Mann, und ich war schockiert über so viel Dreistigkeit.

Mittlerweile kommt also eine andere mit ihm, und ich komme gar nicht mehr. Was mir geblieben ist, lässt sich an einer Hand abzählen: ein Reihenhaus mit einem eigenen Homeoffice-Raum, fünf Kilo Differenz zu meinem Idealgewicht und absolut keinen Plan, wie es weitergehen soll.

# Großstadt-Geschichten

## Februar

In der Sekunde, als Katrin vor meiner Tür steht, mich breit angrinst und mit hochgezogener Augenbraue meinen Altherren-Pyjama scannt, weiß ich, dass ich morgen einen Kater haben werde. Einen, der sich mehr nach ausgewachsener Raubkatze in freier Wildbahn denn nach Schmusehaustier anfühlen wird. Aber streng betrachtet wird Katrin, meine beste Freundin aus Schulzeiten, schuld an meiner körperlichen Verfassung sein, weil ich allein nichts getrunken hätte. Folglich wasche ich meine Hände schon jetzt in Unschuld.

»Ich war heute bei meiner Mama im Pflegeheim und habe mir gedacht, dann schau ich gleich auch noch bei dir vorbei«, begrüßt Katrin mich.

»Na, hör mal!«

Ich bin entsetzt. Fehlt nur noch, dass sie auch mir Blumen und Pralinen mitbringt.

»Ich störe dich doch nicht?!«, erkundigt Katrin sich und drängt sich an mir vorbei ins Wohnzimmer. Die volle Schüssel Chips sowie der laufende Fernseher enttarnen ihre Frage jedoch als platte Rhetorik.

»Hast du Wein?«, fragt sie und fläzt sich in meine vorgewärmte Sofakuhle.

Ich liebe Katrin. Wirklich, das tue ich! Aber irgendwie stört mich der Gedanke, dass sie unangemeldet an einem Freitagabend bei mir aufkreuzt, als ob ich kein Leben hätte. Rein theoretisch könnte ich mir auch auf dem Sofa knutschend die Frisur zerstören lassen. Oder mit Freunden eine Nachtwanderung machen. Oder wenigstens diesen Online-Französischkurs belegen, der mir auf Facebook immer angezeigt wird. Aber nein, ich bin nun mal ein wandelndes Klischee. Und das weiß Katrin, die im Gegensatz zu mir ein Großstadtleben voller fabelhafter Episoden führt. Vermutlich lässt sie sich regelmäßig von einem französischen Prachtexemplar während einer Nachtwanderung wild knutschend mehr als nur die Frisur zerstören.

Abgesehen vom Unterhaltungswert ihrer Anekdoten, ist Katrin aber auch eine meiner letzten wirklich guten Freundinnen. Die meisten anderen sind der Pandemie zum Opfer gefallen. Also im übertragenen Sinn. Habe ich doch während meiner Trennung Social Distancing, Paranoia, Hysterie und Hypochondrie viel zu häufig als Vorwand genutzt, um ungestört um meine Ehe, meine Jugend und meine einstigen Träume zu trauern. Ich habe gelitten und unendlich viele Tränen vergossen, und niemand vermochte mich aus diesem Tief herauszuholen. Ich war genervt von meinen Mitmenschen und ihren Luxusproblemen, war wütend auf mein Schicksal und verärgert über Freunde, die mir neunmalklug erklärten, ich solle den alten Lebensabschnitt hinter mir lassen und meine neu gewonnene Freiheit genießen. Genau das habe ich mit Jonas auch versucht. Ich habe wirklich mein Bestes gegeben, aber so einfach ist das eben nicht.

Es gab Tage, da fühlte ich mich wie ein Schimpanse, der sein Leben lang im Zoo gelebt hat und dann plötzlich im Dschungel ausgesetzt wird. Das arme Tier wird vermutlich auch nicht vor Freude Purzelbäume schlagen.

Katrin hat von all dem natürlich keine Ahnung. Die muss sich mit völlig anderen Dingen rumschlagen.

»Und dann stell dir vor«, erzählt sie nach ihrem zweiten Glas Sauvignon blanc kichernd. »Da sitze ich im Büro, öffne nichts ahnend meine Schublade und finde tatsächlich einen Vibrator und sündhaft teure Reizwäsche vor!«

»Welche Farbe?«

»Quietschgrün.«

»Die Unterwäsche?!«

»Mensch, nein, der Vibrator! Es war sogar ein Post-it dabei mit dem Wortlaut: ›Viel Spaß, von deinem stillen Verehrer‹.«

»Wie unoriginell. Und irgendwie auch unheimlich. Hast du das Zeug mit nach Hause genommen?«

»Selbstverständlich! Das waren Sachen der Extraklasse.«

Typisch Katrin. Nicht, dass ich mir Sexspielzeug oder Dessous von schrägen Kollegen wünschte, aber ein wenig mehr Action und Erotik wäre ab und zu dennoch fein.

»Ich stinke«, stelle ich sachlich fest, als ich mich strecke, um die Weingläser des vergangenen alkoholgeschwängerten Abends wieder im oberen Küchenschrank zu verstauen.

*Spricht eigentlich etwas dagegen, an einem Samstag verschwitzt zu bleiben und seinen eigenen Ausdünstungen zu frönen, wenn diesen Zustand sowieso niemand bemerken wird, weil die Tochter längst flügge ist und man selbst keine Pläne für das Wochenende hat?!*

Ein wenig ekelt mich dieser Gedanke. Aber andererseits, man gewöhnt sich an alles, und der eigene Dreck stinkt bekanntlich nicht. Jetzt wäre auch die Gelegenheit, sich endlich mal die Haare richtig ausfetten zu lassen, ohne dass sich jemand daran stört. Angeblich fetten sie irgendwann langsamer nach, wenn man sie über mehrere Wochen hinweg nicht wäscht.

*Angeblich. Möglicherweise. Und was, wenn nicht?*

Rasch schüttle ich diesen Gedanken von mir ab, wie eine Spinnwebe, in die man versehentlich greift, auf der Suche nach der Weihnachtsdekoration im Keller. Nein, so krass bin ich nun auch wieder nicht. Und eigentlich liebe ich es sogar sehr, mich aufzubrezeln und zu stylen. Nur fehlen in letzter Zeit einfach die passenden Gelegenheiten.

*Ab in die Dusche mit dir, Alex!*

Im Badezimmer scanne ich mein Spiegelbild. Ich würde zwar gerne behaupten, dass ich supersexy und megaheiß bin, aber die Wahrheit ist, dass ich eher durchschnittlich aussehe. Weder potthässlich noch wunderschön. Ich bin die Frau, die morgens beim Bäcker ungeschminkt neben dir steht, und die Frau, die am Strand etwas unentspannt wirkt, weil der Sommer zu schnell da war und die Motivation auch diesmal für nur eine Einheit YouTube-Sit-up-Tutorial gereicht hat. Ich bin die Frau, die eben mehr auf die inneren Werte setzt. Und auf ein schickes Umhängetuch.

Natürlich staube ich gelegentlich ein Kompliment oder bewundernde Blicke ab, und an manchen Tagen fühle ich mich auch durchaus hübsch, aber so richtig schön war ich bedauerlicherweise nie. Weder in der Pubertät, als mein Körper mit dem Erwachsenwerden zu kämpfen hatte, noch als Erwachsene, als ich begann, gegen das Älterwerden meines Körpers zu kämpfen.

Nichtsdestotrotz habe ich im Laufe der Jahre – und das sind immerhin siebenundvierzig an der Zahl – mit meinem Körper Frieden geschlossen. Irgendwie halt.

Das Beste an mir sind vermutlich meine Augen. Bambiaugen, pflegte mein Ex-Mann zu sagen. Und solange meine Altersflecken auch noch als charmante Sommersprossen durchgehen, wäre es echt undankbar zu nörgeln.

In der Dusche entspanne ich endlich. Als das Wasser angenehm warm über meinen Rücken und mein Pipi über meine Füße rinnt, fühle ich mich geradezu umweltretterisch. Immerhin kann man jährlich rund zweitausend Liter Wasser sparen, indem man beim Duschen pinkelt.

Ich will soeben meine Haare shampoonieren, als mein Smartphone läutet. Weil ich keinesfalls das Risiko eingehen will, etwas Lebenswichtiges zu verpassen, steige ich aus der Dusche und werfe einen Blick auf das Display. Es ist Christian, und ich bin unsicher, ob ich rangehen oder das Gespräch auf später verschieben soll. Ich kenne Christian seit zwei Jahrzehnten. Wir haben viele gemeinsame Freunde und hatten immer wieder mal mehr, mal weniger Kontakt. Bis zu dem Moment, als seine Ex-Freundin und mein Ehemann beschlossen, mehr als nur Kochrezepte und Urlaubstipps auszutauschen, und sich gemeinsam in den Dschungel verabschiedeten. Christian und ich sind folglich die »Zurückgelassenen«, wenngleich Christian sicherlich weniger geheult und keine Kekse gegen den Frust gegessen hat.

Zögernd nehme ich den Anruf entgegen: »Hey, Christian!«

»Hey, Alex, wie geht's?«

»Etwas nackt und feucht, sonst aber gut.«

»Ich bin verwirrt. Höre ich hier etwa Sarkasmus oder Frustration aus deiner Stimme? Was könnte denn bitte Besseres passieren, als an einem Samstagmorgen bereits feucht und nackt zu sein?«

»Es nicht allein sein zu müssen.«

»Lässt sich ändern. Gib mir eine Stunde, und ich bin bei dir.«

»Haha. Was willst du wirklich?«

»Dich! Immer schon, und jetzt noch viel mehr.«

Ich verdrehe lächelnd die Augen, weiß, dass Christian ein Weiberheld ist und man seine Worte nicht für bare Münze nehmen darf. »Und abgesehen davon – was verschafft mir die Ehre deines Anrufs?«

»Ich mache mir Sorgen um dich.«

Jetzt bin ich aber perplex. Wie kommt er denn darauf? Etwa weil ich dem erbärmlichen Schicksal des »Dating mit Ende vierzig« überlassen wurde? Das ist in der Tat bedauernswert, aber dafür kann Christian nichts. Hätte ich meinem Ex-Mann mal besser zugehört und ihn nicht ausgelacht, als er mir von seinem Traum erzählt hat, unbedingt noch vor seinem fünfzigsten Geburtstag durch Südamerika reisen zu wollen. Natürlich hätte ich auch öfter die hübschen Dessous anziehen, einen Poledance-Kurs buchen und ihn mit einem Spanienurlaub überraschen können – oder ihm wenigstens im Auto einen blasen und Burritos machen können.

Ja, wäre alles möglich gewesen, habe ich aber nicht getan. Aber umgekehrt hat er mich auch nicht mit romantischen Abendessen bei Kerzenschein verwöhnt oder mal initiativ die Toiletten geputzt. Wir sind quasi quitt. Irgendwie halt.

»Was machst du heute noch?«, reißt Christian mich aus meinen Gedanken.

Mir liegt die Antwort »Pornos schauen und masturbieren« auf der Zunge. Aber das sage ich natürlich nicht. Keine Ahnung, woher dieser Gedanke überhaupt kommt. Erstens klingt das vulgär, und zweitens ist es gelogen.

»Du solltest jedenfalls mal wieder zu mir in die große Stadt kommen«, konstatiert Christian.

»Um was zu tun?«

»Was immer du willst.«

»Okay. Was hast du anzubieten?«

»Einen vollen Kühlschrank, ein exquisites Weinlager, eine heiße Sauna, einen noch originalverpackten Dildo sowie Freunde, die sensationelle Sexpartys schmeißen – such's dir aus!«

»Puh, immer diese Entscheidungen. Ich nehme bitte

einmal alles. Mit scharf. Und genau in dieser Reihenfolge«, frotzle ich.

»Ich nehme dich beim Wort.«

Nach einigem weiteren Geplänkel beenden wir das Gespräch. Zurück in der Dusche, grinse ich noch immer von einem Ohr zum anderen.

*Wer bitte lagert originalverpackte Dildos zu Hause? Und von wegen Pornos schauen und masturbieren …*

Ich schaue keine Pornos, habe viel zu viel Angst, mir dabei einen Computervirus einzufangen. Und bei der Selbstbefriedigung verhält es sich ähnlich wie beim Sport: Je seltener man ihn betreibt, desto mehr Überwindung kostet die Aktivität. Ist man allerdings erst mal in Fahrt, kriegt man gar nicht mehr genug. Ich persönlich befinde mich zurzeit in der Ruhephase – sowohl beim Sport als auch bei der Selbstliebe.

Christian hingegen eilt der Ruf voraus, ein überaus aktives Liebesleben zu pflegen, und bei einigen Freunden ist er durchaus verschrien. Das interessiert ihn aber wenig. Er lebt sein Leben und macht sich nichts aus dem Getratsche der Leute – ganz anders als ich selbst. Für Christian gibt es keine Tabus, und man muss in seiner Gegenwart nicht über jedes Wort nachdenken, ehe man es in die freie Wildbahn gesellschaftlicher Normen entlässt.

Christian ist ein Unikat. Mit ihm kann ich seit jeher wunderbar offen reden, und wo andere schockiert die Hand vor den Mund pressen und erröten, legt Christian mit Sicherheit noch eines nach oder fordert sein Gegenüber heraus, ins Detail zu gehen. Vielleicht liegt es daran, dass er Notfall- und

Akutmediziner ist, folglich schon so ziemlich alles gesehen hat, was das menschliche Miteinander hervorbringt: Mit einer Karotte im Arsch und den Schlüsseln zu den Handschellen im Magen eingeliefert werden? Mit Fieberblasen in die Notaufnahme kommen, weil das Date kurz bevorsteht und man sich mit sechzehn Jahren nicht anders zu helfen weiß? Brandwunden zweiten Grades am Rücken, weil jemand wieder einmal dachte, man könne erotische Wachsspielchen mit jeder Kerze ausprobieren?

Christian kennt die Tiefen der menschlichen Seele und das körperliche Versagen auf allen Ebenen. Vielleicht urteilt er deshalb nicht vorschnell. Vielleicht liegt es ihm aber auch im Blut, und er ist eben durch und durch versaut.

Eine Woche später. Dinnerparty bei Caro und Claus, zweiundzwanzig Uhr. Ich schiele zum wiederholten Mal auf die Uhr an der Wohnzimmerwand und versuche, ein Gähnen zu unterdrücken. Ich fühle mich als Single deplatziert und bin gelangweilt von den immer gleichen Gesprächsthemen dieser Abendrunden. Das scheint mein Tischherr jedoch nicht zu bemerken, da ich seinen Monolog mit regelmäßigem Nicken und Lächeln quittiere.

Gibt der Mensch etwas von sich preis, schüttet das Hirn Glückshormone aus, und das Belohnungszentrum wird aktiv. Deshalb werden gute Zuhörer auf Partys auch so geschätzt. Ich bin so eine Zuhörerin.

Dürfte ich es mir allerdings aussuchen, würde ich jetzt viel lieber tanzen. Oder Pflicht-Wahl-Wahrheit spielen.

*Hm. Flaschendrehen wäre aber auch wieder mal fein …*

In diesem Moment wäre ich jedenfalls für jeden Blödsinn zu haben. Nein, stimmt nicht ganz. Strip-Poker verweigere ich. Dafür haben Natur und Alter schon zu viel Tribut von mir gefordert, und meine Stillbrüste muss ich jetzt auch nicht unbedingt auf dem Silbertablett präsentieren.

Aber für ein bisschen mehr Knistern wäre ich sofort zu haben. Ein paar dreckige Witze, ein bisschen Flirten, ein wenig Tanzen. Warum wird im Alter das Essen auf Partys immer besser, der Spaß aber weniger?

Früher gab es immer mindestens einen Typen im Freundeskreis, der einen Keller oder Gartenschuppen mit klapprigen Stühlen und eine gute Soundanlage hatte. So konnten wir die verrücktesten, lustigsten Partys feiern. Früher mal. Heute finden die Feiern in schicken Wohnzimmern mit Ambientelicht statt.

Natürlich gebe ich bei all dieser Gehässigkeit auch gerne zu, dass ich feine Dinnerpartys perfektioniert habe. Ich habe sie quasi erfunden! Niemand übertrumpft meine Crème brûlée, und niemand schafft es, einen Blattsalat mit solcher Hingabe anzurichten wie ich. Ich bin die Meisterin der Stoffservietten und Untersetzer!

Würde man mich allerdings fragen: »Eine Runde Flaschendrehen oder eine Flasche Champagner?«, würde ich eindeutig für die Runde Spaß plädieren. Vielleicht wäre ich auch für einen Kompromiss bereit. Zuerst den Champagner trinken, dann die leere Flasche drehen.

Ich seufze innerlich und nehme einen großen Schluck Wein. Natürlich würde sich niemand an diesem Tisch ernsthaft auf solche Spielchen einlassen.

»Was haltet ihr von einer Mottoparty?«, werfe ich dennoch hoffnungsvoll in den Raum und lenke somit von dem mittlerweile brenzlig werdenden Gespräch über Lokalpolitik ab.

»Oh, wie spannend! So ein Motto könnten wir mit meiner Geburtstagsfeier im Herbst kombinieren. Dann müssen sich alle verkleiden! Was meinst du, Claus?«, ruft Caro begeistert aus.

Der gute Claus enthält sich seiner Stimme, hebt lediglich eine Braue.

»Wie fein, Caro!«, antworte ich an seiner Stelle. »Was hältst du von Tausendundeiner Nacht, Flowerpower oder einer Pyjamaparty?«

»Oh, den Bauch für den Bauchtanz hab ich schon«, kommentiert Claus nun doch und streicht über seinen Corona-Bauchansatz. Ob von mexikanischem Bier oder Lockdown-Pasta verursacht, sei jetzt mal dahingestellt.

»Pyjamaparty geht gar nicht«, überlegt Caro. »Ich habe gar keinen coolen Pyjama. Und Flowerpower und Bauchtanz sind auch doof. Ich will nicht bauchfrei oder barfuß gehen.«

»Dann machen wir eine Neunziger-Party, und du ziehst ein sexy Kleidchen und Stöckelschuhe an!«, schlage ich vor.

»Ja!«, zeigt Claus sich nun ehrlich begeistert. »Weißt du noch, diese schwarzen mörderhohen Dinger, mit den Schnürelementen um den Knöchel? Mensch, waren die heiß! Wie alt warst du damals, Caro? Damals hattest du gerade zu studieren begonnen, hast die ganze Nacht in deinem Mini und diesen High Heels getanzt. Hast du die noch irgendwo?«

Caro wirft ihrem Gatten einen vernichtenden Blick zu. »Die habe ich natürlich nicht mehr. Die waren krass unbequem. Aber apropos, wo ist eigentlich dein Sixpack? Hast du den noch irgendwo?«

*Oh, oh. Schieflage im Ehe-Paradies.*

Ich überlege noch, wie ich die aufziehenden Wolken diplomatisch vertreiben könnte, ehe sie uns den Abend ruinieren, als einer der anderen männlichen Gäste sich an Caro wendet: »Genau genommen musst du mit High Heels auch gar nicht rumlaufen. Reicht doch, wenn du sie im Bett anhast und dazu wie ein Kätzchen schnurrst.«

Johlen von der männlichen Fraktion, schockiert-verwirrtes Starren von der weiblichen. Und ein prustendes Kichern von mir. Wäre ich nüchtern, würde ich mich schämen.

Caro kann diesem Vorschlag offensichtlich nichts abgewinnen. Sie wirft Claus einen bitterbösen Blick zu, um ihm zu signalisieren, dass er sich das gleich aus dem Kopf schlagen kann. Das nehme ich aber nur am Rande wahr, bin viel zu sehr von Claus begeistertem, geradezu lüstern-sabberndem Blick abgelenkt.

*Oh. Mein. Gott. Claus hat tatsächlich einen Schuh-Fetisch!*

Am liebsten würde ich fragen, wie die beiden das früher gemacht haben. Musste Caro die dann anlassen beim Sex? Dass solche Spielchen kein Thema mehr sind, sehe ich den beiden an. Dass Claus darüber enttäuscht ist, allerdings auch. Ich wüsste gerne, was genau Claus anmacht. Müssen die Schuhe extrahoch sein oder irgendwelche anderen Kriterien erfüllen? Geht's um die sichtbaren Zehen oder doch um das Bein oder die Schnürung? Oder vielleicht um die Strümpfe, die frau üblicherweise mit Heels trägt?

So viele Fragen sausen mir durch den Kopf, doch ich verkneife mir jeden Kommentar und nehme stattdessen noch einen großen Schluck Wein. Nicht, dass mir wieder Worte aus dem Mund fallen, die ich später bereue. In solchen Runden wird nämlich nicht über Sex geredet. Gelegentlich wird ein derber Witz gerissen, und wenn jemand eine Affäre hat, zerreißt man sich natürlich das Maul. Aber mehr geht nicht.

*Schuhe also. Wer hätte das von Clausi gedacht?!*

Ich bin fasziniert. Nicht etwa, weil mich dieser Fetisch reizt, sondern weil ich einfach noch nie mit einem Mann gesprochen habe, der ein Faible abseits von Brüsten oder Blowjobs hat. Und weil mich Caros Sicht interessieren würde. Ich selbst habe immerhin noch nie High Heels im Bett getragen. Ist doch total unpraktisch und unhygienisch. Und womöglich zerfetze ich mir dann auch noch das Bettzeug. Gleichwohl finde ich den Gedanken aufregend verwegen.

Wer weiß, vielleicht würde ich mich auch für High Heels im Bett begeistern, wenn ich sehe, wie mein Partner abgeht. Ich bin also sehr neugierig. Caro hingegen ist sehr pikiert.

»Ich glaube, ich lass das doch lieber mal mit der Mottoparty. Dafür sind wir irgendwie schon zu alt.«

*Menno, ihr Spießer!*

# Nacktatmung

März

Montagmorgen im Büro fühle ich mich wieder mal wie ein Neugeborenes. Hilflos und schreiend. Schokolade zum Frühstück nützt in solchen Momenten schon lange nichts mehr. Seit Bridget Jones und der Erfindung von Nutella macht das schließlich jeder. Ich hingegen bin fortgeschritten, esse Chips zum Frühstück. Denn manchmal muss man einfach schwere Geschütze auffahren.

Meistens ist meine Arbeit als Key-Account-Managerin ganz okay. Seit einigen Jahren betreue ich nur noch die großen, exklusiven Firmen und muss mich nicht mehr mit dem Kleinkram rumschlagen. Aber zu behaupten, das wäre mein Traumjob, ist übertrieben. Vielleicht wäre ich in einem Paralleluniversum eine gute Hebamme, Imkerin oder Weinbäuerin geworden. Vielleicht auch eine richtig talentierte Goldschmiedin oder Köchin. Aber das Schicksal hatte offensichtlich anderes mit mir vor und mich in ein Büro gesteckt. Und deshalb esse ich Chips.

»Na, wieder eine harte Nacht hinter dir, oder hast du das große Los gezogen?«, grinst Enzo, mein Lieblingskollege, als er an meinem Schreibtisch vorbeikommt und die offene Tüte frittierter Kalorienbomben sieht. Das »große Los«. Unser Codewort für antriebslos, schwunglos, energielos, lustlos und motivationslos. Meine Antwort kommt passenderweise als unmissverständliches Schnauben. Doch noch ehe Enzo nachfragen kann, was mir über die Leber gelaufen ist, werden wir vom Läuten meines Smartphones unterbrochen. Es ist Christian.

Seit seinem unmoralischen Angebot, seinen Kühlschrank sowie seinen Sexspielzeugbestand zu plündern, habe ich nichts mehr von ihm gehört. Auf eine Einladung zu einer Sexparty warte ich auch noch. Zum Glück bin ich nicht nachtragend und habe für den Notfall meinen eigenen Vibrator zu Hause.

»Hey, Christian!«

»Guten Morgen, Prinzessin«, grüßt er mich und zaubert damit sehr zum Trotz meines Alters und meiner feministischen Einstellung ein Lächeln auf mein Gesicht. Natürlich ahne ich, dass er allen Frauen Kosenamen gibt, dennoch freut mich diese verbale Liebkosung, und man sollte nicht immer alles hinterfragen. Immerhin will ich auch der netten Verkäuferin in dem kleinen Laden in der Fußgängerzone glauben, dass mir die Jeans großartig stehen. Und die Aussage meiner Kosmetikerin, dass meine Haut mit jeder Behandlung straffer und frischer wird, prüfe ich sicherheitshalber auch nicht auf Biegen und Brechen.

»Wie stehst du zu neuen Erfahrungen?«, fragt Christian.

»Kommt drauf an. Bei Insektenessen und Karaoke hört der Spaß für mich auf.«

»Aktuell habe ich weder das eine noch das andere im Angebot, aber am Samstag findet ein Tantra-Sex-Seminar statt, und mir ist gerade meine Partnerin abhandengekommen ...«

Ich frage mich, was Christian angestellt hat, damit das passieren konnte.

» ... und ich würde mich freuen, wenn du mich begleitest.«

Völlig perplex verschlucke ich mich beinahe an einem Kartoffelchip, den ich beiläufig in den Mund gesteckt und möglichst lautlos zu kauen versucht habe.

»Na, was hältst du davon? Wir zwei, nackt atmend?«, hakt er nach.

Eigentlich bin ich gar nicht gerne zweite Wahl. Meinen Stolz beiseiteschiebend, muss ich mir jedoch eingestehen, dass mich der Gedanke reizt.

»Hast du Zeit?«, lässt Christian nicht locker.

Natürlich habe ich Zeit. Immerhin brechen mir seit Jahren die abenteuerlustigen und partywilligen Freundinnen dank Kindern und Ehemännern weg wie die Eis-Tafelberge an den Polarkappen. Ein durchaus ernst zu nehmendes und bedrohliches Szenario – sowohl für das Klima und die Ökosysteme als auch für mich und meine Wochenenden. Dabei wäre ich genügsam. Mal eine Vernissage, mal ein nettes Abendessen. Solche Dinge eben. Ob allerdings ein Tantra-Sex-Seminar das Richtige für mich ist, bezweifle ich. Mehr noch, ich fürchte, dass mich eine solche Grenzerfahrung sogar heillos überfordern könnte.

»Ich weiß nicht …«, gebe ich deshalb zu bedenken.

»Komm schon, du kleiner Angstscheißer. Das wird lustig!«

»Ich habe keine Angst!«, lüge ich lautstark, ohne den Funken eines schlechten Gewissens.

»Großartig, dann machen wir das also! Ich schicke dir Adresse und Uhrzeit. Freu mich drauf. Bis dann!«

*Moment! Nein! Halt!*

Christian hat das Gespräch längst beendet.

»Hey, Enzo«, rufe ich durch den Raum und unterdrücke den beinahe unkontrollierbaren Drang, mich zu übergeben. »Kaffeepause?«

Ich brauche jetzt unbedingt eine männliche Sichtweise. Und eine weitere Packung Chips. Denn ich gerate gerade in Panik. Vermutlich auch, weil ich keine Ahnung habe, worauf genau ich mich eingelassen habe.

Nach einer schnellen Internetrecherche weiß ich jedenfalls, dass durch die indisch-esoterische Philosophie des Tantras der Sex angeblich inniger und leidenschaftlicher wird. Und ewig hinausgezögert werden kann. Stundenlanger Sex klingt jetzt nicht gerade erstrebenswert, aber das kommt vermutlich auf den Sex und den Partner an. Und ich habe derzeit weder das eine noch das andere.

Fünf Minuten später kriegt Enzo sich gar nicht mehr ein vor lauter Lachen: »Du hast wirklich zugesagt?«

Ich bin etwas beleidigt, verschränke die Arme vor der Brust und stiere Enzo an: »Was bitte ist denn daran so witzig?«

»Nun, du weißt, dass dort lauter Pärchen sein werden und ihr euch berühren, streicheln und inhalieren müsst?!«

Für den Bruchteil einer Sekunde entgleiten mir meine Gesichtszüge. Das hatte ich in der Tat nicht bedacht, sondern eher eine Mischform aus Erste-Hilfe-Kurs und Yogastunde im Kopf.

Neben der zweifellos beunruhigenden Tatsache, dass ich also in wenigen Tagen auf Tuchfühlung mit Christian gehen werde, plagt mich jetzt auch die alles entscheidende und durchaus alterslose Frage: Was ziehe ich an?

Es ist Samstag. Tantra-Seminar-Samstag. Die vergangenen Tage habe ich wie verrückt recherchiert und jedes YouTube-Video über Tantra-Sex angesehen. Zudem habe ich mir vier Yogahosen gekauft und drei wieder zurückgebracht, mir meine Beine geharzt und die Bikinizone getrimmt. Insgesamt zehnmal habe ich eine panische Nachricht an Christian verfasst, und alle zehn Mal habe ich sie sofort wieder gelöscht. Zweimal fürchtete ich, ich muss mich vor Aufregung übergeben, und kurz vor meiner Abfahrt hatte ich auch noch Durchfall.

Letzteres war aber auch gut so, denn eine erneute, von massiver Nervosität ausgelöste Entladung meines Darms auf den gemischtgeschlechtlichen Toiletten des Tantra-Zentrums wäre garantiert mein Ende gewesen – gesellschaftlich wie auch körperlich.

Schließlich ist es so weit. Die Seminarleiterin zieht die weiß getünchten Flügeltüren hinter sich zu und bittet uns, die Schuhe auszuziehen und in den Kreis zu kommen. Jetzt also werden Christian und ich uns der Herausforderung stellen, Körper und Seele zu vereinigen. Angeblich sind diese Seminare für viele Paare eine wahre Offenbarung im Bett. Da Christian und ich aber nicht einmal annähernd ein Paar sind, sind meine Nerven zum Reißen gespannt.

*Was zum Teufel mache ich hier überhaupt?*

Rasch trinke ich auch noch den Rest meiner homöopathischen Notfalltropfen aus. Irgendwie wirken die heute aber gar nicht, sind vermutlich abgelaufen. Oder der Alkohol hat sich verflüchtigt. Oder die Flasche zu klein. Womöglich hätte ich gleich zu Wodka greifen sollen.

Ein letztes Mal atme ich tief ein, ehe ich mich zu Christian und dem Rest der Gruppe geselle und mich auf Neles Willkommensworte konzentriere: »Ich freue mich, euch alle hier begrüßen zu dürfen. Gemeinsam wollen wir heute eine Reise machen. Eine Reise zu unserer Sexualität und zu uns selbst. Beim Tantra geht es nicht um Stellungen aus dem Kamasutra oder zwangsläufig um bessere Orgasmen ...«

Nicht?

Jetzt bin ich aber doch etwas enttäuscht.

»Beim Tantra-Sex geht es um Zeit, Liebe, Achtsamkeit und Intimität.«

Na, da bin ich aber mal gespannt, wie Nele uns diese vier gar nicht so einfachen Elemente in zwei Stunden beibringen will.

»Als Sinnbild für das Loslassen unserer gesellschaftlichen Hüllen wollen wir uns zuerst einmal ausziehen«, erklärt sie. »Wir sind Menschen, nackt geboren und wunderschön, so, wie wir sind.«

»Alles ausziehen?«, übertönt ein Teilnehmer konsterniert die Panflötenmusik und spricht mir damit direkt aus der Seele.

»Ja, Hans-Jörg!«

Neles nachsichtiger Gesichtsausdruck erinnert an einen erleuchteten Buddha, gepaart mit dem honigtrunkenen Grinsen von Winnie Puuh. Nur die Leibesfülle, die passt so gar nicht. Neles Körper ist gertenschlank und athletisch, ihre Haare und Brüste hingegen sind unfairerweise voller Volumen. Irgendwie war sie mir schon vor der Aufforderung, mich auszuziehen, unsympathisch.

»Bitte legt eure Kleidungsstücke ab«, wiederholt Nele. »Befreit euch von den kulturellen Fesseln, zeigt euch so, wie ihr wirklich seid!«

Ich schlucke, finde es nicht sonderlich erstrebenswert, mich diesen wildfremden Menschen so zu zeigen, wie ich wirklich bin.

*Warum noch mal habe ich keine der zehn wunderbar formulierten Absagen an Christian abgesendet?!*

Natürlich, weil ich Spaß, Abenteuer und etwas Neues probieren wollte. Ein berechtigtes Ansinnen. Doch mittlerweile stehe ich diesem Vorhaben – und zwölf anderen verunsicherten Menschen – durchaus skeptisch gegenüber.

Ich weiß, dass Grenzerfahrungen manchmal sehr reizvoll sind, aber es gibt nun mal Dinge, die man in meinem Alter lieber nicht mehr ausprobieren sollte. Dinge wie TikTok-Challenges, Freeclimbing oder Home Porn online stellen. Und offenbar auch Gruppen-Nudismus. Und so stehe ich hier, blicke unsicher um mich und versuche, in den Gesichtern der anderen Teilnehmerinnen und Teilnehmer zu lesen, die vermutlich ebenfalls überlegen, welches Kleidungsstück sie als erstes und welches sie als letztes ausziehen sollen.

Nicht, dass ich prüde wäre oder es das erste Mal ist, dass ich mich vor anderen Menschen zur Gänze entblöße. Aber hier, in dieser Runde, hat die Nacktheit eine andere Bedeutung. Mir fehlt die medizinische Abgeklärtheit, die ich üblicherweise empfinde, wenn ich mich vor Ärzten ausziehe. Ebenso die aufgeheizt-prickelnde Stimmung, die sich bei einem One-Night-Stand einstellt und aufgrund derer man sich potenzielle körperliche Makel verzeiht. Nicht einmal die routinierte Sauna- oder FKK-Mentalität kann ich hier anwenden. Denn dort treffen meist nur Nacktheit-Profis aufeinander, und es macht sowieso jeder einfach sein Ding.

»Wenn ihr gehemmt seid, schließt die Augen, und blendet eure Umgebung aus. Was fühlt ihr? Beobachtet eure Gedanken, aber wertet sie nicht. Dann lasst sie weiterziehen.«

*Darf ich mich bitte an meine Gedanken dranhängen und auch weiterziehen? Am besten zur Tür raus?!*

Ein Blick zu Christian zeigt mir, dass er offenbar gar nicht an Flucht denkt. Oder gehemmt ist. Oder ein Problem damit hat, sich seiner kulturellen Hüllen zu entledigen. Er steht bereits splitterfasernackt und erwartungsvoll im Raum, während wir anderen noch zögern. Ich bin schockiert. Und fasziniert. Unter anderem, weil ich natürlich auch auf sein bestes Stück geschielt habe. Wie bitte konnte der Gute sich so schnell seiner Kleidung entledigen? Und wo nimmt er bloß dieses Urvertrauen her? Ich beneide ihn um sein Selbstbewusstsein und diese beinahe kindliche Unbekümmertheit.

Und um seinen Körper. Denn bis zu diesem Moment war mir nicht bewusst, über welch sensationellen Körperbau er verfügt. Irgendwie hatte ich das nie auf dem Radar. Schade eigentlich, denn diese hübsche breite Brust, die starken Arme sowie die muskulösen Beine sind durchaus ein Sabbern wert. Wo bitte nimmt Christian denn die Zeit her, diesen Körper in Schuss zu halten? Prompt schäme ich mich meiner Speckringe und nehme mir vor, ab morgen wirklich mal den Hula-Hoop-Reifen auszupacken, den ich mir während der Pandemie bestellt habe.

»Los, zieht euch aus!«, ruft Nele erneut in den Raum, und ich erkenne erste Anzeichen von Ungeduld durch ihre glückselige Fassade bröckeln.

Ich zwinge mich, meinen Blick von Christians Brusthaar zu lösen, und konzentriere mich auf die anderen Teilnehmer. Oliver und Yaira – zwei Bekannte von Christian, die diesen Kurs gemeinsam mit ihm gebucht haben – sind gerade dabei, ihre Hosen auszuziehen. Das ist mir durchaus recht, denn Christians Striptease wirkt neben ihrer Halbnacktheit nicht mehr ganz so ungestüm.

Hans-Jörg und Yasmin hingegen versuchen sich in der Kunst der nonverbalen Kommunikation, werfen sich Blicke zu, die ich sogar vom anderen Ende des Raums aus deuten kann. Verbissen fordert Yasmin ihren Mann mit ihrer Mimik auf: »Jetzt sei bloß kein Spießer!« Hans-Jörg hingegen hat die Augen weit aufgerissen, schüttelt den Kopf und fleht sie mit seinen Blicken an, schleunigst von hier zu verschwinden. Ich fühle mit ihm!

»Legt alles ab, was euch belastet«, flötet Nele weiter. »Ihr alle seid Menschenkinder. Erst wenn wir uns selbst lieben, können wir andere lieben.«

*Da hat sie wohl recht. Einfach ist es trotzdem nicht. Und eigentlich liebe ich meine neue Yogahose auch sehr.*

Und dann lege ich trotzdem Schicht für Schicht ab. Dabei denke ich daran, was wirklich von uns bleibt, wenn wir uns dieser Hüllen entledigen. Und was mein neues Outfit unnötigerweise gekostet hat.

*Christian ist Arzt, Christian ist Arzt, Christian ist Arzt.*

Wie ein Mantra wiederhole ich diese Tatsache, während die letzten Kleidungsstücke zu Boden segeln. Mit der Gewissheit, dass er dazu ausgebildet wurde, die Anatomie des Menschen zu kennen, fällt der Striptease ein wenig leichter.

Als wir alle nackt sind, lässt Nele ihren Blick über die Teilnehmenden gleiten. Die teilweise noch immer schreckverzerrten und von Panik gezeichneten Gesichter ignoriert sie stoisch.

»Ihr seid alle wunderschön«, verkündet sie stattdessen versonnen lächelnd.

*Ha! Sie hat also auch auf Olivers Penis geguckt!*

Der ist aber auch wirklich ein Prachtexemplar von einem Anhängsel. Nicht zu groß, nicht zu klein, ein leichter Linksdrall und in einer sehr feinen Proportion zum Hodensack. Ich erkenne, dass das Ding durchaus Potenzial hat, Frauen zu verzücken.

»Nun, da wir uns unserer Hüllen entledigt haben, können wir uns endlich frei bewegen«, fährt Nele zu unser aller Erleichterung fort, denn mittlerweile sind unsere Nerven zum Reißen gespannt. »Unser Körper ist ein Wunderwerk der Natur. Lasst uns genießen, wozu er fähig ist!«

Ich werfe Christian grinsend einen nervös-skeptischen Blick zu und fange sein schelmisches Zwinkern auf. Als das monotone Trommeln aus den Boxen lauter wird und einer tranceartigen Percussion weicht, beginne ich intuitiv, die Hüften im Rhythmus der Musik zu wiegen.

»Fühlt ihr die Musik?«, fragt Nele prompt und wirft voller Begeisterung ihre Arme in die Luft. »Ihr seid frei, also tanzt! Tanzt!«

Ich sehe förmlich Christians Kinnlade herunterfallen.

»Wie bitte, tanzen?«, ruft er schockiert aus, übertönt das Trommeln aus dem Lautsprecher, und ein Dutzend Köpfe dreht sich in unsere Ecke.

»Das geht aber jetzt wirklich zu weit«, echauffiert Christian sich bestürzt, kreuzt seine Arme vor der nackten Brust. »Echt jetzt? Tanzen? Ich meine, wir kennen uns doch erst seit einer Viertelstunde!«

Ich kann mir das Lachen kaum verkneifen.

Nele hingegen nickt verständnisvoll: »Jeder Mensch hat andere Hemmschwellen, die meisten werden uns von klein auf antrainiert. Aber ich spüre deine Energie, Christian, und deine Blockaden sind nur im Kopf.«

»Das sagt sie jetzt«, nuschelt Christian mir zu, während er verkrampft versucht, gleichzeitig zu lächeln und die Hüfte zu rollen. »Sie hat mich schließlich noch nie tanzen sehen.«

Jetzt kann ich das Lachen wirklich nicht mehr zurückhalten und pruste los, denn ich habe Christian sehr wohl schon mal auf der Tanzfläche beobachten dürfen.

Auch unter den anderen männlichen Teilnehmern herrscht vorerst Schockstarre ob dieser unerwarteten Tanzaufforderung. Doch dann, nach einiger Überwindung, sind sie plötzlich nicht mehr zu bremsen. Es ist, als hätte man die Schleusen eines Staudamms nach den Monsunfällen geöffnet, so stürmisch und ungehemmt preschen sie voraus. Wo vor fünf Minuten noch Prüderie und Zögern geherrscht haben, sind plötzlich Geilheit und Tatendrang. Erst jetzt wird mir bewusst, dass die vier Singlemänner dieses Seminar als Chance sehen, direkt mal auf Tuchfühlung zu gehen. Während ich noch verzweifelt versuche, vor Christian cool und relaxed zu wirken, meinen Bauch einzuziehen und unauffällig die nackten Körper der anderen zu scannen, scharwenzelt bereits einer der Singlemänner um mich herum.

»Hubert, beachte doch bitte den persönlichen Raum der anderen«, fordert Nele ihn höflich auf, als sein Beckenrollen in meine Richtung doch ein wenig zu ungehemmt ausfällt.

Leicht beleidigt zuckt Hubert mit den Schultern, rückt einige Schritte von mir ab. Christian bekommt von all dem nichts mit. Er ist nach wie vor damit beschäftigt, nicht den Rhythmus zu verlieren oder sich auf die eigenen Füße zu treten. Bei seinem Anblick muss ich lächeln. Er sieht trotz seiner Bemühungen ein wenig aus wie ein Frosch im Mixer. Ein nackter hinreißender Frosch. Nach dieser hüllenlosen Aufwärmübung dürfen wir nackt bleiben oder uns unsere Unterwäsche wieder anziehen und uns setzen. Ich wähle Zweiteres, ziehe meine neue und praktisch-stützende Sportunterwäsche wieder an, denn bereits der Gedanke an die Kombination »Nacktheit und Schneidersitz« versetzt mich in Panik! Nicht vor Christian. Er ist schließlich Notfallmediziner und kein Gynäkologe.

Als Nele erklärt: »Berührt die Haut eures Gegenübers, streichelt eure Körper«, wird mir wieder übel.

Natürlich hat Enzo mich vor diesem Moment gewarnt. Wir haben das sogar in einer Übung visualisiert, um mir die Angst zu nehmen. Doch offenbar haben wir bei der Durchführung etwas falsch gemacht. Denn als Christian mir tief in die Augen blickt, über meine Schultern streicht und meine Hände mit den seinen umfasst, erleide ich einen mittleren Herzinfarkt.

*Hilfe, meine Hände schwitzen!*

Weil ich jetzt aber nichts dagegen machen kann – und um mich abzulenken –, schiele ich zur Seite und gucke, was die anderen so treiben. In den Gesichtern der Singlemänner erkenne ich blanken Schock. Denn was sie bei der Buchung dieses Paarkurses offenbar nicht bedacht hatten, war die Tatsache, dass sie nun gleichgeschlechtliche Tandems bilden müssen. Doch siehe da, zu meiner enormen Überraschung beugen sich sogar die Soloherren ihrem Schicksal, setzen sich einander gegenüber und unterdrücken ihre Homophobie. Ich ziehe respektvoll meinen Hut vor ihnen, nehme mir ihren Mut zum Vorbild. Offenbar ist heute der Tag der Grenzerfahrung.

»Seid achtsam in eurer Berührung«, säuselt Nele mit den Panflöten um die Wette. Im Takt der Trommeln schwingen Christian und ich im Schneidersitz vor und zurück. »Atmet die Präsenz eures Partners ein! Versucht, im Gleichklang zu atmen und den Blickkontakt zu halten«, gibt Nele weitere Anweisungen.

*Die ist lustig! Ich bin froh, wenn ich vor Aufregung nicht völlig das Atmen vergesse. Und keinen Mundgeruch habe.*

Zwei Stunden später sind wir alle erschöpft und unsere Hautnerven von der kleinen Zehe bis zum Scheitel stimuliert wie noch nie zuvor. So wirklich tiefenentspannt war ich zwar während des gesamten Kurses nicht, aber immerhin lebe ich noch.

Mein Fazit des Tages lautet folglich, dass ich so etwas zwar nicht so schnell wiederholen werde, ich aber dennoch zugeben muss, dass das Seminar spaßig und lehrreich war. Ich wage beim Einrollen meiner Yogamatte sogar die Annahme, dass die meisten Teilnehmerinnen eine recht gute Zeit hatten und schon lange nicht mehr so viel gestreichelt wurden. Lediglich der Plan der Singlemänner, hier jemanden abzuschleppen, ist im wahrsten Sinne des Wortes in die falsche Hose gegangen.

»Wollen wir mit Oliver und Yaira abendessen gehen?«, fragt Christian, als wir den Rest unserer kulturellen Hüllen überstreifen.

Ich nicke begeistert und bin froh, jetzt nicht mit Christian allein zu bleiben. Ich muss die vielen Eindrücke zuerst einmal in Ruhe verarbeiten. Denn ich war Christian noch nie so nah. Schon gar nicht halb nackt! Und irgendwie haben mir seine Berührungen viel besser gefallen, als sie es eigentlich sollten.

# Kiwi-Komplexe

April

Seit drei Wochen ist Jana nicht zu Hause gewesen. Zu Hause, also bei mir, ihrer Mama. Denn diese Großstadt-WG, in der sie jetzt lebt, die einem IKEA-Katalog entsprungen scheint und in der es kein sauberes Trinkglas, dafür haufenweise Spaghetti und Gras gibt, kann man wohl kaum ein Zuhause nennen.

Ich fühle mich wie eine Vogelmutter in ihrem Nest, der ihr kleines Vögelchen abhandengekommen ist. Es ist so leer! Und das, nachdem ich zwei Jahrzehnte von Kind und Mann belagert und beansprucht worden war und mich in dieser Zeit sehr oft, sehr heimlich und zugleich sehr beschämt nach Ruhe und ein bisschen mehr Privatsphäre gesehnt habe.

Neben ihrer ständigen physischen Präsenz haben Kinder bekanntlich die Tendenz, jeden Raum zu markieren, nur damit niemand vergisst, dass es sie gibt, selbst wenn sie nicht da sind: Der Vorraum sieht aus, als würden fünfzehn statt drei Menschen hier wohnen. Das Wohnzimmer ist mit Spielsachen, Büchern und Pullovern übersät. In der Küche liegen Schulhefte herum, und das Kinderzimmer kann man sowieso nicht mehr betreten, es sei denn, man beherrscht die Kunst des Balancierens und hat keine Angst vor dem folgenden unabwendbaren Konflikt.

Diese Jahre haben mich Demut gelehrt. Und seitdem zolle ich der Hexe aus *Hänsel und Gretel* meinen tiefsten Respekt. Der hat man meiner Meinung nach nämlich aufs Übelste mitgespielt. Lebte glücklich und zufrieden im Wald, hatte keine Sorgen, backte Lebkuchen. Und dann kommen diese Rotzgören und knabbern an ihrer Fassade rum. Da wäre ich auch angepisst, ganz ehrlich!

Beinahe zwei Jahrzehnte habe ich mich über den Saustall von Kind und Mann geärgert, ständig gezetert und geschimpft. Und jetzt sitze ich in Janas sorgfältig geputztem und beinahe leer geräumtem Zimmer und heule wie ein Schlosshund. In meinen Händen halte ich Janas altes Stoffhäschen, das ich beim Staubsaugen unter dem Bett entdeckt habe. Mit dem kleinen, unförmigen Tier drängen sich die Erinnerungen an eine längst vergangene Zeit in mein Bewusstsein. Und mit den Erinnerungen kommen auch Schwermut und Melancholie. Man neigt bekanntlich dazu, die Vergangenheit weichzuzeichnen und besser darzustellen, als sie war – das weiß ich natürlich. Dennoch vermisse ich in meiner aktuellen Stimmung sogar Janas Augenrollen und ihre sarkastischen Kommentare. Verhaltensweisen, die sie sich übrigens von mir abgeschaut hat und die mich immer wahnsinnig an ihr genervt haben. Denn wenn hier jemand sarkastisch sein darf, dann bin das doch wohl ich!

Seufzend drücke ich das Stofftier an mich und denke an die Zeit zurück, als unsere Welt noch heil und ich die unumstrittene Heldin meiner Tochter war.

Bis mich ein Anruf meiner Mutter aus meiner Melancholie reißt: »Hallo, Alexandra, wie geht's? Gibt's was Neues? Was machst du gerade?«

»Weinen. Es ist so leer ohne Jana ...«

»Das tut mir leid!«, höre ich meine Mutter sagen und muss den Hörer sogleich von meinem Ohr nehmen, um nachzusehen, ob auf dem Screen tatsächlich die Nummer meiner Mutter aufscheint, die hier anruft und Anzeichen von Empathie zeigt. Ich bin richtiggehend gerührt. Bis sie weiterspricht. »Deshalb solltest du dir auch schleunigst einen Mann suchen.«

»Ich hatte einen Mann, Mama. Aber der tanzt jetzt Salsa und pflanzt Bäume.«

»Mensch, Kindchen. Das hat doch nichts zu bedeuten. Dass der Mann eine Krise hat, passiert doch jeder Ehefrau irgendwann einmal. Ich mein, hättest du es nicht noch ein bisschen ausgehalten? Ich weiß ja, dass das alles nicht immer einfach ist, aber sich gleich scheiden zu lassen ...«

»Mama, bitte!«

»Ich meine doch nur! Jetzt ist er schon so lange weg, langsam könntest du ihn doch wieder zurücknehmen. Der Arme, dort im Dschungel ... Du weißt, dass ich dich verstehe – aber was sollen denn die Leute jetzt denken?«

Ich bin zutiefst getroffen, lege einfach auf. Ab wann ist

es eigentlich vertretbar, die Nummer der eigenen Mutter zu blockieren? Oder einfach in ein anderes Land zu ziehen und ihr nichts davon zu sagen? Ich bin ehrlich schockiert und frage mich, ob sie sich tatsächlich mehr um die Nachbarn und Bekannten aus dem Gesangsverein sorgt als um ihre Tochter.

*Verdammt, ich weiß nicht mal mehr, wie die Nachbarn heißen! Und singen kann ich sowieso nicht.*

Schmollend und miesepetrig beschließe ich, spazieren zu gehen. Das habe ich ewig nicht mehr gemacht. Vermutlich während irgendeines Lockdowns.

Die frische Luft tut mir gut, erdet mich ein wenig. Die Musik in meinen Ohren tut ihr Übriges. Ich bin bereits eine Stunde unterwegs, als die Sonne sich träge hinter den Hügel schiebt und ein Meer aus rosa Wattewolken zurücklässt.

Ich liebe diese Abendstimmung!

Nach Cyndi Laupers lautstarkem Refrain »Girls just wanna have fun«, den großartigen Blues Brothers und Bonnie Tylers »Holding out for a Hero« fühle ich mich sogar so gut, dass ich aus einem Impuls heraus Christians Nummer wähle. Während mein Herz im Takt des Freizeichens hämmert, steht die Zeit still. Bis Christian den Anruf entgegennimmt: »Oh, hallo! Welch seltene Ehre. Oder hast du dich verwählt?!«

Er hat recht. So habe ich das noch nie betrachtet, und ich kann mir nicht einmal erklären, warum die Kontaktaufnahmen bislang immer von ihm ausgegangen sind. Ich nehme mir fest vor, das zukünftig zu ändern.

»Ich bin gerade spazieren, höre Partyhits und musste an

dich denken. Ich weiß gar nicht, wann ich zuletzt so richtig Spaß hatte, und würde wahnsinnig gerne mal wieder feiern. Hast du heute zufällig Zeit?!«, sprudelt es aus mir heraus.

»Puh. Ähm … Jetzt? Also eigentlich …«

»Ach, vergiss es!«, unterbreche ich ihn, nahezu beschämt von meinem Vorpreschen. »Entschuldige, das war eine blöde Idee. Ich weiß, dass du …«

»Nein, warte!«, unterbricht Christian mich seinerseits. »Gib mir zehn Minuten.«

*Hat er jetzt wirklich einfach aufgelegt?!*

Perplex starre ich auf mein Smartphone, dann mache ich mich in der Erwartung auf den Heimweg, meinen Samstagabend mit der Entkalkung des Wasserkochers zu eröffnen, mich anschließend dem Backofen zuzuwenden und, falls ich wirklich krass drauf sein sollte, mich auch noch der Entrümpelung der Küchenschubladen zu widmen. Wieder einmal zeigt sich, dass Erwachsensein bedeutet, zu der Musik zu putzen, zu der man früher gefeiert hat. Irgendwie tragisch.

Doch bereits acht Minuten später höre ich zu meinem grenzenlosen Erstaunen eine Sprachnachricht von Christian ab, die mir einen Strich durch meine beschaulich-produktive Abendplanung macht, denn Christian erklärt: »Ich fahre jetzt vom Krankenhaus los und bin in fünfundvierzig Minuten bei dir. Wir fahren zu Oliver und Yaira, die haben heute ein paar Freunde eingeladen. Ob sie dort zu Madonna und ABBA tanzen, weiß ich nicht. Aber wir lassen uns einfach mal überraschen, würde ich sagen. Mir bleibt jetzt keine Zeit mehr, mich umzuziehen. Also musst du für uns beide glänzen. Zieh was Scharfes an, bei Oliver geht es bestimmt heiß her! Bis später.«

Und mit diesen wenigen Worten setzt Christian eine unausweichliche Kettenreaktion in Gang. Wie von der Tarantel gestochen blicke ich auf die Uhr und starte innerlich den Countdown, dann nehme ich meine Beine in die Hand und renne, was das Zeug hält. Das letzte Mal, als ich die tausend Meter in dieser Bestzeit zurückgelegt habe, war ich wohl noch in der Schule. Aber das Ergebnis kann sich sehen lassen. Zumindest auf der Uhr. Im Spiegel hingegen weniger. Voll Grauen und mit Schnappatmung starre ich auf meine geröteten, fleckigen Wangen und meine vom Wind zerzausten Haare.

*Wie zum Henker soll ich das in einer halben Stunde wieder reparieren?*

Ich rase in mein Badezimmer und reiße mir die Klamotten vom Leib, als gäbe es kein Morgen. Mit einem Blick auf die Stacheln an den Beinen und die mittlerweile nicht mehr stachligen, sondern bereits flauschigen Haare im Intimbereich stehe ich vor der schweren Entscheidung, wo und wie ich am besten mit der Rodung beginnen soll.

Während meiner Ehe gab es phasenweise so wenig Sex, dass ich mich wochenlang nicht rasiert habe. Überhaupt im Winter. Denn wer bitte braucht babyglatte Haut außerhalb der Bikini-Saison?! Jetzt hingegen würde ich liebend gerne den Wildwuchs beseitigen. Doch pragmatisch, wie ich nun mal bin, beschließe ich, auf das kleine Schwarze zu verzichten, stattdessen eine Hose anzuziehen und dafür mehr Zeit für Make-up und Styling aufzuwenden. Problem gelöst.

*Ist sowieso nur eine Party und kein Date.*

Die schnelle Dusche einschließlich Haarwäsche lasse ich mir trotzdem nicht nehmen. Fünfundzwanzig Minuten später sitze ich fix und fertig im Wohnzimmer, scrolle durch meinen Facebook-Feed und ärgere mich, weil ich zu früh dran bin – trotz der spontanen Teilrasur unter den Achseln und an den Knöcheln.

*Auch gut, dann schau ich mir eben noch ein paar Kochrezepte oder Katzen-Videos an und ... Oh, die sind aber niedlich ...!*

Pünktlich auf die Minute steht Christian vor meiner Tür, und ich ahne, dass Ulla, meine Nachbarin und Oberbefehlshaberin der *Reihenhaus Big Brother AG*, ihn vom Einparken an bis zum Läuten an meiner Tür von ihrem Küchenfenster aus mit Argusaugen verfolgt hat. Und in spätestens vierundzwanzig Stunden fragen wird, wer der fremde Mann war und wohin wir gefahren sind. Frei nach dem Motto: Der liebe Gott weiß alles, die Nachbarschaft noch mehr.

Ohne ihn hereinzubitten, trete ich nach draußen, ziehe die Tür zu und folge Christian zu seinem Auto. Ich mag den Geruch seines Autoinnenraums. Es riecht nach Leder und dezentem Rasierwasser, und ich fühle mich augenblicklich wohl. Bis wir das Ortsschild meiner kleinen Heimatgemeinde passieren und auf die Autobahn auffahren. Denn dann werde ich erneut nervös. Ich bewege mich meist nur in meinem eigenen Dunstkreis, fahre selten weiter als dreißig Kilometer und war schon ewig nicht mehr in einer Stadt, deren Einwohnerzahl die zwanzigtausend übersteigt. Ich bin ein typisches Dorfkind – inklusive aller Vor- und Nachteile.

Christian hingegen ist ein Kosmopolit. Ein typischer Weltenbummler, der sich überall auf Anhieb wohlfühlt und sofort Freunde findet. Der heutige Abend bestätigt das wieder einmal. Denn ich wäre nie im Leben auf die Idee gekommen, Oliver und Yaira anzurufen und uns selbst einzuladen. Christian hingegen kann und tut so etwas. Unvorstellbar!

Oliver und Yaira wohnen in einem großen Haus in der Vorstadt, und bereits das Entree ist beeindruckend, fast einschüchternd. Ein krasser Kontrast zu meinem kleinen ländlichen Reihenhaus mit dem rostenden Windlicht und dem von Patina gezeichneten Steinfrosch neben der Haustür.

Yaira ist Psychotherapeutin in einer exklusiven Rehaklinik und gefragte Dozentin, Oliver ist Verhaltensbiologe an einer Uni und freier Wissenschaftsjournalist. Offenbar rangieren die beiden nicht nur in puncto Intelligenz ein paar Stufen über mir, sondern auch in Sachen Einkommen. Wären sie nicht so nett, würde ich sie deshalb glatt unsympathisch finden.

»Hey, wie schön, dass ihr da seid!«, grüßt Oliver und umarmt mich überschwänglich. Olivers Körperwärme und seine starken Arme haben etwas Beruhigendes, und ich entspanne automatisch. Ich mag Oliver. Er macht einen unerschütterlichen, geduldigen und in sich ruhenden Eindruck – was vermutlich von Vorteil ist, wenn er tagelang das Wanderverhalten von Ziegen am Ätna beobachtet oder Gänse mit Sendern ausstattet, ehe er ihnen mit einer kleinen Propellermaschine quer über den Kontinent folgt. Oliver wirkt wie jemand, der einen vollen Airbus A350 souverän notlandet, nachdem dir der eigentliche Kapitän der Maschine mit einem Fallschirm am Rücken zugerufen hat: »Ich hole nur mal schnell Hilfe«, und anschließend durch die Notausgangsluke verschwunden ist.

Oliver ist auch der Typ, der regelmäßig einen Erste-Hilfe-Kurs besucht und das richtige Verhalten im Brandfall kennt. Und vermutlich sogar das richtige Formblatt für die anschließende Versicherungsmeldung.

Ich selbst bin ja eher der Typ, der in Ausnahmesituationen allen anderen unkoordiniert Anweisungen zuruft und sich maßlos über deren Inkompetenz ärgert.

»Ich freu mich so, dass ihr heute Zeit habt!« Oliver strahlt. Dass Christian und ich uns selbst eingeladen haben, scheint er bereits vergessen zu haben. Sehr sympathisch! Beinahe bin ich dazu verleitet zu denken, alles wird gut. Bis zu dem Moment, in dem Christian mich ins Wohnzimmer schubst und mir grinsend zuflüstert: »Übrigens, was auf der Party passiert, bleibt auf der Party.«

Prompt blitzen Szenen aus *Fight Club*, *Hangover* und *Eyes Wide Shut* vor meinem inneren Auge auf. Zu meiner großen Erleichterung sehe ich im Wohnzimmer aber nur vollständig bekleidete Menschen, keine Drogen und auch keine Faustkämpfer.

»Hallo, Alex!«, grüßt Yaira fröhlich, ehe sie mir zuraunt: »Und, schon tantrischen Sex genossen?«

Ich grinse verlegen. Und bin froh, mir zu Hause wenigstens noch die Haare gewaschen zu haben. Denn Yaira sieht aus, als ob sie die letzten zwei Wochen in einem Spa verbracht hätte. Ich bin glatt dazu verleitet, ihr dafür doch noch einen Minuspunkt auf der Sympathieskala zu geben. Ihre bronzefarbene Haut strahlt, als hätte man sie mit dem Zauberstab gephotoshoppt, und ihre dunklen, langen Locken hüpfen mit jeder ihrer Bewegungen um die Wette. Fachmännisch schätze ich ihre Konfektionsgröße auf mindestens zweiundvierzig. Eine Marke, derer ich mich vehement verwehre, indem ich immer wieder mal nichts esse und stattdessen auf alles und jeden grantig bin. Doch Yaira sieht sagenhaft sexy aus. Das enge Kleid betont ihre Kurven und lenkt den Blick auf ihre Sanduhrfigur. Prompt überkommt mich Schwermut, und ich beginne, an meiner Bluse zu nesteln.

*Was gäbe ich bloß für solch einen Busen. Oder wenigstens vollere Lippen, volleres Haar und ein volleres Bankkonto!*

Versteht mich nicht falsch. Auch ich sehe im Alltag durchaus annehmbar und in Kerzenlicht sogar sehr hübsch aus. Aber von atemberaubender Schönheit, graziler Eleganz oder üppiger Sinnlichkeit natürlich keine Spur. Ziemlich unfair.

Glücklicherweise bleibt mir in diesem Moment keine Zeit zum Trübsalblasen, denn einer der männlichen Gäste stellt sich mir vor: »Hallo, ich bin Jens, und das bezaubernde Wesen dahinten ist meine Frau Tessa! Du bist also Alex?! Ich habe schon viel von dir gehört.«

Jens ist schätzungsweise zehn Jahre jünger als ich, also Mitte bis Ende dreißig. Er trägt ein verschmitztes Grinsen im Gesicht und nennt eine Vielzahl an Sommersprossen und einen verboten guten Körperbau sein Eigen. Wäre am anderen Ende des Raums nicht das von ihm erwähnte bezaubernde Wesen, würde ich ihn am liebsten gleich vernaschen. Ihn aber vorher auch noch fragen, was er über mich gehört hat – und von wem. Aber natürlich traue ich mich nicht. Weder zu vernaschen, noch zu fragen.

Jens spricht sowieso schon weiter: »Wenn eine Frau Christians Kopf verdreht, bin ich natürlich neugierig. Also, sag an, was ist deine geheime Superkraft?«

Die Frage überrascht mich, und ich weiß nicht, was ich antworten soll. Ich habe Christian doch nicht den Kopf verdreht! Und was kann ich schon besonders gut?

Ich meine, natürlich würde ich gerne antworten, dass ich irre intelligent, superwitzig und, sobald die Oberfläche durchbrochen ist, auch megagelöst und sinnlich bin. Aber die Wahrheit ist, ich bin ziemlich normal.

Abgesehen davon werde ich das Gefühl nicht los, dass Jens' Frage, gepaart mit diesem schelmischen Grinsen, einen zweideutigen Unterton hatte. Das muss ich mir aber eingebildet haben. Er wird schließlich kaum beim ersten Kennenlernen auf meine sexuellen Talente anspielen. Schon gar nicht als verheirateter Mann.

»Was ist denn deine geheime Superkraft?«, drehe ich den Spieß um und hoffe, dass er nicht bemerkt, dass ich ihm eine Antwort schuldig geblieben bin.

»Du weichst aus!«, macht er meine Hoffnung zunichte, grinst mich frech an und stopft einen Linsenbratling in den Mund. »Los, sag!«

»Ich kann gut kochen«, entgegne ich, in Ermangelung einer besseren Antwort und weil ich den Slackline-Kurs genauso wie die Koreanisch-Meisterklasse kurzfristig storniert habe.

»Kochen?! Das trifft sich hervorragend. Ich kann gut essen«, zwinkert Jens mir zu. »Und ich mag kochende Frauen. Überhaupt, wenn sie nackt sind. Es gibt nichts Besseres als nackte, kochende Frauen.«

*Hat er das wirklich gesagt?*

»Oh mein Gott, Leute! Es schneit! Und das im April!«, quietscht Tessa, das bezaubernde Wesen, vom anderen Ende des Raums aus und unterbricht mein verbotenes Kopfkino von wildem Kücheninsel-Sex mit ihrem Mann.

Wie auf Kommando stürmen alle zu der großen Glasfront und kleben die Nasen an die Fensterscheibe, um dem Schneegestöber auf der Terrasse zuzusehen. Nach einigen Sekunden besinnlicher Stille unkt Oliver: »Wer hat Lust auf eine Schneeballschlacht?«

»Wer hat Lust auf Sex?«, stellt Jens eine Gegenfrage, und ich verschlucke mich prompt an meinem Prosecco, was einen Hustenanfall zur Folge hat.

Jens hebt grinsend die Arme und verteidigt sich: »Es heißt doch, Schneeballschlachten und Sex haben so einiges gemeinsam.«

Jetzt hat Jens unsere Aufmerksamkeit: »Ihr wisst schon, meistens ziert sich die Frau ein bisschen und jammert: ›Aber bitte nicht ins Gesicht!‹«

»Das hab ich noch nie gesagt. Du darfst immer ins Gesicht!«, stellt Tessa mit hochgezogener Augenbraue klar, und Jens drückt ihr als Entschuldigung einen Kuss auf den Mund.

Noch während ich mich davon erhole, haben die anderen bereits eine Armada an Vergleichen losgetreten, die treffender nicht sein könnten:

»Der Größenvergleich geht übrigens bei Schneebällen und Schwänzen gleichermaßen. Ihr wisst schon. So auf die Art: Boah, der ist aber groß!«

»Oder: Der war echt hart!«

»Oder: Der war zu kurz.«

»Hab ich noch nie gehört.«

»Danke, Jens, wir wissen alle, dass du ein Mörderteil hast.«

»Und dass du auf Schnellballschlachten stehst.«

»Das ist richtig. Und am besten ist es, wenn einer von hinten und einer von vorne angreift und alle eingesaut enden.«

»Deshalb ist sowohl bei Schneeballschlachten als auch beim Sex für mich alles möglich.«

»Also das unterschreibe ich nur zum Teil, weil es okay ist, wenn deine beste Freundin mitmacht, aber deine Mutter muss jetzt nicht unbedingt sein. Weder beim Sex noch bei den Schneeballschlachten.«

»Iiih, Oliver, das ist furchtbar!«

Mit Lachtränen in den Augen wage schließlich sogar ich einen Vergleich: »Bei mir ist es wie mit dem Schnee im gemäßigten Klima: Nur einmal im Jahr und dann gleich wieder vorbei.«

Die Antwort ist ein fröhliches Gelächter, und ich muss zugeben, ich habe mich seit Monaten, nein, was sage ich, seit Jahren nicht mehr so gut amüsiert. So feuchtfröhlich, wie der Abend begonnen hat, geht er schließlich auch weiter. Von Stunde zu Stunde werden die Witze anzüglicher und die gar nicht so zufälligen Berührungen zwischen den Paaren immer unmissverständlicher.

Aus dem Augenwinkel sehe ich, wie Jens Tessa von hinten umarmt, seine Hand auf ihre Brust legt und seine Finger unter ihre Bluse wandern und nach ihrer Brustwarze tasten. Kurze Zeit später sehe ich, wie Yaira im Vorbeigehen über Olivers Schritt streicht und dafür einen Klaps auf den Po erhält. Und das dritte Pärchen sitzt sowieso seit einer Stunde schmusend und fummelnd in einer Ecke. Wer die beiden sind, weiß ich nicht. Bisher hatte ich noch keine Gelegenheit, mit den beiden ein Wort zu wechseln. Was sie hier tun, ist jedoch unübersehbar.

Irgendwann ruft Jens seiner Frau durch den Raum zu: »Tessa!«

Als er sich ihrer Aufmerksamkeit sicher ist, greift er an seinen Schritt und erklärt uns frech-frivol grinsend: »Ich wäre jetzt dann mal so weit.«

Für den Bruchteil einer Sekunde bleibt mein Herz stehen, und ich schwanke zwischen Schock, Entsetzen, Fremdscham und Faszination.

*Wie kann er nur?!*

Tessa hingegen ist begeistert, und ich erkenne an ihrem lüsternen Blick, dass die beiden soeben ein Spiel eröffnet haben, das sie nicht zum ersten Mal spielen. Verstohlen beobachte ich, wie sie ihr Glas abstellt und auf Jens zugeht. Ich habe selten eine so selbstbewusste und sinnliche Frau gesehen. Jens hatte recht, sie ist tatsächlich bezaubernd, und ich bewundere sie maßlos.

Bei Jens angekommen, drängt Tessa sich so dicht an ihn, dass man meinen könnte, die beiden wären bereits allein. Als sie sich die Lippen leckt und ihre Hand über seinen Bauch bis hinab zu seinem Schritt rutscht, macht mein Herz einen erneuten Satz. Das Blitzen in Tessas Augen bestätigt meinen Verdacht, dass Jens' Vorfreude sehr groß sein muss.

Mittlerweile verfolge ich das Geschehen völlig ungeniert und bin beinahe enttäuscht, dass ich nicht höre, was Tessa ihrem Partner ins Ohr flüstert. Doch seinem Gesichtsausdruck nach hat sie gute Nachrichten für ihn. Nach einigen weiteren Minuten Geplänkel nimmt sie seine Hand und führt ihn aus dem Wohnzimmer. Spätestens jetzt ist klar, wer hier das Sagen hat.

»Hast du das eben auch gesehen, oder habe ich das geträumt?«, frage ich Christian, der sich just in diesem Moment neben mich gesellt.

»Das stimmt schon so«, erklärt er grinsend und blickt auf die Uhr. »Die beiden haben heute sogar erstaunlich lange durchgehalten. Bei meinem letzten Besuch hier habe ich sie bereits nach einer Stunde auf der Toilette beim Fummeln erwischt. Diesmal dürfte es aber mehr als nur ein Quickie werden, weil sie hinauf ins Gästezimmer gegangen sind. Tessa liebt diese Spielchen. Und er liebt sie.«

Ich bin beeindruckt, wenngleich ich das Gefühl habe, in einem Film gelandet zu sein. Nicht unbedingt im falschen Film, denn die Handlung ist durchaus spannend. Aber dennoch kommt mir gerade alles so surreal vor.

*Das kann doch nicht echt sein, oder?*

Ich merke, wie mir heiß wird. Die Vorstellung, dass Tessa und Jens sich ein Stockwerk über mir vergnügen, irritiert mich auf der einen Seite, macht mich andererseits aber auch erstaunlich unruhig und ... heiß. Eine Reaktion, die ich so nie erwartet hätte und für die ich mich schäme.

Jedenfalls ist das die krasseste Party, die ich je erlebt habe – Teenagerfeiern eingeschlossen. Denn dort wurde nur geschmust und maximal verstohlen der Po geknetet. In der Jetztzeit gibt es nicht einmal das mehr. Seit Jahren gibt es nur noch Fingerfood und Small Talk über Inflation, Kryptowährung und Stromkosten, vielleicht einmal den einen oder anderen Schwips zu später Stunde, aber sicherlich kein Dirty Talking oder gar Fingerficks.

Doch hier ist alles anders. Bereits fünf Minuten nach Tessas und Jens' Abgang sehe ich auch Yaira und Oliver fummelnd und kichernd das Wohnzimmer verlassen. Als auch das dritte Pärchen endlich seine Schmuseecke aufgibt und den Raum verlässt und nur noch Christian und ich zurückbleiben, werde ich unruhig.

*Was heißt hier unruhig?! Meine Nerven liegen geradezu blank!*

Meine Hände sind unnatürlich kalt, und meine Beinmuskulatur ist so angespannt, dass meine Beine nervös zittern. Krampfhaft versuche ich, meinen Zustand zu verbergen, was die Sache aber noch schlimmer macht.

*Und jetzt? Soll ich jetzt heimgehen, ohne mich von den Gastgebern zu verabschieden? Oder warten, bis sie oben fertig sind? Dauert das lange? Was mache ich bloß in der Zwischenzeit? Ach, du meine Güte,*

*Christian wird doch jetzt nicht erwarten, dass ich auch mit ihm hin-aufgehe?*

Das geht nämlich unter gar keinen Umständen. Ich bin weder rasiert noch mental oder körperlich in der Lage, vor oder neben anderen Menschen Sex zu haben. Und über-haupt reden wir hier von Christian! Christian, einem meiner ältesten Freunde, mit dem ich zwar großartig reden und scherzen kann, aber doch nicht knutschen und vögeln.

*Aber die Berührungen beim Tantra-Seminar haben dir gefallen,* kichert eine mir unbekannte Stimme in meinem Kopf.

*Ja, natürlich. Das war großartig,* antworte ich der Stimme. *Und selbstverständlich habe ich auch überlegt, wie es wäre, wenn wir allein wären, er mich Schicht für Schicht auszöge und ich seine Hände auf meiner nackten Haut spürte, aber ...*

*Kein Aber!,* unterbricht mich die verführerische Stimme in meinem Kopf. *Das ist deine Chance. Schnapp ihn dir, ehe es eine andere tut!*

An diesem Punkt realisiere ich, dass ich dabei bin, voll-kommen durchzudrehen. Um mich abzulenken, haste ich in die Küche und beginne, die verwaisten Gläser und schmut-zigen Teller in den Geschirrspüler zu räumen. Stets darauf bedacht, die kichernde, seufzende und flüsternde Stimme gewissenhaft zu ignorieren.

Ich denke an Odysseus, der schließlich auch den Sirenen widerstand, und fühle mich prompt mit diesem griechi-schen Helden der Antike verbunden.

»Hier steckst du also«, höre ich Christian hinter mir und lasse vor Schreck beinahe eines der teuren Rotweingläser fallen. »Ich hatte schon Sorge, du bist ohne mich nach oben gegangen.«

»Was? Nein!«, rufe ich schrill und viel zu laut aus, was Christian ein fröhliches Lachen entlockt.

»Nicht mal schauen?«, fragt er augenzwinkernd. »Bist du denn gar nicht neugierig?«

Natürlich bin ich gespannt wie ein Flitzebogen. Und selbstverständlich frage ich mich, was Oliver und Yaira oder Tessa und Jens so treiben, wenn sie während einer Party einfach mal ins obere Stockwerk verschwinden. Mehr noch, mein Kopfkino hat sich zwischenzeitlich selbstständig gemacht.

*Aber einfach so dazustoßen und zusehen? Das geht doch nicht! Nein, das macht man einfach nicht. Wo kämen wir denn da hin, wenn jeder jedem einfach beim Kopulieren zusähe?*

Es heißt, der und die Durchschnittsdeutsche habe fünf Mal pro Monat Sex. Zumindest während der Nebensaison und bei den Heimspielen. Im Sommer, auf Mallorca, kann die Sache schon wieder ganz anders aussehen und der Schnitt erheblich höher liegen. Hier, in diesem schönen Vorort, gehen die Zahlen aber auch ohne Ballermann raketenhaft durch die Decke, strafen jede Statistik Lüge.

Eigentlich eine wunderbare Sache, wenn ich nicht selbst mitten in diesem unkonventionellen Treiben gelandet wäre. Und zwar unrasiert, mächtig überfordert und dennoch zutiefst fasziniert.

»Würdest du mich heimfahren?«, frage ich Christian deshalb und spüre auf der einen Seite Erleichterung, auf der anderen Seite aber auch Enttäuschung, als er meiner Bitte ohne Widerrede nachkommt.

Einige Stunden später, in den frühen Morgenstunden, betrachte ich mein nacktes Pendant im mannshohen Spiegel meines Vorraums. Ich sehe eigentlich gar nicht so übel aus, denke ich wohlwollend. Natürlich nehme ich die dezent-silbrigen Dehnungsstreifen sowie die weniger dezente Orangenhaut auf Oberschenkeln und Po wahr. Selbstverständlich hat die Straffheit meines Bauches und der Brüste im Laufe der Jahre ihren Tribut an die Schwerkraft gezahlt. Und ja, ich weiß auch, dass das Winterdepot meiner Reiterhosen ein klein wenig zu optimistisch angelegt wurde. Aber ich bin nun mal keine zwanzig mehr!

Langsam streichle ich über meine Haut, spüre die Weichheit meiner Brüste, meines Bauches und meiner Schenkel und gleite schließlich durch das dichte, krause Haar zwischen den Beinen. So lang und naturbelassen hatte ich die Haare down under schon ewig nicht mehr.

*Wie es wohl wäre, alles wegzumachen? Das macht frau jetzt schließlich so ...*

Der Gedanke macht mich kribbelig und aufgeregt. Als meine Finger erneut durch das knisternde Schamhaar streichen, beschließe ich kurzerhand, den Haaren den Garaus zu machen. Im Grunde genommen bin ich sowieso spät dran, denn die meisten Geschiedenen machen das direkt nach ihrer Trennung, um dem Ex eines auszuwischen. Und ja, natürlich habe auch ich mit diesem Gedanken gespielt. Unter anderem an dem Tag, als ich meinen Ex-Mann zum Flughafen fuhr, meine Tränen unterdrückte und ihm und der Neuen eine gute Reise wünschte. Dass nicht ich diejenige bin, die ihn glücklich macht, dafür kann schließlich keiner von uns dreien etwas. Einsam und verzweifelt fühlte ich mich an diesem Tag trotzdem, weshalb ich mit Katrin das Weinlager meines Ex-Mannes plünderte und, betrunken, wie ich war, über einen haarlosen Neustart nachdachte.

Sich jedoch aus Wehmut oder im Suff die Schamhaare zu rasieren, ist ziemlicher Blödsinn. Da war auch Katrins Zugang sehr pragmatisch: »Das sieht dein Ex jetzt sowieso nicht mehr. Und so hackedicht, wie du bist, kann das richtig gefährlich werden. Und ich bin strikt gegen Genitalverstümmelung!«

*Wo sie recht hat, hat sie recht.*

Heute allerdings bin ich maximal ein wenig verkatert, fühle keinerlei Schwermut oder Rachegelüste und bin einfach bereit, eine intime Vollglatze aus purer Lust am Abenteuer zu wagen.

Mein Intimhaar von voll entwickelt zu völlig blank zu bekommen stellt mich – und meinen Abfluss – allerdings vor ein fundamentales Problem. Denn mit meinem Ex-Mann hat sich obendrein auch der einzige Haartrimmer unseres Haushaltes verabschiedet.

Glücklicherweise bin ich flexibel, hole kurzerhand die Bastelschere aus dem Arbeitszimmer und beginne mein Werk, indem ich Schnitt für Schnitt die krausen Haare auf die Eichendielen segeln lasse. Zwischenzeitlich überkommt mich ein wenig Panik, weil meine Scham nun wie einst Janas Barbiepuppe aussieht, nachdem sie ihr im Alter von fünf

Jahren den ersten Haarschnitt verpasst hatte. Aber jetzt gibt es kein Zurück mehr, da muss ich durch.

Nachdem ich den Großteil der Haare manuell entfernt habe, hole ich Besen und Schaufel und beseitige die sterblichen Überreste meines Winterfells vom Fußboden. Danach steige ich in die Dusche und sage dem Rest der Körperbehaarung mit dem Einwegrasierer den Krieg an. Als ich fertig bin, fühle ich mich aalglatt. Wie ein dem Wasser entsteigender Otter. Erst beim Anblick meines nackten Pendants im mannshohen Spiegel bleibt mir kurzfristig die Spucke weg.

*Ach, du meine Güte, wie sieht das denn aus?!*

Schockiert starre ich auf die blanke Haut zwischen meinen Beinen. Ich war noch nie so nackt in diesem sehr intimen Bereich. Kein getrimmtes Dreieck, keine fassonierte Landebahn. Nur pure Nacktheit ist zurückgeblieben.

In der Dusche habe ich mir sogar die Arbeit gemacht, die feinen Härchen zwischen den Pobacken zu entfernen – was im Übrigen ein gar nicht so einfaches Unterfangen war. Jedenfalls ist jetzt wirklich alles weg. Zumindest für einige Tage, danach werden die Stoppeln vermutlich mächtig zwischen den Pobacken piksen und ich nicht mehr das Haus verlassen, um in Ruhe daran kratzen und reiben zu können.

Optisch erinnert mich meine nackte Vulva an ein neugeborenes Vögelchen im Nest – mal abgesehen davon, dass das Nest jetzt weg ist. Neugierig streiche ich über die weiche Haut der äußeren Vulvalippen und betrachte voller Faszination die inneren, von denen jetzt auch keine Haare mehr ablenken und die nun in all ihrer Pracht zu sehen sind. So viele Jahre habe ich mich gegen diese Nacktheit gewehrt, war entsetzt von dem Wunsch der Männer nach haarlosen Schamhügeln. Doch nach dieser verrückten, aufgeheizten und wunderbaren Nacht in Olivers Haus wollte ich etwas Neues wagen. Und jetzt kann ich mich zu meiner eigenen Überraschung gar nicht sattsehen an dieser Nacktheit, fühle mich verwegen, draufgängerisch und unglaublich sexy. Und zum ersten Mal seit sehr, sehr langer Zeit fühle ich mich wieder pudelwohl in meinem Körper. Die Rasur ist keinesfalls ausschlaggebend für dieses Gefühl. Vermutlich ist sie jedoch Ausdruck meiner neu erwachten Abenteuerlust und Neugierde.

Kurzum, das Spiegelbild meiner Vulva zu betrachten hat etwas überraschend Sinnliches, wirkt sich auf meinen ganzen Körper aus.

*Wie es wohl wäre, Christian so nackt gegenüberzustehen?*

Huch, da ist sie wieder, diese flüsternde Sirene in meinem Kopf. Wie werde ich die denn bloß wieder los? Diese permanente wispernde Verführung kann ich nämlich gar nicht gebrauchen.

Blöd nur, dass mein prickelnder Körper mir in diesem Moment in aller Deutlichkeit signalisiert, dass er sehr wohl neugierig wäre, wie es wohl wäre, wenn ...

*Mieser kleiner Verräter!*

Hm, vielleicht bin ich ja das nächste Mal mutiger?!

Wahrscheinlich nicht – falls es denn jemals ein nächstes Mal geben wird. Ich seufze abgrundtief, ehe ich in Leggings und Sweater schlüpfe.

Ich möchte nicht, dass die Haare im Küchen- oder im Badezimmermülleimer liegen und womöglich von Jana oder anderen Gästen gesehen werden. Deshalb gehe ich mit der vollen Kehrschaufel bewaffnet vor die Haustür, um das Beweismaterial meines Kahlschlags in der Mülltonne zu entsorgen.

Doch noch ehe ich dazu komme, den Deckel der Tonne zu öffnen, steht Ulla, meine Nachbarin und Oberbefehlshaberin der *Reihenhaus Big Brother AG*, vor mir und jagt mir einen Mordsschreck ein.

»Uh, mir scheint, du hast dein Meerschweinchen enthaart?!«, kommentiert sie mit Kennerblick die Überreste auf der Schaufel.

»Was? Äh, ich habe kein Meerschw ...«, hole ich zu einer Verneinung Luft, ehe ich ihre Metapher verstehe. »Oh! Ja, richtig. Das Winterfell musste weg.«

»Bei dir ist offensichtlich einiges über den Winter zusammengekommen«, kichert Ulla, und unvermittelt sehne ich mich nach einem Meteoriteneinschlag oder einer anderen Katastrophe, die meinem Leben ein schnelles, schmerzloses Ende setzt. Betreten blicke ich auf meine Hausschuhe, wackle unbeholfen mit den Zehen. Ullas anzüglicher Blick auf das krause Haar behagt mir gar nicht.

»War das gestern dein Neuer?«, erkundigt sie sich völlig unberührt von meiner Paralyse und Beschämung.

»Was? Wie? Christian? Ach so, nein, das ist ein alter Freund«, stammle ich.

»Also alt wirkte er nicht auf mich. Im Gegenteil. Den würde ich auch gerne mal mein Meerschweinchen streicheln lassen.«

*Hilfe!*

Hektisch öffne ich den Deckel des Mülleimers, werfe die krause Pracht hinein und verschwinde ohne ein weiteres Wort in meinen sicheren vier Wänden.

# Sehnsucht-Syndrom

Mai

Steppenschnecken sind wahre Überlebenskünstler der Wüste. Wenn die Umgebungsverhältnisse schlecht sind, schlafen sie einfach. Wenn nötig, jahrelang. Sobald sich die Lage bessert, wachen sie auf, um zu fressen und sich zu paaren.

*So ein Leben müsste man haben. Dann könnte ich jetzt einfach schlafen und warten, bis die nächste Party steigt.*

Aber nichts da. Euphorie und Tatendrang meines intimen Kahlschlags sind längst verflogen, und stattdessen ist abermals Alltag eingekehrt. Und mit ihm haben auch die Haare im Höschen wieder die totale Kontrolle übernommen.

Es ist Ende Mai. Der Frühling ist fast schon wieder vorbei, aber von Frühlingsgefühlen fehlt jede Spur. Von Sommer- oder Bacardi-Feeling gar nicht erst zu reden. Im Gegenteil, das miese Wetter nervt mindestens genauso wie eine verpflichtende DSGVO-Schulung.

Christian und ich haben seit Olivers Feier einige Male hin- und hergetextet und einige zweideutige Smileys und Memes ausgetauscht, doch in einen richtigen Schreibfluss sind wir zu meinem Bedauern nicht gekommen. Katrin meint, das kann ich sowieso von keinem Mann erwarten. Und abgesehen davon, sei ich selbst schuld, habe ich Christian doch abblitzen lassen, nur weil ich nicht emanzipiert genug war, ihm meine natürliche Körperbehaarung zuzutrauen.

Katrin vertritt einen klaren Standpunkt: »Scheiß aufs Rasieren! Der Typ arbeitet in der Notaufnahme. Der muss mit weit mehr als ein paar Haaren klarkommen. Oder denkst du, dort kommen nur tipptopp gestylte Menschen hin?!«

So pragmatisch bin ich aber leider nicht. Allein die Vorstellung beschert mir postwendend Hitzeschübe und nervöse Flecken am Dekolleté.

Katrin ist zudem der Meinung, ich solle wenigstens jetzt auf ihn zugehen, wenn ich es damals schon so vergeigt habe. Aber dafür bin ich dummerweise zu stolz, möchte viel lieber selbst umworben werden, anstatt proaktiv den ersten Schritt zu machen – auch wenn das unemanzipiert ist.

*Na und, dann bin ich eben eine Prinzessin! Irgendwann muss doch auch mal mein berittener Held in weißer Rüstung auftauchen. Oder wenigstens ein netter Kerl mit unbefristetem Dienstvertrag und noch Haaren am Kopf.*

Weil Hoffnung und Realität aber wieder einmal auseinanderklaffen, bin ich derzeit schwer geknickt.

Manchmal mache ich mir Sorgen, dass ich mein Kontingent an Liebe, Lust und Sex bereits in meinen frühen Zwanzigern aufgebraucht habe. Sollte das der Fall sein, würde ich gerne einen neuen Vertrag mit Amor abschließen oder mein Guthaben aufladen. Denn ein wenig Spaß hätte ich mir langsam wirklich wieder verdient. Meine Meinung. Nur mal so nebenbei erwähnt.

Nach einer weiteren Nacht voller erotischer Träume, die kurz vor meinem Orgasmus enden, beschließe ich, mein Leben selbst in die Hand zu nehmen.

Vorerst passiert allerdings gar nichts. Es sieht sogar alles danach aus, als wäre mein Samstag tatsächlich zum Kübeln. Nicht nur, weil ich müde bin, sondern auch, weil es schon wieder regnet und mir das Wetter einen Strich durch die Rechnung macht. Denn eigentlich hatten Jana und ich vor, heute durch die Fußgängerzone zu bummeln und anschließend ein Mutter-Tochter-Picknick im Park zu machen. Doch Jana hat mich nach dem Mittagessen beim Italiener kurzerhand stehen lassen und erklärt, sie müsse »noch etwas erledigen«. Und ich kann ihr nicht einmal böse sein, weil ich ihr als Kind bestimmt tausendmal genau diese Antwort gegeben habe, wenn sie eigentlich meine Aufmerksamkeit gewollt hat.

Nach Hause möchte ich trotzdem nicht. Deshalb beschließe ich, auf dem Heimweg dem Einkaufszentrum neben der Autobahn einen Besuch abzustatten. Konsum soll ja angeblich glücklich machen. Kurzfristig zumindest.

Um meine Einsamkeit zu mildern, steuere ich zielgerichtet auf ein Set schwindelerregend teurer Salatschüsseln zu, als ich mit einem Mann zusammenstoße. Nicht einfach

Schulter an Schulter, sondern so richtig volles Karacho Nase an Kinn, mit anschließendem Sturz auf meinen Po.

»Verdammt!«, fluche ich am Boden sitzend. Mit der einen Hand massiere ich mein Steißbein, mit der anderen meine Nase, aus der bereits Blut tropft.

Der Mann lässt seine Einkaufstüten vor Schreck fallen und kniet vor mir nieder. »Geht's noch? Kannst du nicht aufpassen?«, ereifere ich mich, weiß noch nicht genau, wohin mit meinem Ärger und all dem Blut, das mir aus der Nase rinnt.

Doch als ich hochblicke, stocke ich und blicke in zwei tiefblaue, von dichten Wimpern umrahmte Augen.

*Oh Gott, ja, ich will! Ja!*


Völlig unvermittelt und kopflos übernimmt mein Reptiliengehirn, der älteste und am tiefsten liegende Teil des menschlichen Gehirns, die Kontrolle, und die folgenden anderthalb Stunden sind ebenso wie das Ergebnis vorprogrammiert: Ich lasse mich von ihm führen, wohin er will – was erst einmal eine Bank ist, auf der er meine Nase untersucht und mir bescheinigt, dass alles in Ordnung ist, er kenne das, Fußballer, alles halb so schlimm. Anschließend lotst er mich in ein Café – und damit ist es besiegelt: Ich bin verliebt.

*Hach! Michael, Michael, Michael!*

Ich kann mein Glück kaum fassen, denn neben diesen traumhaften tiefblauen Augen hat Michael auch einen Körper zum Niederknien und wunderschöne Lippen. Während er spricht, kann ich mich kaum auf etwas anderes konzentrieren als deren Bewegungen. Dass er jünger ist als ich, sei ihm verziehen, dafür kann er schließlich nichts. Ebenso, dass er in einer Werbeagentur als Junior Consultant arbeitet, denn irgendjemand muss diesen sinnentleerten Job wohl machen, andernfalls wären die horrenden Werbeetats der Konzerne nicht zu rechtfertigen. Selbst dass er Fußball liebt und sich für Autosport interessiert, verzeihe ich diesem Prachtexemplar von Mann, denn das Schicksal hat uns nun mal unwiderruflich an diesem verregneten Nachmittag zusammengeführt, und es wäre dumm, sich an solchen Kleinigkeiten wie dem Alter oder fehlenden gemeinsamen Interessen aufzuhängen.

»Ich muss dann langsam mal los«, erklärt Michael nach einem Espresso, einer Himbeerschnitte und einem bedauernden Blick auf seine Sportuhr.

*Nein! Lass mich nicht allein!*

Plötzlich überkommt mich das unbändige Bedürfnis, mir die Kleider vom Leib zu reißen, ihn zu küssen und zu schmecken, und ich frage mich, wie er wohl stöhnt, wenn er in mir kommt.

Und obwohl ich mich ein wenig für diese triebhaften Fantasien geniere, kann ich mich nicht des Wunsches erwehren, dass er mit seinen Händen über meine Haut gleiten soll, als wäre sie kostbare Seide. Schon allein der Gedanke macht mich hibbelig, und ich sehe an Michaels Blick, dass auch sein Kopfkino die jugendfreie Zone verlassen hat und soeben die FSK-16-Arena betritt.

Die Zeit scheint stillzustehen, und dieser Moment ist

so surreal, so großartig, dass ich mein Glück kaum fassen kann.

*Ist das der Augenblick, in dem »der Rest meines Lebens« beginnt?*

Michael räuspert sich heiser, spielt nervös mit der Papierserviette: »Tja, also ...«

»Ja ...?«, ermutige ich ihn, lächle ihn an.

»Mein Auto steht in der Parkgarage. Wir könnten ... also ...«

»Ja, ich will!«, rufe ich aus und schäme mich im gleichen Moment für meine Euphorie.

Doch Michael grinst erfreut und ein wenig verlegen, was ihn in meinen Augen noch entzückender aussehen lässt.

In der Tiefgarage läuft dann aber trotzdem alles anders als geplant. Kaum ist die Luft rein, zieht er mich hinter einen großen schwarzen Familienvan, drückt mich gegen die staubige Karosserie und fährt unter mein Shirt. Ich bin etwas überrumpelt, hätte gern ein wenig langsamer gestartet, lasse mich aber von seiner Begierde mitreißen, küsse ihn stürmisch und fahre durch sein Haar.

»Du bist so geil«, flüstert Michael an meinem Ohr.

Als er mein Oberteil mitsamt BH hochschiebt und meine Brust umfasst, läuft mir ein herrlicher Schauer über den Rücken. So nahe war mir schon lange kein Mann – abgesehen von dem netten Radiologen während meiner alljährlichen Vorsorgeuntersuchung und anschließender Mammografie –, nicht einmal Christian bei unserem Tantra-Kurs.

Von meinen Empfindungen überwältigt, seufze ich auf und lege den Kopf in den Nacken. Es ist ganz offensichtlich viel zu lange her, dass ich Lust empfunden habe, berührt und begehrt wurde. Ermutigt von meiner Reaktion, drückt Michael sich enger an mich, und ich spüre seine Erektion. Hart und bereit.

Mittlerweile sind auch seine Küsse drängender, fordernder geworden. Michaels Hände wandern von meiner Brust hinab zu meiner Hose, und ehe ich mich's versehe, öffnet er die Knöpfe meiner Jeans. Ungeachtet der Tatsache, dass wir uns im öffentlichen Raum befinden und jede Sekunde eine Familie vom Wochenendeinkauf um die Ecke spazieren könnte, spüre ich plötzlich kühle Luft an meinem nackten Hintern.

*Irgendwie geht mir das jetzt doch ein wenig zu schnell.*

Weil Michaels Finger aber schon dabei sind, die Feuchtigkeit zwischen meinen Beinen zu erkunden, und ich unwillkürlich erneut aufseufze, lasse ich ihn gewähren. Wäre ich voll zurechnungsfähig, würde meine Blase gewinnen und meine Klitoris klein beigeben. Mit Harnwegsinfekten und Erkältungen ist nicht zu spaßen! Doch seitdem Jonas und ich uns im Winter das letzte Mal getroffen haben, bin ich nicht mehr so berührt worden, und Michaels Finger stellen sich überraschend geschickt an, weshalb mein Lustzentrum die Oberhand behält.

*Ja, genau da!*

Gerade habe ich mich an Tempo und Druck seiner Finger gewöhnt, da lässt er auch schon wieder von mir ab, holt ein Kondom aus seiner Geldbörse und zieht es über.

*Moment, das …*

Ich komme nicht einmal dazu, den Gedanken zu Ende

zu führen, da klebe ich bereits mit dem Gesicht an der Heckscheibe, schmecke den Straßenstaub und Schmutz. Kurz habe ich Angst um meine lädierte Nase, doch dann dringt Michael ohne Vorwarnung von hinten in mich ein.

»Oh mein Gott, du bist so feucht«, stöhnt er, dann stößt er zu.

»Langsam, Cowboy! Das geht mir zu schnell«, lasse ich Michael wissen, doch er scheint mich nicht einmal zu hören, stößt einfach weiter.

Einmal, zweimal, dreimal.

*Was zum Teufel ...?*

Plötzlich bin ich gar nicht mehr verliebt. Ein letztes Mal krallt Michael sich noch von hinten an meine Brust, dann entlädt er sich stöhnend.

Ich bin völlig perplex, weiß nicht, was ich denken oder machen soll. Deshalb bleibe ich einfach abwartend stehen, lausche seinen schweren Atemzügen an meinem Hinterkopf.

»Wow, das war echt *crazy!*«, stöhnt er, und obwohl ich ihn nicht sehen kann, höre ich das Grinsen auf seinen Lippen.

*Bitte was?!*

Wie in Zeitlupe drehe ich mich um, blicke ihn fassungslos an. Meine Geilheit ist wie weggeblasen. Zurück bleibt der fahle Geschmack von Versagen und Enttäuschung. Würde meiner Tochter Jana so etwas passieren, würde ich ihr raten, dem Kerl eine zu scheuern und ihn zum Teufel zu wünschen. Ich selbst bin aber trotz meines Alters weder so mutig noch so emanzipiert – hoffe stattdessen, ihn mit meinen Blicken töten zu können. Oder dass sein Karma-Konto durch diese

Aktion wenigstens ins Minus saust und er als Ameise wiedergeboren wird.

Als Michael das Kondom gleichgültig in Richtung der grauen Betonwand auf den Boden klatscht, zucke ich richtiggehend zusammen. Prompt wird aus der Ameise eine Amöbe. Diese nachlässige Geste steht symbolisch für die drei Minuten unseres Beisammenseins. Kaum habe ich meinen Zweck erfüllt, bin ich nutzlos geworden und werde entsorgt.

»Ich muss dann jetzt wirklich mal ...«, erklärt Michael und deutet Richtung Garagenausfahrt.

Sein Versuch eines Lächelns misslingt kläglich und erinnert an einen Esel. Ich bin noch immer wie gelähmt und weiß nicht, wie und ob ich reagieren soll. War der Café au Lait tatsächlich schon seine Definition von Vorspiel? Lediglich seine unübersehbare Verlegenheit bereitet mir ein wenig Genugtuung, lässt mich nicht völlig als Verliererin dieses Spiels zurück.

Er rauscht mit dem schwarzen Familienvan davon, und ich sehe noch, wie Scheibenwischwasser aus den Düsen spritzt und die Wischer den verräterischen Fleck im Staub der Heckscheibe eliminieren, den ich dort hinterlassen habe.

Nach diesem Anblick löse ich mich langsam aus meiner Paralyse, pule meine Unterhose aus der Pospalte und hebe mit spitzen Fingern das Kondom auf. Noch vor wenigen Minuten habe ich das Teil in meiner Vagina gehabt, doch jetzt ekle ich mich davor. Nicht nur vor den Körpersäften, die innen und außen kleben, sondern auch vor der Achtlosigkeit des ehemaligen Besitzers.

Nachdem ich das Ding im nächsten Mülleimer entsorgt habe, schreibe ich aus einem Impuls heraus eine Nachricht an Christian: »Wie geht's dir? Ich denk an dich ...«

Seine Antwort kommt prompt, in Form eines Smileys mit Herzchenaugen, ergänzt um eine Einladung, bei ihm vorbeizukommen. Er ist gerade aus dem Krankenhaus gekommen und würde sich über Gesellschaft beim Kochen und Essen freuen.

Eine Stunde später sitze ich in Christians geräumiger Wohnküche. Er hat es sich nicht nehmen lassen, einen Teller mit feinsten Delikatessen für mich vorzubereiten, die jetzt alle gierig darauf warten, direkt auf meine Hüfte zu wandern. Offenbar wirkt sich der Tiefgaragen-Quickie nicht auf mein Essverhalten aus. Sehr bedauerlich! Mehr noch, während ich Christian beim Schneiden, Braten und Dünsten des Gemüses zusehe, esse ich parallel den voll belegten Antipasti-Teller bis auf die letzte getrocknete und in Öl getränkte Tomate allein auf. Was soll ich sagen, ich bin eben ein Multitasking-Genie. Und eine Frustesserin.

Um mich von meinem desaströsen Tiefgaragen-Moment abzulenken, frage ich nach Olivers Party: »Läuft das dort immer so ab? Ich war nämlich noch nie auf so einer Party.«

Christian grinst: »Irgendwann ist immer das erste Mal. Was hältst du davon?«

»In erster Linie bin ich neugierig. Wie viele Schlafzimmer gibt es denn in Olivers Haus?«

»Zwei.«

Blinzel, blinzel. Während meine Wimpern in Stakkato flattern, arbeitet mein Gehirn auf Hochtouren. »Aber es waren doch drei Paare oben ...?!«

»Dann hat sich wohl ein Paar zu einem anderen gesellt.«

Ich bin schockiert. Und fasziniert.

»Ich glaube, das könnte ich nicht.«

»Was genau? Neben einem anderen Paar Sex haben oder Partnertausch?«

»Echt jetzt?! Ist das eine Art Gangbang? Wie soll das gehen? Ich kriege nicht mal einen passablen One-Night-Stand auf die Reihe ...«, gestehe ich und erzähle Christian bei dieser Vorlage nun doch von meinem Tiefgaragen-Fehltritt. Wieder einmal bestätigt sich, dass Christian ein guter Zuhörer ist. Er schweigt viel, nickt ab und zu und stellt an genau den richtigen Stellen die richtigen Fragen. Vielleicht lernt man das ja beim Medizinstudium? Könnte durchaus von Vorteil sein, wenn man Menschen mit Halsschmerzen keinen Einlauf verpassen will, nur weil man nicht richtig zugehört hat.

»Warum hast du ihn rangelassen?«, erkundigt Christian sich. Es liegt kein Tadel in seiner Stimme, lediglich Interesse.

Ich zucke mit den Achseln, und dann sage ich die Wahrheit: »Weil ich dachte, bei ihm nichts zu verlieren – außer ein wenig Stolz vielleicht, wegen des unwürdigen Ortes. Und weil ich einsam bin und mich nach körperlicher Nähe sehne – na ja, und weil er heiß war, jünger und mich genauso wollte wie ich ihn.«

Christian sieht mich stumm an, kurz glaube ich, einen Hauch Traurigkeit über sein Gesicht huschen zu sehen, aber das muss ich mir eingebildet haben. Denn wenn hier jemand Grund hat, traurig zu sein, dann bin das ja wohl ich. Und wütend noch dazu! Im Nachhinein ärgere ich mich nämlich maßlos über mich selbst.

Mit Sicherheit haben schon Millionen anderer Frauen ähnliche Erlebnisse hinter sich, aber wieso machen wir Frauen das eigentlich? Warum fühlen wir uns bemüßigt, solches Verhalten zu dulden? Wieso können wir nicht lauter sagen, dass es zu schnell geht, dass wir genug haben, dass wir nicht (mehr) wollen oder dass es wehtut? Und wenn schon nicht mittendrin, warum dann nicht wenigstens im Nachhinein? Hätte ich einen Sohn statt einer Tochter, hätte ich ihm beigebracht, Frauen und ihren Körper zu respektieren. So kann ich lediglich hoffen, dass Jana klüger und mutiger ist als ich und ich bei ihrer Erziehung doch irgendetwas richtig gemacht habe. Und dass sie an anständige Jungs gerät.

»Ich hätte einfach nicht mit ihm in die Garage gehen sollen ...«

»Bullshit!«

»Wie bitte?«

»Das ist Bullshit, Alex. Mach dir bloß keine Vorwürfe! Der Typ ist ein Idiot, und ich kann solche Männer partout nicht ausstehen.«

»Ich habe es schließlich darauf angelegt ...«

»Nein!« Christian ist jetzt wirklich wütend. »Das war nicht deine Schuld!« Christian legt das Messer und das Gemüse beiseite, sucht Blickkontakt: »Okay, lass uns die Situation einfach mal ein wenig verändern. Perspektivenwechsel quasi. Stell dir vor, es geht nicht um Sex, sondern um Tee.«

»Tee?«

»Ja, Tee. Du hast Besuch und fragst deinen Gast, ob er Tee möchte. Er sagt Ja, du gehst in die Küche und bereitest einen Tee zu. Als du zurückkommst, hat er es sich anders überlegt und will doch keinen Tee mehr. Klar bist du verwirrt. Klar ärgerst du dich. Aber würdest du ihm trotzdem den Mund aufhalten und ihm den Tee gegen seinen Willen einflößen?«

Ich schüttle den Kopf.

»Eben«, konstatiert Christian. »Und selbst wenn dein Gast bereits begonnen hat zu trinken und dann ganz plötzlich doch nichts mehr möchte, würdest du ihn gegen seinen Willen zwingen weiterzutrinken, bis die Tasse leer ist? Nein, würdest du nicht! Wenn du achtsam und klug bist, würdest du doch viel eher herausfinden wollen, was seinen Stimmungswandel hervorgerufen hat, wieso er plötzlich nicht mehr will oder ob er etwas anderes braucht?!«

Ich nicke langsam. Christian hat recht.

»Nein ist nein ist nein. Bei Tee und beim Sex. Egal, was der Aktion vorausgegangen ist«, wiederholt Christian eindringlich. Seine Brauen sind zu einer ernsten Linie gezogen. »Ich sehe das ständig bei meiner ehrenamtlichen Arbeit als Arzt in diversen Frauenberatungsstellen. Frauen suchen viel zu häufig die Schuld bei sich selbst. Dabei ist es doch so einfach: Sagt jemand ›Stopp‹, dann heißt das ›Stopp‹. Alles andere ist ein sexueller Übergriff und kein Kavaliersdelikt!«

Ich seufze. Irgendwie schäme ich mich, fühle mich klein und dumm. Aber Christian hat recht, ich habe nichts falsch gemacht. Michael ist ein Mistkerl.

»Erschwerend kommt hinzu, dass der Typ auch noch die Dreistigkeit besessen hat, dich gegen die eigene Familienkutsche zu ficken!«, schnaubt Christian aus.

Die Bezeichnung »ficken« stößt mir sauer auf, aber genau das war es wohl: ein Fick.

»Leider ist er kein Einzeltäter. Bist du nicht auch schon fremdgegangen?«

Ich kenne Christians Vergangenheit, frage also bewusst suggestiv.

»Früher, ja«, bestätigt Christian. »In einem anderen Leben, als ich noch sehr, sehr jung war. Aber niemals so wie dieser Typ, dafür mag ich Frauen einfach zu sehr. Ich konnte mich eben nie auf eine festlegen, fand immer alle toll. Und dabei war noch nicht einmal die nächste besser als die davor, sondern einfach nur genauso reizvoll.«

Das entschuldigt zwar nicht sein Verhalten, wundert mich aber auch nicht. Christian ist eben ein Weiberheld. Und eigentlich sollte ich gar nicht hier sitzen, sondern schön brav die Finger von ihm lassen. Denn wenn ein Mann wie Christian Ende vierzig noch Single ist, sollten die Alarmglocken läuten. Da muss man sich doch unwillkürlich fragen: *Where is the pooh?*

Wo genau der Haken bei Christian ist, weiß ich nicht. Seit über zwanzig Jahren lässt er sich von einer Beziehung zur nächsten treiben, ohne dass es meines Wissens jemals richtig ernst geworden wäre. Einige seiner Verflossenen habe ich sogar recht gut gekannt, und ich wage die Behauptung, dass sie Potenzial zum Hausfrauchen hatten. Geklappt hat es offenbar aber trotzdem nicht. Vielleicht trifft Christian auch gar keine Schuld daran, sondern er wurde einfach immer nur ein Opfer des weiblichen Masterplans: noch einmal so richtig mit einem heißen Typen zum Pferdestehlen auf den Putz hauen, ehe man mit einem öden, aber verlässlichen Bauchansatz-und-Halbglatze-Kerl einen Wohnkredit aufnimmt und in einlullender Monotonie versinkt.

Vielleicht tue ich Christians Verflossenen aber auch unrecht, und sie hatten sehr wohl das Bedürfnis, diese Polly-Pocket-Idylle mit ihm zu erleben. Und er wollte eben nicht. Gesetzt diesen Fall, würde ich jeder anständigen Frau eine Warnung zurufen – und sollte auch selbst schleunigst die Beine in die Hand nehmen.

Doch die Wahrheit liegt vermutlich irgendwo dazwischen. Ich kenne Christian schon so lange, weiß ehrlich gesagt aber viel zu wenig über ihn und sein innerstes Erleben. Und weil ich Christian wirklich gerne mag, will ich irgendwie glauben, dass er bisher einfach Pech bei seiner Damenwahl hatte. Und keine Zeit. Immerhin war er nach dem Medizinstudium als junger und ambitionierter Arzt lange Zeit sozial untergetaucht. Nachtdienste, Fortbildungen, Facharztausbildung. Zielstrebig kletterte er auf der Karriereleiter hoch und lebte für seine Patienten. An Familie und Kinder war damals vermutlich kaum zu denken. Erst danach gab es wieder die eine oder andere Anwärterin.

Gut für mich, denn andernfalls würde ich heute wohl nicht in Christians Wohnzimmer sitzen und mich von ihm trösten lassen. Oder über sein Liebesleben reden. Denn Toleranz hin oder her, da würden die meisten Frauen ein Veto einlegen. Über den eigenen Sex darf schließlich nur innerhalb der eigenen Partnerschaft geredet werden. Alles andere könnte ja quasi als ein Bewerbungsgespräch, sprich gegenseitiges Abtasten, verstanden werden.

»Und heute gehst du nicht mehr fremd?«, hake ich nach. Weil mir Treue schon sehr wichtig ist und ich Christians Einstellung eben doch abtasten möchte.

»Nein. Heute muss ich nicht mehr fremdgehen. Und meine Partnerinnen müssen das auch nicht mehr tun.«

»Wie meinst du das? Weil du so gut bist, dass die Frau neben dir keinen Bock mehr auf andere Männer hat, oder wie?«

»Das auch.« Christian lacht amüsiert auf, und ich muss mir eingestehen, dass ihm diese Fröhlichkeit etwas Jungenhaftes verleiht. »Aber ich erwarte keine körperliche Ausschließlichkeit von meiner Partnerin, sie hat quasi meine Erlaubnis, und somit ist es kein Fremdgehen.«

Ich bin perplex. Doch noch ehe ich nachhaken kann, wechselt Christian das Thema: »Erzähl mir von deiner Ehe!«

Er kennt meinen Ex-Mann genauso lange, wie er mich kennt, doch er will die Geschichte aus meinem Mund hören. Ich seufze abgrundtief, ehe ich Mut fasse: »Es ist zwar schon so lange her, dass ich mich kaum daran erinnern kann, aber wir waren bestimmt einmal sehr verliebt. Dann kam Jana und dann der Alltag. Irgendwann sind wir uns gegenseitig auf die Nerven gegangen. Es sind die Kleinigkeiten des Alltags, die das Zusammenleben auf Dauer unerträglich machen. Ich weiß, dass er besonders in den letzten gemeinsamen Jahren voller Sehnsucht war. Aber ich konnte ihm einfach nicht geben, was er wollte. Und er mir auch nicht. Wir haben uns im Guten getrennt. Es ist, als ob die Reibungspunkte seit der Trennung zu Ex-Reibungspunkten geworden wären. Vielleicht war ich oft auch zu kleinlich und habe zu kompliziert gedacht ...« Plötzlich habe ich einen dicken Kloß im Hals. »Wie dem auch sei. Jetzt muss ich jedenfalls wieder von vorne anfangen. So ein Mist auch!«

»Womit anfangen?«, hakt Christian nach.

»Na, mit allem!«, antworte ich ungeduldig. »Einen Mann suchen, Dating, eine Beziehung aufbauen. Alles halt. Ich bin ja wieder bei null, stehe am Anfang.«

Mit extra viel Selbstmitleid rezitiere ich *Monopoly*, das Gesellschaftsspiel aus Kindertagen: »Gehen Sie zurück auf LOS. Gehen Sie direkt dorthin, ziehen Sie kein Startgeld.«

»Ich bedaure, aber da muss ich dich korrigieren«, antwortet Christian, völlig unberührt von meinem tragischen Schicksal.

»Aha?«, zeige ich mich skeptisch, aber durchaus neugierig.

»Erstens fängst du nicht bei null an, sondern diesmal mit Erfahrung. Zweitens musst du keinen Mann suchen – die werden dich finden. Und drittens ist Dating ein großartiger Zeitvertreib.«

Typisch Christian, denke ich mit dem Anflug eines Lächelns. Weil ich aber gerade so herrlich im Selbstmitleid versinke, jammere ich weiter: »Aber ich bin trotzdem allein, pflanze keine Bäume im Regenwald und schlafe nicht unterm Sternenhimmel. Mein Leben ist langweilig und öde, und irgendwann sterbe ich und werde nichts erlebt haben außer einer Scheidung, einer Pandemie und vielleicht der einen oder anderen Magenverstimmung.«

»Das könnte natürlich passieren«, gibt Christian zu. »Aber wenn du willst, werde ich nach deiner Beerdigung jede Woche eine Blume plus Karte mit kryptischem Inhalt auf dein Grab legen, damit die Leute verunsichert sind und wenigstens glauben, du hättest ein geheimnisvolles zweites Leben geführt.«

Nun muss ich doch lachen. »Du bist furchtbar!«, rufe ich aus und werfe den Strunk einer Karotte nach ihm.

Zwei Stunden später, nach einem hervorragenden Abendessen und etlichen Gläsern Wein, ist meine Zunge so weit gelockert, dass auch die letzte Bastion an Zurückhaltung fällt. Nach einer Reihe niveauloser, dafür umso lustigerer Witze sind Christian und ich auf dem Sofa immer näher zueinandergerückt.

»Lass uns Tacheles reden!«, fordert Christian mich auf. »Worauf stehst du, was turnt dich an?«

»Hm, schwer zu sagen. Für mich ist vermutlich der erste Kuss ausschlaggebend. Wenn er sich ›richtig‹ anfühlt und der Mann gut riecht und schmeckt und wenn ich seine Lippen aufregend finde, dann kann durchaus auch der nächste Schritt ausprobiert werden.«

»Der erste Kuss entscheidet also, ob es weitergehen kann?«

»Ja, absolut! Ich glaube nicht, dass sich das Küssen im

weiteren Verlauf bessert, und wenn das schon nicht klappt, wäre es die reinste Zeitverschwendung, noch länger herumzuprobieren.«

»Puh, jetzt stehe ich kusstechnisch etwas unter Erfolgsdruck ...«

»Ach, du spielst bestimmt in der Oberliga. Schon allein, was die Erfahrung angeht.«

Christian schenkt mir ein schelmisches Zwinkern, geht aber nicht weiter darauf ein.

»Was macht dich an?«, spiele ich den Ball neugierig zurück.

»Ich bin sehr einfach gestrickt. Ich mag alles von sexy bis dirty. Besonders wenn eine Frau ihre Lust zeigt, werde ich wahnsinnig scharf.«

»So einfach?«

»Ja, so einfach. Lust triggert Lust, und mich turnt die Lust meiner Partnerin an.«

*Liegt es an der Wendung des Gesprächs, oder ist die Raumtemperatur gerade um einige Grad nach oben geschnellt?*

Ich mag Christians Ansatz, wenngleich ich es durchaus schwierig finde, meine Lust ungehemmt zu zeigen. Ich denke an die Männer meiner Vergangenheit und meine vergeblichen Anstrengungen, beim Liebesspiel alles »richtig« zu machen. Wie oft habe ich mein Stöhnen unterdrückt – oder ein Stöhnen gefakt? Wie oft habe ich verzweifelt versucht, meinen Bauch einzuziehen und gleichzeitig die Brüste rauszustrecken? Wie oft habe ich mich geschämt, offen zu sagen, was ich mag? Wie oft bin ich nicht gekommen, obwohl die Männer sich redlich Mühe gaben? Nur, weil ich sie nicht bitten konnte, doch mal »ein bisschen weiter links«, »langsamer« oder »schneller« zu machen. Oder mein Kopf einfach keine Ruhe gab.

*Wie es wohl wäre, ein Mann zu sein? Wäre es dann leichter, einfach zu kommen und die Zeit zu genießen? Oder ist das auch nur ein Klischee?*

Apropos Klischee: Es muss doch irgendetwas Spezielles geben, das Christian anmacht. Reizwäsche, Doppel-D, Füße oder Peitschen? Das Portfolio der Porno-Industrie ist bekanntlich weit gestreut.

»Worauf stehst du denn jetzt genau? Keine Fetische?«, hake ich nach.

»So langweilig das auch klingen mag, aber ich mag nun mal Vanilla-Sex.«

Skeptisch hebe ich eine Augenbraue. »Was ist das?«

Christian grinst breit: »Ganz normaler Sex, ohne Schnickschnack, ohne Kinks. Die Lack-und-Leder-Community findet das zwar etwas langweilig – eben wie Vanilleeis –, aber mir reicht nackte Haut auf Haut und die Begierde, wenn man sich sieht, schmeckt und riecht.«

*Oh Gott, bitte lass mich dein Vanilleeis sein!*

»Eine Sache gibt es allerdings, auf die würde ich beim Sex nie verzichten wollen«, überlegt Christian laut.

»Und das wäre?«

»Ich liebe es, Frauen oral zu verwöhnen.«

*Auch hier: Hallo, Vanilleeis!*

Spätestens jetzt hat Christian meine volle Aufmerksamkeit. Und ich Hitzewallungen.

*Oder sind das schon die Wechseljahre?*

»Was genau magst du daran?«

»Alles. Den Geruch, den Geschmack, die Intimität. Es gibt Frauen, die kann ich inhalieren und stundenlang lecken. Für mich ist das Lecken, was für dich das Küssen ist. Wie sagtest du zuvor? Wenn der Kuss sich ›richtig‹ anfühlt, die Partnerin gut riecht und schmeckt und wenn ich die Lippen aufregend finde, dann kann durchaus auch der nächste Schritt ausprobiert werden. Alles andere wäre die reinste Zeitverschwendung.«

*Huch, jetzt werde ich aber wirklich rot. Was für ein Vergleich.*

Plötzlich überfällt mich unbändige Lust, das Gesagte in die Tat umzusetzen. Doch just in diesem Augenblick, als ich mir ein Herz fasse und Christian einige weitere Zentimeter näher rücke, reißt uns das Läuten an der Haustür aus unserem aufgeheizten Trancezustand.

Vor der Tür steht Claus, Caros Mann, mit einem Rucksack in der Hand und einem verzweifelten Ausdruck im Gesicht: »Ich störe nur ungern, aber darf ich dein Gästezimmer für ein paar Tage belagern? Caro braucht eine Pause. Und ich ein Bier und ein Bett.«

# Down-under-Dilemma

## Juni

Zeit für den unangenehmen Teil des Tages. Vor mir liegt die zweite von etwa sechs Sitzungen, die mich von der Behaarung im Intimbereich befreien soll. Idealerweise dauerhaft, denn in meiner Bikinizone heißt es neuerdings: »Waxen statt wachsen«. Einige Wochen nach meinem Kahlschlag und Ullas neugierigem Blick auf mein Schaufelchen voller Haare hatte ich meinen ersten Laser-Termin bei einer Kosmetikerin ausgemacht. Die erste Prozedur habe ich folglich schon tränenden Auges über mich ergehen lassen. Tränend, weil sowohl die Laserbehandlung als auch der Griff in die Geldbörse schmerzhaft sind. Die zweite Sitzung steht mir heute bevor.

Angeblich muss man das nur fünf-, sechsmal über sich ergehen lassen, ehe die haarigen Zeiten der Vergangenheit angehören. Deshalb liege ich auch heute wieder auf der Liege und starre in das Gesicht der verstörend jungen Kosmetikerin, die vermutlich erst seit wenigen Wochen volljährig ist. So richtig ernst kann ich sie folglich nicht nehmen. Noch dazu, weil sie unaufhörlich plappert und meinen Ohren keine Ruhepause gönnt. Ich klammere mich an den Gedanken, dass dieses Kosmetikstudio einen tadellosen Ruf genießt und das junge Ding sicherlich gut eingearbeitet wurde.

Draußen hat es gefühlt vierzig Grad im Schatten. Hier drinnen, im Behandlungsraum, bewegen sich die Temperaturen in einem ähnlich quälenden Bereich. Und obwohl ich bereits weiß, was auf mich zukommt, bin ich auch diesmal so angespannt, dass ich fürchte, einen angst- und hitzebedingten Schweißfleck auf der Papierauflage zu hinterlassen. Was mich prompt noch nervöser werden lässt.

»Das wird so schön!«, meint die junge Frau, um mich zu beruhigen.

Um nicht den Überblick zu verlieren, an welchen Stellen sie bereits gearbeitet hat, zeichnet sie ein Gitternetz auf meinen Schamhügel. Das finde ich sehr professionell, lenkt aber nicht von der Tatsache ab, dass sie voll Vorfreude und hoch konzentriert wie eine Psychopathin vor dem Abschlachten ihres Opfers auf mich herabblickt. Erwartungsgemäß bricht mir der Schweiß aus allen Poren, und meine Beine beginnen zu zittern.

»Die erste Behandlung hat sehr gut angeschlagen«, unterzieht die Frau meinen intimen Haarwuchs einer Analyse. »Sie werden für den Sommer perfekt vorbereitet sein. Es sind schon viel weniger Härchen, und die sind jetzt auch viel feiner. Das wird so schön werden!«

Einerseits hat das junge Ding ja recht – bereits nach der

ersten Sitzung wuchsen die Haare nach dem Rasieren seltener ein, und der Nachwuchs war weniger dicht. Aber andererseits widerstrebt mir die wiederholte Bemerkung, dass meine Scham danach schön(er) wäre.

*Wie bitte sieht denn eine schöne Vulva aus? Und muss sie zwingend nackt sein, um als schön zu gelten? Und wie komme ich dazu, mir von diesem Küken erklären zu lassen, was schön ist?!*

Seit meiner frühesten Jugend kämpfe ich mit unnötigen Haaren, sei es im Gesicht, in der Bikinizone, unter den Achseln oder auf den Beinen. Selbst auf den großen Zehen wachsen dunkle Haare. Absurderweise nimmt die Behaarung mit den Jahren überall am Körper und besonders im Gesicht immer mehr zu, während sie auf dem Kopf weniger wird. Unfairerweise müssen wir Frauen uns allerdings dafür schämen, während Männer an den unmöglichsten Stellen und völlig ungeniert Haare zur Schau stellen: auf den Ohren – sogar in den Ohren –, aus der Nase guckend oder am Rücken wuchernd.

Wie dem auch sei, die dauerhafte Enthaarung meiner Labien symbolisiert meinen Neubeginn. Nicht, weil eine nackte Scham schöner ist, sondern weil mir diese Behandlung ein Stück Freiheit und Unbeschwertheit schenken soll. Und mir eben das Gefühl eines Neustarts vermittelt. Denn so wie andere Frauen sich die Kopfhaare neu färben, entledige ich mich dieser. Unten eben, nicht oben.

Übrigens, der Begriff »Labien« stammt aus dem Lateinischen und bedeutet Lippen. Meine haarlosen, samtig-weichen Schamlippen zu befingern glich für mich bei meinem ersten Versuch einem wahren Aha-Erlebnis. So erkannte ich auch den Zusammenhang zwischen Labello und Labien. Labello verspricht ja bekanntlich kussweiche Lippen. Nun, die habe ich jetzt nicht nur im Gesicht, sondern auch im Höschen.

Weil ich schon mal in der Stadt bin, treffe ich mich mit Katrin in einer dieser schicken Eisdielen, die es nur in Großstädten gibt und die mich immer wieder in Erstaunen versetzen. In einem Dorf würden Europaletten und bunt zusammengewürfelte Flohmarkt-Stühle schlichtweg furchtbar aussehen, im Ambiente der Großstadt hingegen wirken sie hip, stylish und nachhaltig.

»Du bist also jetzt haarlos?«, grinst Katrin mich über ihren Eiskaffee hinweg an.

»Nicht ein einziges Haar bleibt zurück.«

»Also, ich weiß nicht. Für mich wäre das nichts. Ich liebe die Haare auf meiner Vulva. Wenn der Mann durch das Haar fährt und es knistert, ist das unfassbar erotisch. Außerdem ist es für mich ein Zeichen maximaler Sinnlichkeit und Weiblichkeit, wenn eine Frau zu ihrem Schamhaar steht. Haare sind so echt, so ehrlich. Weißt du, was ich meine? Trotzdem verstehe ich natürlich den Reiz, den eine haarlose Scham ausmacht. Dann sieht man mehr.«

»Oder eben alles.« Ich lache leicht hysterisch auf und spüre, wie mir unwillkürlich die Schamesröte ins Gesicht schießt. »Also ein bisschen eigenartig ist das schon.«

Katrin ist verwirrt: »Warum? Eine Vulva ist doch schön anzusehen.«

Schön. Hier ist das Wort schon wieder.

»Na ja …« Ich zucke mit den Achseln, rühre in meinem Eiskaffee.

»Na ja?«, echot Katrin, zieht eine Augenbraue fragend hoch und räuspert sich.

*Hätte ich doch bloß den Mund gehalten. Wie komme ich jetzt wieder aus der Nummer raus?!*

»Na ja, schön? Also Neonlicht und nackte Scham muss jetzt auch nicht unbedingt sein.« Meine Wangen glühen. Befangen nestle ich am Strohhalm meines Eiskaffees herum.

»Ach, Alex …« Ich sehe zugleich Mitleid wie auch Sorge im Blick meiner Freundin, wodurch ich mich prompt noch schlechter fühle. »Du weißt aber schon, dass …«

»Ja, sicher«, unterbreche ich Katrin, ohne mir anzuhören, was ich ihrer Meinung nach denn zu wissen hätte. »Können wir jetzt bitte aufhören, darüber zu reden?«

»Natürlich. Nur eine Sache noch: Hast du schon mal darüber nachgedacht, warum wir eigentlich Schamhügel und Schamlippen sagen? Ist doch kein Wunder, dass wir Frauen uns immerzu schämen bei diesen doofen Worten. Ein Mann hingegen würde seinen Penis doch niemals als Schamwurst oder Schamstock bezeichnen!«

Jetzt muss ich doch wieder lachen. Diese Frau ist und bleibt eben ein Unikat.

Katrin grinst zurück. »Stimmt doch!«

Auf dem Heimweg hallen noch immer Katrins Worte in mir nach, werden dann aber von einem eingehenden Anruf unterbrochen, den ich über den Lautsprecher des Autos annehme. Es ist Mutter.

»Hallo, Alexandra! Gibt's was Neues?«, flötet meine Mutter, und mit der Nennung meines ganzen Namens setzt reflexartig das Schlechte-Gewissen-Syndrom ein. Das geht ganz automatisch, ist völlig irrational, und ich kann es beim besten Willen nicht ändern.

»Hallo, Mama!«

»Alles gesund? Wie geht es meiner Enkeltochter?«

»Ja, danke, alles in Ordnung bei uns. Ich war heute kurz bei Jana, hatte einen Termin in der Stadt. Ich habe sie schon ewig nicht gesehen. Sie lässt sich nur noch selten bei mir blicken. Aber das bedeutet wohl, dass es ihr gut geht.«

»Das denke ich auch. Sie ist ein liebes Mädchen.«

»Und bei euch? Wie geht's Papa?«

»Danke, danke! Alles bestens.«

Für eine Sekunde herrscht Stille in der Leitung, und mir schwant Übles.

»Also, Alexandra«, beginnt Mutter schließlich, und ich wappne mich innerlich gegen Schuldzuweisungen, Missbilligung oder Tadel, »hast du über Albert, den Witwer aus unserem Golfverein, nachgedacht?«

»Ja. Ich will ihn nicht treffen!«

»Aber wie sieht denn dann dein Plan aus? Du kannst schließlich nicht allein bleiben!«

»Ich bin nicht allein, Mutter.«

»Oh, hast du einen Neuen?«

»Nein, keinen Neuen. Ich habe doch Kurt und will seine Gefühle nicht verletzen.«

»Alexandra, das ist ein Goldfisch.«

»Na und? Er ist ein außerordentlich guter Zuhörer.«

»So kann das doch nicht weitergehen, Kind!«

»Da hast du vollkommen recht ... Oh, entschuldige, ich habe einen Anruf auf der anderen Leitung, muss jetzt aufhören«, würge ich meine Mutter ab und weiß jetzt immerhin auch, weshalb ich zuvor ein schlechtes Gewissen hatte.

Prophylaxe oder Vorahnung quasi, weil ich sie abwimmeln würde.

Die Anrufe zwischen mir und meiner Mutter dauern aus genau diesem Grund auch selten länger als achtzehn Sekunden. Manchmal sind sie sehr unproblematisch. Meistens jedoch verhält es sich mit ihnen wie mit dem Abziehen eines Pflasters: Je schneller man es hinter sich bringt, desto schmerzloser ist es.

Zwei Tage später sitzen Christian, Oliver, Yaira und ich im Innenhof eines angesagten Japaners.

»Wolltest du nicht aufhören zu rauchen?«, frage ich Oliver.

»Wollte ich?!« Erstaunter Blick auf die Zigarette zwischen seinen Fingern, genüsslicher Zug und entschlossenes Kopfschütteln. »Das war wohl eher so ein Neujahrsvorhaben ohne Neujahr.«

Ich nicke verständnisvoll. Diese Vorhaben kann auch ich zur Genüge vorweisen. Sie kommen häufig anlassbezogen, manchmal auch spontan. Aber immer unerwünscht und aussichtslos. Sei es das motivierte Vorhaben, täglich einen frisch gepressten Ingwer-Kurkuma-Shot zu trinken, um den Stoffwechsel und die Entgiftung anzuregen. Oder der Wunsch, endlich meinen Kleiderschrank auszumisten, weil kein Mensch siebzehn Hosen braucht, von denen dreizehn nicht mehr passen. Oder eben die chancenlose Hoffnung, endlich einen Spagat zu lernen oder wenigstens meine Zehen irgendwann noch mal aus dem Stand berühren zu können, ohne mir einen Bänderriss zuzuziehen. Typische Neujahrsvorhaben eben, die allesamt zum Scheitern verurteilt sind.

*Gott sei Dank rauche ich nicht. Noch etwas, das mir täglich ein schlechtes Gewissen beschert, wäre nicht auszuhalten.*

»Rauchst du schon lange?«, erkundige ich mich, um das Gespräch am Laufen zu halten.

»Ewig! Ich komme einfach nicht los von dem Zeug, hätte besser nie damit anfangen sollen. Erst vor ein paar Tagen habe ich meinen fünfzehnjährigen Neffen mit einer Kippe erwischt. Zuerst habe ich versucht, vernünftig mit ihm zu reden, letztendlich habe ich ihm aber gedroht, wenn ich ihn noch mal dabei erwische, muss er so lange mit mir weiterrauchen, bis er kotzt.«

»Und wie stehen die Chancen? Konntest du ihn nachhaltig überzeugen?«

»Schwer abzuschätzen. Ich habe mal gelesen, dass das Rauchen mit dem Saugreflex und Endorphinsystem zusammenhängt. Und dem sind wir doch alle irgendwie unwiderruflich ausgeliefert.«

»Wie meinst du das?!«

»Nun ja, Rauchen ist immerhin nichts anderes als das Saugen an einem Gegenstand. Im Prinzip also das, was Kinder an der weiblichen Brust machen. Und das schüttet bekanntlich nicht nur beim Säugling Glücksgefühle aus, sondern auch bei Erwachsenen. Egal, ob männlich oder weiblich, und sowohl beim gebenden Part als auch beim empfangenden.«

*Huch, wieso ist mir plötzlich so heiß?!*

»Willst du damit sagen«, hake ich nach, »Rauchen erinnert dich an das Saugen an der weiblichen Brust und macht dich deshalb so glücklich, äh, süchtig?«

Sein Blick ist nachdenklich, fast verträumt, auf die Zigarette zwischen seinen Fingern gerichtet. Schließlich saugt er genüsslich daran, behält den Rauch im Mund, ehe er ihn ausbläst: »Ja, so kann man das wohl sagen.«

»Okay. Jetzt bin ich scharf!«, rutscht es mir heraus.

Überrascht blickt er auf. »Sieh mal einer an. Dornröschen erwacht langsam aus ihrem Schlaf. Ich mag, wenn Frauen zu ihrer Lust stehen.«

Plötzlich geniere ich mich, meine Geilheit so unverblümt zugegeben zu haben. Die Worte sind mir einfach aus dem Mund gefallen. Aber was soll ich sagen, sein ganzes Gerede von Brüsten und dem Saugen daran hat mich gerade wirklich aus dem Kontext gebracht. Rauchen hin oder her.

Glücklicherweise unterbricht der Kellner uns in diesem Moment und serviert unsere Appetizer. Vor mir steht eine Schüssel mit asiatischem Glasnudelsalat.

»Wow, das sieht toll aus!«, bewundere ich die fein gehäckselten Karotten- und Lauchstücke, das sorgfältig arrangierte Koriandergrün, die dekorativen Sesamkörner. »Meine letzte asiatische Kreation war eher ein Fall für *Dinner in the Dark*. Kennt ihr Gyozas, diese japanischen, penibel gefalteten und gefüllten Teigtaschen? Ich hatte mir extra einige

YouTube-Tutorials angesehen, geholfen hat es trotzdem nichts. Das Ergebnis war optisch ziemlich ernüchternd, und die Teigtaschen haben alle wie Muschis ausgesehen.«

»Ist doch schön«, kommentiert Oliver trocken und schaufelt einen Löffel seiner Vorspeise in den Mund.

*Schon wieder. Schön. Was haben nur alle mit diesem vermaledeiten Wort?!*

Olivers Kommentar überrascht mich. Und stimmt mich zugleich nachdenklich. Ich habe die Anekdote von den misslungenen Muschi-Taschen schon einige Male erzählt. Immer gefolgt von Wiehern und Lachen. Doch noch nie hat jemand so reagiert wie Oliver. Schlicht, treffend, ernst.

Ich mag seine Reaktion. Und denke wieder an das Gespräch mit Katrin.

»Findet ihr Vulven *schön*?«, frage ich geradeheraus, weil ich es jetzt wirklich wissen will.

»Ja!«, rufen Oliver und Christian unisono aus.

»Aber«, setze ich an und hole Luft, »warum haben Labienkorrekturen dann die mitunter am schnellsten wachsenden Anteile an ästhetischen Korrekturen?«

»Echt jetzt?!« Oliver ist entsetzt. »Das ist Faschismus! Ich liebe Labien.«

»Gut so!«, zwinkert Yaira ihm zu.

Weil ich gerade in Fahrt bin, hole ich erneut Luft: »Im Ernst jetzt, Leute! Wieso tun Frauen sich das an? Männer wollen ja noch nicht mal ihre Nasenhaare trimmen, weil das wehtut.«

Yaira lacht laut auf, fängt aber den bösen Blick ihres Partners auf. »Sorry! Aber wo sie recht hat, hat sie recht.

Männer würden sich auch nie freiwillig an ihrem Pimmel rumschnipseln lassen. Ihr habt doch schon Angst, wenn ihr euch einer Vasektomie unterziehen sollt. Aber wir sollen tatsächlich unsere Labien kürzen, nur damit sie aussehen wie von einem Kind?!«

»Um Gottes willen, bloß nicht! Ich liebe deine Möse«, ruft Oliver aus.

»Ja?!«, grinst Yaira anzüglich.

»Und wie! Wenn ich einen letzten Wunsch frei hätte, würde ich genau dort sterben wollen. Mit dem Gesicht zwischen deinen Schenkeln.«

»Amen!«, feixt Christian und prostet uns zu.

Von dem Geplänkel unbeeindruckt, wende ich mich wieder an Yaira und frage sie nach ihrer professionellen Einschätzung als Psychotherapeutin: »Woher kommt diese gestörte Selbstwahrnehmung von Frauen eigentlich?«

»Das Internet ist schuld!«, erklärt Oliver trocken an Yairas Stelle, ehe er ein Maki-Röllchen in den Mund steckt.

»Das kann man nicht so einfach pauschalisieren, das ist ein multifaktorielles Problem«, entgegnet Yaira nachdenklich. Sie ist jetzt völlig in ihrem Element als Dozentin. »Wenngleich die sozialen Medien natürlich maßgeblich an unserem veränderten Selbstbild beteiligt sind und stark dazu beitragen, dass dieser Schnippelwahn seit einigen Jahren immer mehr zunimmt. Wenn wir mit wenigen Wischs und Klicks korrigierende Filter über unsere Fotos legen und jeden noch so kleinen Makel wegradieren, bleibt am Ende eine Lüge übrig. Wir leben in einer Welt der Retusche. Und deshalb ist es mittlerweile auch im realen Leben verpönt,

Poren und Mimikfalten zu haben, und manchmal habe ich das Gefühl, individuell auszusehen ist schon falsch.«

»Das ist so furchtbar!«, verleihe ich meiner Bestürzung Ausdruck.

Yaira nickt zustimmend: »Die Zahlen dazu sind wirklich erschreckend. In den letzten zehn Jahren hat sich die Anzahl der ästhetischen Eingriffe verdoppelt. Verdoppelt! Die Patientinnen werden immer jünger und die Eingriffe immer sicherer, billiger und einfacher. Das bedeutet, uns steht eine Zukunft bevor, in der es Usus ist, unser Erscheinungsbild grundlegend zu ändern. Inzwischen sind das alles Routineeingriffe. Und deshalb steigt eben auch der soziale Druck, mit vierzig noch immer so auszusehen wie mit fünfundzwanzig. Oder sogar noch besser.«

»Ich will nicht, dass du aussiehst wie eine Fünfundzwanzigjährige«, entgegnet Oliver irritiert.

»Weil du dann alt neben mir aussehen würdest«, neckt Yaira ihn und streicht liebevoll über seine Lachfalten.

»Und weil ich dich so liebe, wie du bist«, legt Oliver noch eins nach.

»Schleimer«, unke ich.

# Schnappatmung

## Juli

»Du könntest es ja mal mit einer Dating-App probieren. Bei Suse hat das super geklappt, die ist jetzt richtig happy.«

Mit Grauen denke ich an Suses Neuen und schwöre mir, mich nie bei derselben App anzumelden.

»Wirklich«, lässt Caro nicht locker, nippt an ihrem eisgekühlten Aperol. »Das funktioniert total gut. Es gibt ja die unterschiedlichsten Anbieter, und du kannst immer einstellen, wonach du suchst und was du willst.«

»Oh, also so wie beim Onlineshopping mit virtuellem Warenkorb?«

»Haha, also ganz so ...«

» ... dann hätte ich gerne jemanden, der sensationell aussieht, seine Altersvorsorge geklärt hat, mir jeden Morgen das Frühstück zubereitet und mir abends die Füße massiert. Außerdem muss er den Müll raustragen, im Sitzen pinkeln, und weil ich das nicht mehr allein schaffe, muss er auch unbedingt dazu bereit sein, mir den Rücken zu schrubben, ohne sich von den Hautfusseln, die sich dadurch lösen, abgestoßen zu fühlen.«

»Du bist widerlich, Alex.«

Ich grinse etwas angespannt, wende dann aber den Blick von meiner Freundin und ihrem Ehemann ab und konzentriere mich stattdessen auf die jungen Musiker, die ausgesprochen gute Indie-Rock-Musik machen. Ich will diesen wunderbaren Sommerabend genießen und nicht weiter über die Schmach des Onlinedatings sprechen.

Und auf Claus, Caros Mann, bin ich sowieso sauer. Der hat mir nämlich die Tour mit Christian versaut, als er vor zwei Monaten unangekündigt auf Christians Matte stand. Mittlerweile sind Caro und Claus wieder ein Herz und eine Seele, aber das ändert nichts daran, dass ich mich seitdem frage, was wohl passiert wäre, wenn Christian und ich nicht unterbrochen worden wären.

»Aber, Alex, du könntest ...«, wagt Caro einen erneuten Vorstoß, mir das Thema ›Onlinedating‹ schmackhaft zu machen.

»Hör zu«, seufze ich genervt. »Mir kommt schon beim Gedanken an Datingplattformen das Grauen, und ich bin überzeugt, dass ich meinen Account sowieso innerhalb der Testwoche wieder lösche, weil die meisten Typen flirttechnisch unbegabt sind.«

»Und wenn er klug wäre?«, hakt Caro nach.

»Dann ist er bestimmt nicht Single und meldet sich auf Datingplattformen an.«

»Alex, du bist voller Vorurteile. Es gibt durchaus kluge,

charismatische und attraktive Menschen, die auf der Suche nach der großen Liebe sind.«

»Über das Internet?«, sehe ich die Sache durchaus skeptisch. »Also, falls ich jemals, wirklich nur falls, ich jeeemals ...«

Die Vibration meines Smartphones in meiner hinteren Hosentasche erlöst Caro und Claus von dem Los, sich meine Grundsatzrede anzuhören.

»Hey, Christian«, nehme ich den Anruf freudig entgegen.

»Höre ich etwa Menschen und Spaß bei dir im Hintergrund? Sag bloß, du feierst ohne mich!«

»Ich gestehe. Schuldig in allen Anklagepunkten.«

»Ich bin schockiert. Da rufe ich dich an, um dich aus deinen vier Wänden zu locken, und dabei brauchst du mich gar nicht.«

Meine Antwort ist ein fröhliches Lachen: »Wir sind im Park, auf diesem Streetfood-Festival, das ich seit zehn Jahren besuchen will und zu dem ich es dennoch nie geschafft habe. Bei der Theresienstatue spielt gerade eine coole Band. Keine Ahnung, wann man ihnen den Saft abdreht, aber komm doch auch vorbei«, lade ich ihn spontan ein.

Dreißig Minuten später unterhält Christian sich vorzüglich mit Claus, während Caro und ich uns weiter nach vorne in Richtung Band und improvisierter Bühne wagen.

»Die sind soooo gut!«, ruft Caro mir zu, wippt begeistert mit dem Kopf.

Ich liebe es zu tanzen, und kann nicht länger an mich

halten. Ein, zwei, drei Takte, und ich bin eins mit dem Beat der Musik. Als ich am Ende des Songs die Augen wieder öffne, bemerke ich eine Gruppe Jugendlicher, die Caro und mich neugierig beäugen.

*Ja, glotzt nur! Mit zwanzig dachte ich auch, Ü30-Partys sind nur was für alte Leute. Und dann wurde ich plötzlich vierzig und stand vor einem Riesenproblem.*

Aber abgesehen davon fühle ich mich eigentlich nicht alt. Manchmal bin ich verzweifelt, frustriert, verärgert oder einsam. Aber das ist keine Frage des Alters.

Ich mache bewusst einen großen Bogen um Bücher wie »Schlank in den Wechseljahren«, »Locker durch die Lebensmitte« oder »Was frau über 40 wissen muss«. Der einzige Unterschied zu früher ist, ich will, aber muss viele Dinge nicht mehr tun. Und manchmal will ich eben tanzen.

Als die Musiker irgendwann doch zu einem Ende kommen und man uns anweist, den Anwohnern zuliebe die Nachtruhe einzuhalten, lädt Christian uns auf einen Absacker zu sich nach Hause ein. Er wohnt schließlich gleich um die Ecke.

»Aber wirklich nur ein Getränk, es ist schon spät!«, mahnt Caro und wirft Claus einen warnenden Blick zu. Claus hebt seinerseits unschuldig grinsend die Handflächen, auch wenn wir alle wissen, dass er sowieso fahren wird, wenn Caro es sagt. Sie hat ihn durchaus gut abgerichtet, den braven Mann. Es ist jetzt nicht so, dass sie herrisch wäre. Sie unterstützt Claus auch. Ganz besonders bei der Umsetzung ihrer Entscheidungen. Jetzt muss ich über meine eigenen Gedanken grinsen.

Eine Stunde später ist es so weit. Caro kommt gähnend von der Toilette zurück und erklärt: »Wir fahren dann jetzt.«

»Okay, gute Nacht!«, winke ich den beiden von Christians Sofa aus zu.

»Kommst du nicht mit?«, reagiert Caro schockiert.

»Nein, ich bin ein großes Mädchen, ich finde schon allein heim.«

»Wir bringen dich nach Hause«, bietet Caro an.

»Nein, danke, nicht nötig.«

»Du bist doch bestimmt müde ...«, lässt Caro nicht locker. Sie will mich um keinen Preis hierlassen.

»Alex kann ruhig im Gästezimmer schlafen«, bietet Christian an. »Das ist kein Problem.«

Caro fällt die Kinnlade runter, und ich sehe förmlich, wie ihre Alarmglocken schrillen. Für einen lustigen Abend und ein bisschen Spiel und Spaß ist Christian genau der Richtige, aber sie kann mich doch unmöglich hier bei ihm lassen. Allein! Nachts!

Innerlich lache ich mich schlapp. Als ob Christian mich in sein Schlafzimmer zerren würde, damit wir es dort animalisch und wild treiben. Wenn wir beide wollten, wäre das doch schon längst passiert.

»Na komm, wir bringen dich heim!«, mischt sich jetzt sogar Claus ein, der den ganzen Abend so gut wie kein Wort mit mir gesprochen hat. Offenbar will auch er partout nicht, dass ich bleibe.

Doch gerade die Vehemenz meiner Freunde macht mich stur.

*Ich werde doch jetzt nicht den Schwanz einziehen und verschreckt davonrennen wie eine Katze, nach der man eine Gurke wirft.*

»Los, haut ab!«, fordere ich Caro und Claus auf. »Ich trinke noch etwas mit Christian, und wenn ich nicht gestorben bin, dann lebe ich noch morgen.«

Händeklatschend und Adieu winkend komplimentiere ich meine Freunde zur Tür hinaus.

»Und jetzt?«, fragt Christian, überlässt mir die Regie.

Ich grinse breit: »Eigentlich hätten wir in den Swingerklub gehen können.«

Ich erkenne Überraschung in Christians Augen, aber auch einen Hauch Belustigung: »Wie kommst du darauf?«

»Der Klub beim Parkeingang – das ist doch ein Swingerklub, oder nicht?!«

»Ja ...?!«

»Wäre doch spannend gewesen ...«

»Bestimmt. Allerdings ist das nicht unbedingt der beste Klub der Stadt. Seit wann interessieren dich denn solche Etablissements?«

Ich hebe die Schultern, kann es mir selbst nicht erklären. Vielleicht ist das die enthemmende Wirkung des Alkohols.

»Erzähl mir davon!«

»Was willst du wissen?«

»Hmm«, eigentlich will ich alles wissen, fange aber mit dem Naheliegendsten an. »Warum gehst du dorthin?«

»Um das klarzustellen: Ich gehe nicht regelmäßig dorthin, so wie ins Fitnessstudio oder in den Supermarkt – auch wenn du Gegenteiliges gehört hast. Die Leute reden viel zu viel!«

»Aber du kennst solche Klubs«, stelle ich fest.

»Ja, ich war schon mal in so einem Klub, mag sexpositive Partys aber lieber.«

*Was für Partys?*

So viele Fragen rasen durch meinen Kopf.

»Was genau ist so gut daran?«

»Hm. Wo soll ich anfangen?! Es gibt so viele Aspekte daran, die Spaß machen, man kann es nicht in einem Satz erklären. Und es ist auch jedes Mal anders. Du müsstest es selbst einmal erlebt haben.«

»Was ist eine sexpositive Party?«

»Du warst bereits auf einer privaten.« Christian zwinkert mir zu.

*Huch, ja, richtig.*

»Bei sexpositiven Partys kann alles passieren, aber nichts muss. Es sind Veranstaltungen unterschiedlicher Größe, bei denen die Leute feiern und tanzen, sich sexy und frei fühlen dürfen. Und wenn sie wollen, können sie sich in Dark Rooms oder Schmuseecken zurückziehen.«

»Klingt nach einem Swingerklub.«

»Eben nicht ganz. Sexpositive Partys haben einen anderen, moralischen Überbau. Respekt und Body Positivity werden großgeschrieben. Jeder Körper und Mensch ist auf seine Art wunderbar, und bei solchen Veranstaltungen muss sich niemand verstecken oder verbiegen. Hier darf man einfach SEIN!«

»Und Sex haben.«

Christian grinst: »Ja, das darf man auch. Wenn man will. Der Unterschied zu einem Swingerklub ist vermutlich der, dass man es auf sich zukommen lässt und nach seiner momentanen Empfindung handelt. Sex ist nicht das vorrangige Ziel.«

Ich bin skeptisch: »Ist das nicht immer das vorrangige Ziel?«

»Nun, wenn du als Paar oder als Single in den Swingerklub gehst, dann willst du höchstwahrscheinlich tatsächlich Sex haben. In der Regel mit jemand anderem oder Neuem. Wenn du allerdings auf eine sexpositive Veranstaltung gehst, willst du vielleicht einfach nur diese hübschen Dessous ausführen, die schon zu lange in der Kommode verstauben. Dann willst du dich sexy fühlen und die bewundernden Blicke der anderen Gäste genießen.«

*Prompt denke ich an die draufgängerische Korsage, die filigranen Strapse, das gewagte Spitzen-Ensemble und die vielen anderen Teile in meinem Schrank, die vom Ladentisch direkt in die ewige Versenkung verbannt wurden.*

Christian spricht weiter: »Vielleicht willst du auch einfach in einem erotischen Rahmen mit deinem Partner rummachen. Oder vielleicht willst du auch tatsächlich jemanden aufreißen, dabei aber kein Risiko eingehen. Weißt du, auf sexpositiven Partys sind Frauen viel sicherer als in regulären Klubs, hier herrscht eine sehr feministische Grundhaltung. Meiner Erfahrung nach fühlen Frauen sich in Swingerklubs manchmal eher verpflichtet, sexuelle Handlungen auszuführen. Auf einer sexpositiven Party ist es aber auch völlig okay, einfach nur die Atmosphäre zu genießen, zuzuschauen, sich an der Vielfalt zu erfreuen. Hier wird nichts erwartet. Wenn du zwischendurch deine Meinung änderst oder selbst wenn ihr schon mittendrin seid, kannst du Stopp sagen – was, wie gesagt, aus meiner Sicht immer so sein sollte. Aber Konsens wird auf solchen Veranstaltungen eben besonders großgeschrieben. Das ist eine Frage des Respekts.«

Kurz schießt mir das Bild von Michael und dem Garagen-Übergriff durch den Kopf.

Christian spricht weiter: »Und für den seltenen Fall, dass jemand kein Nein versteht, steht immer ein Awareness-Team bereit. Dieses topausgebildete Personal passt auf, dass sich alle wohlfühlen.«

»Wie kann ich mir das vorstellen?«

»Sie beobachten die Körpersprache der Gäste und schreiten notfalls ein. Sollte zum Beispiel jemand auf der Tanzfläche ungefragt grapschen oder zudringlich werden, fliegt er stante pede raus. Ohne Diskussion.«

»Und wenn man doch Sex haben will, wie läuft das dann?«

»Das kannst du dir aussuchen.«

»Na toll. Und wenn ich keine Ahnung habe?«

»Okay, ich versuche, es dir mit einer Geschichte zu erklären«, sagt Christian. »Stell dir vor, du bist in einem Klub. Es spielt gute Musik, und du tanzt. Dein Partner hat dich eine Weile beobachtet, dann kommt er zu dir, und ihr beginnt, euch zu küssen.«

Ich bin zwar nicht mehr in dem Alter, in dem man auf der Tanzfläche wild knutscht, aber ich kann mich durchaus noch an solche Zeiten erinnern.

»Ihr fühlt euch abgekapselt, seid in eurer eigenen Welt.

Es fühlt sich völlig natürlich an, dass die Hand des Mannes von deiner Hüfte in Richtung Bauch und zu deinem Brustansatz wandert. Du spürst seine warmen Hände auf deiner Haut, und plötzlich ist es dir piepegal, dass euch jemand sehen könnte. Irgendwie hat diese Vorstellung sogar etwas Verbotenes, Verwegenes.«

Ich ziehe scharf Luft ein, denn Christians Stimme ist immer dunkler und weicher geworden. Es ist kein sachliches Erklären mehr, er zieht mich in den Moment hinein.

»Und weil sich diese Berührung so wahnsinnig gut anfühlt, beginnst du, dich noch näher an den Mann zu drängen, dein Becken im Rhythmus der Musik gegen seinen Körper zu drücken. Dir gefällt der Gedanke zu provozieren. Hier darfst du alles sein, was du willst. Hier bist du gut, so, wie du bist.«

Ich spüre, wie mir heiß wird.

»Ihr bewegt euch im Takt der Musik, und irgendwann wandern die Hände des Mannes unter deinen Rock, und er spürt, dass du feucht bist. Deine innere Stimme mahnt dich, dass du jetzt besser die Notbremse ziehst – ihr seid schließlich nicht allein –, aber dein Körper will mehr. Und so lässt du ihn gewähren. Die meiste Zeit hältst du die Augen geschlossen, doch als du aufblickst, merkst du, dass dich ein junger Mann vom Rand der Tanzfläche aus beobachtet. Du gefällst ihm.«

Mittlerweile hat mein Herz ein Tempo angenommen, das sich bei mir früher beim Joggen und jetzt auch schon beim Rasenmähen einstellt. Nervös lausche ich Christians Erzählung.

»Und dann merkst du, dass der junge Mann sich euch nähert. Er hat nur Augen für dich.«

»Und dann?«, krächze ich.

»Dann ist alles möglich. Alles, was du willst. Entweder ziehst du dich mit deinem Partner in einen ruhigen Raum zurück, um zu beenden, was ihr auf der Tanzfläche begonnen habt.«

Christian macht eine bedeutungsvolle Pause: »Oder du drehst dich zu dem fremden Mann um und lächelst ihn an. Und wenn dir gefällt, was du siehst, dann küsst du ihn.«

»Einfach so?«

»Einfach so.«

»Und dann?«

»Das bestimmst du.«

Ich schlucke schwer.

»Wenn du magst, wie er dich ansieht, dann darf er dir weiterhin zusehen. Wenn auch die Chemie zwischen euch stimmt und du seine Küsse magst, dann nimmst du ihn einfach mit.« Christian zwinkert mir zu: »Warum nur einen Mann nehmen, wenn man auch zwei haben kann.«

Ich werde rot, schüttle den Kopf. Christian lebt offenbar in einer komplett anderen Welt als ich. Ich weiß nicht, wie weit ich gehen würde. Ob ich mich überhaupt fallen lassen könnte oder mich zu Tode genieren würde, wenn mir mein Mann auf der Tanzfläche ins Höschen fasst. Und die Frage, ob ich fremde Männer küssen möchte, kann ich sowieso nicht beantworten.

Und dennoch reizt mich der Gedanke, diese Welt aus der

Nähe zu erleben – und sei es nur als Zuschauerin und nicht als Akteurin.

»Nimmst du mich noch mal mit zu so einer Party?«, frage ich mit rauer Stimme. »Also nicht zu Oliver und Yaira – das ist mir zu intim, wenn ich die Leute dort alle kenne. Aber zu einer anderen, eventuell größeren sexpositiven Party?«

»Wenn du das möchtest«, antwortet Christian lächelnd, und mir läuft ein erneuter Schauer über den Rücken.

Swingerklubs haben ein Schmuddelimage. Punkt.

Ob sexpositive Partys am Ende des Abends nicht doch auch dasselbe sind – und lediglich durch den neuen Namen eine Imagepolitur bekommen haben –, weiß ich nicht. Nach diesem irgendwie zu einem Dirty Talk geratenen Gespräch habe ich allerdings größte Lust, mir selbst ein Bild davon zu machen.

Wie selbstverständlich wechselt Christian das Thema zu für mich alltäglicheren Dingen, und wir reden über alles Mögliche. Die Zeit verfliegt.

Seit Caro und Claus gegangen sind, berühren Christian und ich uns immer wieder pseudoversehentlich. Mal ist es das Knie, das das des anderen streift. Dann sind es die Finger, die sich beim Einschenken etwas länger als nötig nahekommen. Dann wiederum bleibt eine Hand einfach auf dem Schenkel des anderen liegen. Mit jedem Atemzug rücken wir ein Stück mehr zusammen.

Irgendwann sagt Christian: »Lass uns schlafen gehen!«

*Wow, das ist direkt!*

Mein Herz macht einen schnellen Satz, und ich weiß nicht, wie ich reagieren soll. Wie aus dem Nichts spüre ich

Traurigkeit, die ich nicht begründen kann. Vielleicht will ich einfach nicht, dass dieser schöne Abend endet. Vielleicht habe ich auch Angst um unsere Freundschaft und die möglichen Folgen, wenn diese Nacht in die Hose gehen sollte.

Christian spürt mein Zögern und die veränderten Schwingungen in der Luft. Er setzt sich in eine aufrechtere Position und blickt in meine Augen, als ob er dort Antworten auf die wichtigen Fragen der Welt finden würde.

»Willst du im Gästezimmer schlafen?«, fragt er schließlich, und weil ich nicht antworte, ergänzt er nach einer kurzen Pause: »Oder willst du in meinen Armen schlafen?«

Prompt spüre ich Strom im Bauch, dieses wunderbare, süchtig machende Flattern.

*Es ist doch nur Sex. Vielleicht schaffen Christian und ich das sogar ohne Drama und Enttäuschung am nächsten Morgen …*

Ich hole tief Luft, dann lächle ich ihn an: »Ich nehme die Arme.«

»Gut.« Christian freut sich.

»Ich muss dich aber vorwarnen«, versuche ich, die unerträgliche Spannung zu lockern. »Morgens bin ich wie ein Baby.«

»Kuschlig und süß?«

»Wohl eher zerknautscht, orientierungslos, mit wirrem Haar und die ganze Zeit am Jammern.«

»Damit kann ich leben«, grinst Christian mich an, und in diesem Moment mag ich ihn unglaublich gern.

Ich kenne Christian schon seit so vielen Jahren, war aber noch nie in seinem Schlafzimmer. Dennoch fühle ich mich dort von der ersten Sekunde an wohl. Vielleicht liegt es daran, dass zwischen Christian und mir eine so tiefe, enge Vertrautheit herrscht. Vielleicht auch daran, dass unsere Gespräche schon immer Niveau unter dem Teppich und ein Bein im Schlafzimmer hatten.

Im Berufsalltag, im Familienrahmen sowie bei Freunden schütze ich mich mit Sarkasmus und kann richtig tough wirken. Doch im Grunde meines Herzens bin ich eine unverbesserliche Romantikerin. Und Christian hat wahrlich ein Talent, dieses Bedürfnis zu befriedigen.

Meine Atmung geht flach, und mein Herz pocht bis zum Hals, als sich Christians Gesicht dem meinen nähert.

Jetzt wird er mich küssen, denke ich nervös. Doch Christian hat anderes im Sinn. Er umfasst mein Gesicht mit seinen Händen und streicht mit seinen Daumen liebevoll über meine Wangen. Sein Blick ist weich und voller Zuneigung. Prompt wird das Flattern in meinem Bauch noch stärker.

»Ich liebe dein Gesicht«, flüstert er.

Ich lächle verlegen und überrascht. Weil ich mein Gesicht eigentlich ziemlich unspektakulär finde und weil das eine ungewöhnliche Formulierung ist. Üblicherweise bekommen Frauen Komplimente zu ihren Augen oder Lippen.

Als Christians Gesicht sich einige weitere Zentimeter dem meinen nähert, halte ich gespannt den Atem an. Doch auch jetzt küsst er mich nicht. Er streicht mit dem Daumen zart über meine Lippen, öffnet sie mit sanftem Druck. Intuitiv lege ich den Kopf in den Nacken, sodass sich mein Mund weiter öffnet.

Mein Atmen geht stoßweise, und ich dränge mich Christian entgegen. Ich bin voller Ungeduld, spüre die Begierde von den Zehen bis zum Haarscheitel in meinem Körper pulsieren.

*Jetzt mach schon, ehe es mich zerreißt!*

Doch Christian hat es überhaupt nicht eilig. Er streicht unbeirrt über meine Unterlippe, drückt sie sacht und erforscht die Innenseite meiner Lippe.

Ich habe noch nie etwas so Erotisches erlebt! Es ist, als wäre das sanfte Eindringen seines Daumens ein Versprechen. Eine Ahnung dessen, wie es ist, noch mehr von ihm in mir aufzunehmen.

Ich seufze unwillkürlich auf, drücke meine Körpermitte gegen Christians Unterleib. Jetzt kann auch er nicht mehr an sich halten und stöhnt dunkel.

Der anschließende Kuss gleicht einer Explosion. Stürmisch und leidenschaftlich erforschen unsere Zungen und Lippen einander.

Ich habe jegliches Zeitgefühl verloren, so lange küssen wir uns bereits, mitten im Raum stehend. Christians Berührungen sind voller Zärtlichkeit, und ich bekomme nicht genug von ihm.

*Er riecht sooo gut!*

Schließlich umarmt er mich entschlossen, hebt mich unter den Armen hoch und lässt mich behutsam und in Zeitlupe aufs Bett hinabgleiten. Ich fühle mich wie in einem alten Schwarz-Weiß-Film, vergesse für den Bruchteil einer Sekunde meinen Body-Mass-Index, meine Orangenhaut oder das weltweite Artensterben und störe mich nicht einmal daran, dass ich eigentlich duschen sollte, weil die Katzenwäsche am Waschbecken auf der Gästetoilette auch nur ein Tropfen auf den heißen Stein war. Im wahrsten Sinne des Wortes.

»Dein Ex ist ein ziemlicher Depp«, flüstert Christian mir zu, und ich könnte vor Genugtuung und Freude wie ein Kätzchen schnurren.

Als er mir langsam die Hose über den Po und die Beine zieht und mich auch oben ausgesprochen routiniert von jeglicher Lage Stoff befreit, werde ich dennoch wieder nervös. Ich habe mich schon lange nicht mehr vor einem anderen Mann ausgezogen oder gar von ihm ausziehen lassen. Zumindest nicht vor einem, der mir wirklich etwas bedeutet und dessen Meinung mir wichtig ist. Christian möchte ich auf alle Fälle gefallen. Und ich will, dass er morgen sagt, unsere Nacht war sensationell.

Doch genau hier liegt das Problem, denn wie zum Henker soll ich das anstellen? Das eheliche Sexleben ist bekanntlich eher routiniert, und ich kann leider nicht auf einen breiten Fundus an Erfahrungen zurückgreifen, um Christian zu beeindrucken.

Also, es ist jetzt nicht so, dass ich keine Ahnung habe. Natürlich habe ich den einen oder anderen Kniff drauf, aber nach einer langen Beziehung gehen notgedrungen eben die Experimentierfreude und Fantasie flöten. Man kennt sich schließlich in- und auswendig und weiß um die jeweiligen Schwächen und Vorlieben. Die meisten Ehepaare haben deshalb guten Sex. Nicht lange, nicht leidenschaftlich, aber befriedigend und gut. Man weiß genau, welche Knöpfe man drücken muss, um dem anderen Freude zu bereiten, und man kann sich glücklicherweise auch recht gut entspannen.

*Nun, was sollte man denn auch noch beim Sex verheimlichen, wenn man vom jeweils anderen sogar weiß, wann die tägliche Stuhlentleerung stattfindet?*

Zwischen Christian und mir ist jedoch alles neu und aufregend. Und ich will natürlich bestmöglich vor ihm dastehen. Und obwohl mein ganzer Körper vor Erregung und Begierde vibriert, beginnen just in diesem Moment hundert Sachen, in meinem Kopf aufzuploppen. Als ich Anstalten mache, doch noch einen Rückzieher zu machen, flüstert Christian: »Dein Körper ist ein Gottesgeschenk!«

*Oookay, überredet. Ich bleibe.*

Ich sehe das Verlangen in seinen Augen, und auch die Wölbung in seiner Jeans spricht Bände. Die Vorstellung, was mich erwartet, verursacht prompt ein angenehmes Ziehen zwischen meinen Beinen, und ich beschließe, dieser Nacht eine Chance zu geben.

Alles, was danach passiert, ist fast zu kitschig, um wahr zu sein. Unsere Intimität überrascht mich. Sie ist so unschuldig und einfach und dennoch so reif und erwachsen.

*Christian hatte recht, Vanilla-Sex kann so gut sein!*

Auch ich will heute Abend keine ausgeklügelten Positionen, denn die hab ich im Yogakurs zur Genüge. Ich brauche keine verwegenen Spielereien, keine Fetische und Kinks. Ich möchte einfach den Moment genießen und jeden Zentimeter von Christians Körper erforschen. Mal bin ich oben, dann wieder unten, und mehr brauchen wir nicht.

Wie die Tentakel eines Kraken umschlingen wir uns, lecken über feuchte Haut und küssen uns so lange und innig, bis wir jegliches Zeitgefühl verlieren. Es ist die quälend-süße Pein der Liebkosung, die uns schließlich erlöst.

Ich hatte keinen Orgasmus, bin nicht gekommen, aber ich komme sowieso fast nie mit Männern. Wenn ich es mir selbst mache, dauert es je nach Tagesverfassung nur wenige Sekunden. Mit einem Liebhaber bleibt hingegen immer ein Rest an Hemmungen und Unsicherheiten, der mich daran hindert, wirklich loszulassen und mich fallen zu lassen. Da kann der Mann noch so bemüht und engagiert sein. Kurz denke ich an Jonas.

Auch Christian hat sich vergangene Nacht als ein sehr aufmerksamer Liebhaber bewährt, aber ich habe leider vergessen, ihm vorab die Gebrauchsanweisung für meine erogenen Zonen durchzugeben. Und für eine Live-Einarbeitung inklusive Vorführung war ich dann doch zu schüchtern.

Trotzdem war die Nacht wunderbar.

Während der Schweiß auf unseren Körpern langsam trocknet und die Atmung sich wieder normalisiert, umfängt Christian mich von hinten und zieht mich löffelnd an sich.

»Warum haben wir eigentlich so lange damit gewartet?«, flüstert er.

»Das frage ich mich auch.«

Am nächsten Morgen fühle ich mich wie neugeboren, kann das Gefühl, das ich in jeder Pore meines Körpers spüre, kaum benennen.

*Glück! Alex, so fühlt man sich, wenn man glücklich ist.*

Es ist ein Gefühl, das ich in diesem Ausmaß schon lange

nicht mehr empfunden habe. Seit etlichen Minuten beobachte ich Christians Atmung, zeichne seine Gesichtszüge mit meinem Blick nach und grinse unaufhörlich wie ein Honigkuchenpferd. Bestimmt sehe ich unfassbar bescheuert aus. Wäre ich ein Emoji, dann hoffentlich der Affe, der sein Gesicht verdeckt.

»Ich glaube, das zwischen uns wird nie ernsthaft funktionieren«, breche ich endlich die morgendliche Stille.

»Ach ja?«, erwidert Christian brummend, noch immer mit geschlossenen Augen.

»Mhm«, nicke ich und drücke mein Gesicht dicht an sein Ohr, ehe ich flüstere. »Du schnarchst fürchterlich.«

# Querschmusen

## August

Den ganzen langen Winter über hatte ich das triste Wetter verflucht. Dann kam der Frühling und mit ihm der nervige Regen. Jetzt endlich ist Sommer, die Zeit der Bikinis und Cocktails, und ich bin noch immer unzufrieden, weil ich fürchte, einen qualvollen Hitzetod zu sterben. Womöglich liegt mein Ex-Mann in dieser einen Sache also doch richtig – mir kann man es einfach nicht recht machen.

*Na gut, wenigstens schneit es nicht. Bei diesen brütenden Temperaturen auch noch Eis von der Autoscheibe zu kratzen, wäre mein Untergang!*

»Was für eine Hitze«, stöhnt auch Yaira und fächelt sich Luft zu. »Ich hatte eigentlich gehofft, dass es in der Nacht etwas abkühlt.«

Keine Chance! Laut Wetterbericht kommt die Hitze aus der Sahara. Mit dem Wind oder der Luft oder irgendwie so halt. Jedenfalls beschert uns ebendieses meteorologische

Phänomen auch heute wieder eine dieser immer häufiger vorkommenden tropisch-warmen Sommernächte.

*Danke, Klimakrise. Toll gemacht, Menschheit!*

Besorgt blicke ich auf meine Füße, die bereits dick und angeschwollen sind und mittlerweile Hobbit-Proportionen angenommen haben. Da hilft auch die Pediküre nichts, die ich mir vor einigen Tagen gegönnt habe.

Wissenschaftler haben übrigens herausgefunden, dass Tiere im Laufe der Evolution ihre Form anpassen können, wenn es Umgebung und Klima erfordern. Über größere Körperteile können sie mehr Hitze abgeben und höhere Temperaturen ausgleichen. Deshalb hat der afrikanische Elefant größere Ohren als der indische. Ergibt Sinn. Heißt aber nicht automatisch im Umkehrschluss, wenn ich im Sommer öfter mal oben ohne gegangen wäre, dass ich dann größere Brüste hätte.

Habe ich schon erwähnt, dass die Natur unfair ist?!

Eigentlich liebe ich diese Zeit des Jahres, wenn man ohne Jäckchen auch spätnachts noch draußen sitzen kann. Wenn die Hitze des Tages noch spürbar ist, alles in dunkle, warme Luft gehüllt wird und man sich in die Zeit der ewigen Sommerferien seiner Jugend zurückversetzt fühlt. Eigentlich. Wenn ich bloß nicht so elendig respirieren und transpirieren würde. Vielleicht bin ich aber auch einfach schon zu alt für ewig dauernde Sommerferien. Oder habe ich bereits als Teenager gehechelt und geschwitzt wie ein Sibirischer Husky in der falschen Klimazone?

Auch Tessa motzt: »Ich schwitze so stark, ich habe im Sitzen Aquaplaning mit dem Arsch.«

»Genug gemeckert, ihr Jammerlappen! Wir haben Sommer, und dort ist ein herrlicher Pool. Also, alle ausziehen und ab ins kühle Nass!«, befiehlt Jens, zieht bereits das T-Shirt über den Kopf und im Anschluss die Hose über den Po.

Dabei entblößt er einen Körper wie aus Marmor gemeißelt. Braun gebrannter und unfassbar gestählter Marmor, wohlgemerkt! Schade, dass ich in der Dunkelheit seine Sommersprossen nicht sehen kann. Es gibt nichts Entzückenderes als diese frechen Dinger auf Nase und Wangen, gepaart mit diesem herrlich frechen Charme.

»Alex, du sabberst«, informiert Christian mich schmunzelnd.

Natürlich tue ich das nicht!

Sicherheitshalber fasse ich trotzdem rasch an meinen Mundwinkel, um etwaigen Speichel zu entfernen, und blicke in eine andere Richtung. Unter anderem, weil ich es andersrum nicht gerne sehen würde, wenn Christian beim Anblick einer anderen Frau der Mund offen stehen bleibt.

*Aber Jens' Körper ist nun mal zum Niederknien! Und ich bin auch nur ein Mensch.*

Zwanzig Sekunden später, als ich mich wieder unbeobachtet fühle, schiele ich erneut zu Jens, der bereits splitterfasernackt in Olivers Pool Bahnen krault. Ich bin in der Tat beeindruckt. Sowohl von diesem Körper als auch von seinem sportlichen Können. Bei mir sieht das immer nach einer bemitleidenswerten Kreuzung zwischen Frosch und Ente aus, weil ich nicht möchte, dass meine Haare nass werden und das Make-up verwischt, ich aber auch nicht untergehen will.

*Bitte, lieber Gott, lass Jens rückenkraulen, damit ich auch etwas von seinem besten Stück sehen kann!*

Ups, wo kam denn dieser unorthodoxe Wunsch her? Beschämt schiebe ich meine Gedanken auf die Hitze, die vermutlich aus meiner Hirnmasse Matsch gemacht und nur die wenig glorreichen, dafür umso triebhafteren Zellen übrig gelassen hat.

»Na los, spring schon rein zu ihm!«, reißt Christian mich aus meinem Trancezustand.

*Wie peinlich, jetzt hat er mich schon wieder beim Gaffen erwischt.*

Schon seit einem Monat treffen Christian und ich uns heimlich bei jeder Gelegenheit. Nur Katrin und diese verrückte Gruppe neuer Freunde wissen von unserer Liaison. Katrin hat mir sogar Standing Ovations gegeben. Sie ist der Meinung, jede Frau sollte einen geheimen Liebhaber haben. Denn Routine und Alltag ruinieren die Erotik. »Lust oder Liebe? Du kannst auf Dauer einfach nicht beides haben, also genieß eure Anfangszeit!«

Gesagt, getan. Mit dem Ergebnis, dass ich zurzeit sexsüchtig bin. Richtig schlimm sexsüchtig. Ich glaube, das ist nicht normal. Aber ich kann und will eigentlich auch nichts dagegen unternehmen. Besonders, weil Christian jetzt endlich den Dreh raushat und weiß, wie er mich berühren muss, um mich in himmelhochjauchzende Ekstase zu befördern. Natürlich war das nicht einfach. Jede Frau ist schließlich anders, und nur weil etwas bei der einen klappt, heißt das noch lange nicht, dass es auch bei der anderen funktioniert. In meinem speziellen Fall kommt erschwerend hinzu, dass mich an manchen Tagen schon der leiseste Atemzug aus dem Konzept wirft und danach gar nichts mehr geht. Katrin sagt, das hat etwas mit meinem Kontrollzwang und meinem Selbstwert zu tun. Keine Ahnung, was sie damit meint, aber sie hat mir wenig subtil die Telefonnummer einer Sexualtherapeutin zugesteckt. Angeblich gibt die einem richtig gute Tipps und Tricks an die Hand. Vielleicht mache ich das tatsächlich irgendwann. Nur aus Neugierde, versteht sich.

Jedenfalls kriege ich aktuell nicht genug von Christians Streicheleinheiten, bin absolut verrückt nach ihm. Mal sind wir bei ihm, mal in einem Hotel, mal in der Mitte von unseren Wohnorten – sprich, im Auto auf irgendeinem Feldweg oder in einer ruhigen Gasse. Und jedes Mal, wirklich jedes Mal, führen wir uns wie Teenager auf und fallen übereinander her, sobald wir uns unbeobachtet wähnen.

All dessen ungeachtet, himmle ich hier in dieser heißen Sommernacht Jens an, als wäre er eine Reinkarnation aus den Schauspielern von *Baywatch*, *Blaue Lagune* und dem sexy Typ aus der uralten *Davidoff-Cool-Water*-Werbung – und als ob ich die vergangenen Jahre in einem Kloster gelebt hätte. Mit Jens im Visier fühle ich mich, als wäre ich plötzlich wieder ein Teenager, geflutet von Hormonen und Geilheit.

*Man sagt doch Alterspubertät, oder?!*

»Komm schon, Alex! Spring rein zu mir ins kühle Nass, und lass dich unter Wasser ein wenig befummeln«, ruft Jens mir zu.

Glaube ich zumindest. Vielleicht habe ich das aber auch nur geträumt oder mich verhört. Sicherheitshalber reagiere ich nicht, hülle mich stattdessen in Schweigen und kratze hoch konzentriert an einem fiesen Mückenstich an meinem Handgelenk.

»Jetzt sei nicht so ein Hase! Das Wasser ist herrlich«, lässt Jens nicht locker.

Also doch kein Traum.

»Ich habe keine Badesachen mit«, erwidere ich beinahe erleichtert, weil ich nicht weiß, ob ich tatsächlich von Jens befummelt werden will. Oder darf. Oder gar stante pede einen Herzinfarkt im Wasser erleide und ersaufe, wenn ich seine Hände auf meinem Körper spüre.

»Das macht nichts, geh doch auch einfach nackt rein«, mischt sich jetzt auch unser Gastgeber Oliver vom Liegestuhl aus ein. »Ich selbst habe gar keine Badehose, schwimme prinzipiell nur im Adamskostüm.«

Ich bin schockiert: »Echt jetzt? Und wenn Besuch kommt?«

»Besuch, für den ich eine Badehose anziehen muss, ist kein Besuch, sondern ein Termin. Und mit Terminen gehe ich nicht baden.«

Hat was, diese Logik.

»Ha!«, sieht Jens sich bestätigt, und ich erkenne sein schmutziges Grinsen sogar im schummrigen Licht und aus dieser Distanz. »Also, Alex, willst du als Termin abgestempelt werden?!«

»Lasst gut sein, Leute. Alex ist schüchtern«, springt Christian für mich in die Bresche.

*Moment mal ...*

Ich weiß, dass Christian das nett meint und mich beschützen will, seine Intervention sogar etwas Süßes hat.

Aber in diesem Moment fühle ich mich durch seine Aussage trotzdem provoziert, geradezu angestachelt. Ja doch, ich bin schüchtern. Ja, ich habe zeitweise ein gestörtes Verhältnis zu meinem Körper. Ja, ich höre die tadelnde Stimme meiner Mutter wie eine Offstimme im Fernsehen, wenn ich Gefahr laufe, etwas Unanständiges zu tun. Ja, ja, ja!

Aber in dieser Nacht beschließe ich von einer Sekunde auf die andere, all das hinter mir zu lassen. Einfach so. Ohne vorher darüber nachzudenken, ohne eine Pro-und-Kontra-Liste zu schreiben oder lang und breit zu diskutieren.

Ich erhebe mich von meinem Platz, ziehe meine Sandalen, das hübsche Sommerkleid und zu guter Letzt auch die durchaus sehenswerte Unterwäsche aus. Und noch ehe Christian die Situation erfassen kann, springe ich mit einem etwas dissonanten, dafür aber besonders lauten Johlen ins Wasser. Wäre mein Leben ein gut inszenierter Film, hätte ich einen eleganten Köpfer gemacht und wäre nach einigen Metern mindestens ebenso elegant wieder aus dem Wasser aufgetaucht. Vielleicht hätte ich mir das nasse Haar nach hinten gestrichen, und mein elfenhafter Körper wäre vom Mondlicht erhellt gewesen. Wahlweise Bond-Girl oder Meerjungfrau.

Weil mein Leben aber kein Film ist und mir weder wasserfestes Make-up noch Stylistin, Lichttechnik und Regieanweisungen zur Verfügung stehen, gleicht mein spontaner Sprung wohl eher dem eines kleinen Kindes. Arme und Beine sind wie auch der Kopf weit von mir gestreckt, und kaum berühren die Glieder das Wasser, fange ich an, wild um mich zu schlagen, um nicht unterzugehen. Elegant geht anders. Erfrischend ist es dennoch. Jens hatte recht. Und während ich froschartig zu ihm paddle, jauchzt Christian voll Stolz: »Schaut sie euch an!«

Auch Oliver und Yaira johlen begeistert, und ich fühle mich unfassbar gut und mutig. So viele Jahre habe ich mich für meine Figur geschämt und war aus genau diesem Grund noch nie nackt baden – nicht im Urlaub, wo mich sowieso keiner kennt, und schon gar nicht bei Freunden, wo mich jeder kennt. Rückblickend hätte ich das dennoch öfter machen sollen. Und im Zuge dessen auch gleich wild und ungehemmt statt scheu und schüchtern sein sollen! Weil jünger, knackiger oder schöner werde ich jetzt auch nicht mehr.

»Alex, du bist einfach 'ne Wucht«, ruft Jens, fasst mich unvermittelt um die Taille und zieht mich unter Wasser. Mir bleibt keine Zeit, zu protestieren oder ihm die Bedeutung von Smokey Eyes und Beach Waves klarzumachen. Ich stehe sogar so sehr unter Schock, dass ich nicht einmal um mich schlagen und strampeln kann. Im Gegenteil. Voll Panik klammere ich mich an Jens' stählernen Körper, und während das Wasser sich über unseren Köpfen schließt und die Kühle des Nasses uns umfängt, denke ich daran, dass mir beim Auftauchen der Rotz aus der Nase schießen wird. Und dass ich mich gerade nackt, wie Gott mich schuf, an einen mir fremden, ebenfalls nackten Körper kralle. Und dass meine Mutter schockiert wäre, mich vermutlich enterben würde. Was im Übrigen okay ist, weil ich ihr neues Golf-Set und die Nähmaschine sowieso nicht möchte.

Und dann passiert etwas.

Ich habe, noch während ich unter Wasser bin, eine

wahre Erleuchtung. Vielleicht auch eine Nahtoderfahrung. Jedenfalls eine wichtige Erkenntnis: Das hier ist mein Leben! Und auch wenn ich niemals Vogelspinnen am Amazonas melken oder durch die sibirische Wüste wandern werde, ist mein Leben voller Abenteuer!

*Amen.*

Natürlich habe ich Wasser geschluckt – sogar über das retronasale Organ, also durch die Nase. Und natürlich pruste und puste ich wie ein Blauwal nach dem Auftauchen, und mein Make-up sieht aus wie ein missglückter Pandabär beim Kinderschminken. Auch hier gilt: Elegant geht anders. Weil ich mir aber keine Blöße geben möchte, schlucke ich Rotz und Chlor tapfer hinunter und kraule zum Beckenrand, um mich von dem Schock zu erholen. Und mir wenigstens ein Quäntchen Restwürde zu bewahren.

Während ich wassertretend am Beckenrand hänge, entdecke ich Tessa neben den Musikboxen tanzen. Ihre Bewegungen haben etwas Befreites, geradezu Schwereloses, von dem ich selbst im Wasser nur träumen kann. Tessa ist in meinen Augen die wiedergeborene Pippi Langstrumpf. Nur blonder und älter. Aber genauso frech und frei und wundervoll. Nicht anders ist zu erklären, wieso sie mit Mitte dreißig noch immer als Barkeeperin arbeitet und mehr Zeit am Meer, in den Bergen und auf der Tanzfläche verbringt als die Durchschnittsdeutsche in ihrem ganzen Leben.

Jens und sie sind seit vielen Jahren ein Paar, haben sich im Urlaub in Fuerteventura kennengelernt und sind seitdem unzertrennlich. Christian hat mir erzählt, dass Jens mal Profi-Skipper war und in den Teams der Weltmeister gesegelt ist. Er kommt ursprünglich aus Dänemark, ist der Liebe wegen aber hierhergezogen. Seitdem er dem Wasser und dem Profisport den Rücken gekehrt hat, hält er Key Note Speeches und sehr erfolgreich Motivationsseminare und Teambuildingkurse für Unternehmen. Und auf einem dieser Seminare hat Jens wiederum Yaira kennengelernt, die ihn gleich voller Begeisterung ihrem Mann Oliver vorgestellt hat. Und der Rest ist Geschichte.

Tessa scheint völlig eins mit dem Beat, und nicht einmal Tarik, der sich soeben von hinten an sie heranpirscht und ihre Hüfte umfängt, kann sie aus dem Konzept bringen. Tarik ist ein guter Freund von Oliver und Yaira, aber ich habe noch nicht viel mit ihm gesprochen. Er wirkt zwar ausgesprochen nett, aber diese extrem attraktiven Männer machen mich immer nervös. Und ich spreche hier nicht von süß, schnuckelig oder charmant. Ich spreche hier von Schönheit! Denn während Jens mit seiner von Wind und Sonne gezeichneten Haut, den vielen Sommersprossen und dem strubbeligen rotblonden Haar zum Anbeißen aussieht, wirkt Tarik seriös, erwachsen und düster-gefährlich. Und weil er auch noch extrem erfolgreich ist, ich aber nicht mal kapiert habe, was genau er beruflich macht, halte ich lieber den Mund.

*Und hoffe darauf, dass er mein Schweigen wahlweise als geheimnisvoll-sexy oder besonnen-weise deutet.*

Tessa jedenfalls scheint keinerlei Komplexe in Tariks Nähe zu haben und reagiert entspannt auf seine Annäherung. Was sag ich, entspannt. Eigentlich wirken die beiden geradezu vertraut. Denn die spontane Tanzeinlage wird plötzlich vor unser aller Augen in eine völlig neue Liga katapultiert.

Verwirrt blinzle ich. Einmal, zweimal, dreimal.

Ja, das ist tatsächlich Tariks Hand in Tessas Badehöschen. Beklommen bete ich, dass der arme Jens das nicht auch sieht.

Doch, tut er natürlich und ruft den beiden lautstark zu: »Boah ey!« Für den Bruchteil einer Sekunde erstarre ich, ehe mein Gehirn Jens' fröhliches Lachen realisiert: »Alter, ich kann nichts sehen! Komm gefälligst näher, wenn du meine Freundin befingerst! Oder muss ich erst aus dem Wasser kommen und mitmachen?«

Tessa legt den Kopf in den Nacken, lacht laut auf.

Ich bin völlig verwirrt, wenn auch irgendwie erleichtert. Offenbar ist auch das Teil des Spiels zwischen Jens und Tessa, von dem ich bereits bei der letzten Party Zeugin wurde.

*Schon komisch, mein Ex-Mann und ich, wir haben nie solche Spielchen gespielt. Über eine Runde Rommé oder Bridge im Urlaub sind wir nie hinausgekommen.*

Querschmusen, Grapschen und Ähnliches standen jedenfalls nie auf dem Programm. Ob das an Jens' und Tessas Alter liegt? Immerhin sind die beiden zehn Jahre jünger als ich.

*Nein. Wohl eher nicht. Denn ich wäre auch vor zehn Jahren niemals auf eine solche Idee gekommen.*

»Das ist heiß, oder?«, flüstert Jens mir ins Ohr.

Er ist mir mittlerweile so nahe, dass ich seine nackte Haut an meiner Flanke und dem seitlichen Oberschenkel spüre. Körper an Körper schweben wir im Wasser, halten uns nur am Beckenrand fest.

Ich neige den Kopf zur Seite, betrachte von meiner Froschperspektive aus Jens' Freundin und diesen Tarik und muss mir eingestehen, dass die beiden tatsächlich sehr, sehr anregend wirken.

»Dich finde ich übrigens auch unglaublich sexy«, gesteht Jens, und mit einer einzigen, raschen Bewegung verändert er seine Position und hängt sich dicht hinter mich an den Beckenrand.

Schnappatmung!

Völlig unvorbereitet spüre ich Jens' nackten Körper an meinem Rücken und Po, und mein Herzschlag nimmt eine unnatürliche, geradezu besorgniserregende Frequenz an. Auf der einen Seite fühlt Jens' Körper sich unfassbar gut an, aber auf der anderen Seite suche ich bereits im dämmrigen Abendlicht Blickkontakt mit Christian. Und parallel dazu beginnt mein schlechtes Gewissen, mit der Offstimme meiner Mutter um die Wette zu blöken.

Christian hingegen schätzt die Situation blitzschnell ein, ehe er sich wieder tiefenentspannt mit Oliver und Yaira unterhält.

Ich bin verwirrt.

*Ist er denn gar nicht eifersüchtig? Bedeute ich ihm nichts? Wäre ich an seiner Stelle, würde ich auf jeden Fall vor Eifersucht und Verlustangst in die Luft gehen. Und außerdem, warum ...*

Jens' Erektion an meinem Po reißt mich ratzfatz aus meinem Gedankenkarussell, und ich japse erschrocken auf. Mit vor Schreck geweiteten Augen stemme ich mich am Beckenrand hoch und entfliehe dem Wasser. Die Frage *Fight or Flight* stellt sich mir gar nicht, Flucht ist die Devise.

»Er tut nichts, will nur spielen«, ruft Jens mir lachend nach, während ich vor Scham vergehen könnte.

*Pff. Spielen! Das wollen sie doch alle. Weiß ich doch.*

Trotzdem kam das etwas überraschend. Und offenbar kennen alle die Spielregeln, nur ich nicht. Grübelnd wickle ich ein Handtuch um meine Mitte und mache es mir auf der Sofagarnitur bequem. Lange bleibe ich allerdings nicht allein.

»Alles okay?«, flüstert Yaira mir ins Ohr, und ich nicke rasch. »Wenn du Abstand oder eine Pause brauchst, ist das vollkommen okay. Du bestimmst die Grenzen und kannst jederzeit Stopp sagen! Wenn du allerdings neugierig bist und doch gerne mal was ausprobieren würdest, lass dich nicht von den Konventionen einschränken. Hier darfst du alles sein, was du willst.«

Sagt die Psychologin, eh klar.

Ich drücke ihre Hand. »Danke.« Als Antwort beugt sie sich zu mir hinab und drückt mir einen flüchtigen Kuss auf die Lippen. Einfach so. Es ist eine ungewöhnliche, wenngleich harmlos-freundschaftliche Geste, die in meinem Körper eine unerwartete Reaktion hervorruft.

*Mieser Verräter!*

*Hier darfst du alles sein, was du willst,* hallen Yairas Worte in mir nach. Und so ziehe ich sie, ohne weiter nachzudenken, zu mir und küsse sie. Es ist ein heißer Kuss mit Zunge, Spucke und anschließendem Herzrasen.

Warum ich es tue, weiß ich nicht. Ich steh doch gar nicht

auf Frauen. Vielleicht ist es ein Reflex, vielleicht habe ich mein Hirn zu Hause vergessen. Ich weiß es wirklich nicht.

Aber der Kuss fühlt sich verdammt gut an.

»Ich mag dich«, sagt Yaira zwinkernd. Dann setzt sie sich neben mich. Und damit startet auch wieder mein vertrautes Gedankenkarussell.

*Habe ich tatsächlich gerade mit einer Frau geknutscht? Bin ich nicht zu alt dafür? Wenn zwei Frauen sich küssen, ist das dann schon fremdgehen? Was bitte ist denn mit mir los? Und wo ist eigentlich Christian? Muss ich Christian das jetzt erklären?*

Rasend schnell peitschen die Fragen auf mich ein. Doch ehe mein schlechtes Gewissen völlig die Oberhand gewinnt, steht Oliver vor Yaira und mir – und mein Hirn setzt erneut aus.

Ich schlucke und starre, schlucke und starre. Oliver steht völlig gelöst vor uns, rubbelt das Wasser aus seinem nassen Haar. Und während er sich auch die Brust und den Rücken abtrocknet, starre ich hypnotisiert auf seinen nackten Penis. Auch Yaira ist sichtbar erfreut, ihren Partner zu sehen, streckt die Arme nach ihm aus und zieht ihn näher zu sich ran.

»Hey«, gurrt sie heiser, blickt von ihrer sitzenden Position zu ihrem Mann auf. Und ehe ich mich's versehe, hält sie Olivers Penis in der Hand. Keine Sekunde später ist er steif und Eichel und Schaft sind in ihrem Mund verschwunden.

*Wow. Das ging schnell.*

Oliver brummt versonnen. Ich bin den beiden so nah, dass ich gar nicht umhinkann, als ihrem Treiben zuzusehen. Normalerweise blicke ich zur Seite, wenn Paare sich küssen.

Man will schließlich nicht stören. Doch hier, in dieser Nacht, gibt es keinen Grund wegzusehen, wegzugehen. Voll Faszination starre ich auf Yaira und Oliver, beobachte sie in ihrer Intimität. Und bin beeindruckt. Denn Yaira hat offensichtlich etliche Tricks auf Lager. Begeistert lutscht, leckt und saugt sie an Olivers bestem Stück wie an einem Eis am Stiel.

Die meiste Zeit hält sie den Blickkontakt zu ihm, manchmal schließt sie die Augen. Ich erkenne eine dicker werdende Ader an Olivers Penis und sehe die glänzende Eichel. Und jedes Mal, wenn ihm ein tiefes Seufzen entflieht, wird das Ziehen zwischen meinen Beinen intensiver, und ich beginne, das Pulsieren aktiv zu steuern, den Beckenboden anzuspannen und zu lockern.

Dann macht Yaira etwas mir völlig Neues: Sie beginnt, ihr Handgelenk zu drehen, als ob sie den Verschluss einer Flasche zu- und wieder aufdrehen würde. Nach der fünften Drehung reißt Oliver die Augen auf, kann nicht mehr ans sich halten: »Verdammt! Wo hast du das denn gelernt?«

Das Lachen und Johlen holt auch mich wieder in die Gegenwart zurück. Ich bin offenbar direkt in einem großartigen Liveact gelandet. Yaira antwortet nicht, grinst nur kurz, ehe sie noch mal Gas gibt und das Tempo ein letztes Mal erhöht. Zwei weitere Drehungen später kommt Oliver stöhnend in Yairas Mund, während mich Hitzestöße durchfahren.

*Das war krass!*

Das war kein Kopfkino-Upgrade, das war eine Vorstellung der Sonderklasse. Erste Reihe fußfrei quasi. Und so was von FSK-18!

»Seid ihr eigentlich alle Swinger?«, frage ich Yaira und Tessa einige Drinks und einen Schwips später, als die Männer erneut ins Wasser springen und wir Frauen ungestört sind.

»Aaah, swingen klingt so schmuddelig. Ich würde sagen, wir sind sexpositiv und polyamor. Weil wir nicht nur querschmusen, sondern uns auch echt gernhaben. Wir lieben eben nicht nur eine Person, sondern können und dürfen Gefühle und Beziehungen zu mehreren Menschen haben.«

»Das heißt, ihr seid Freunde, die nicht nur Kochrezepte und Werkzeug tauschen, sondern ab und zu auch Partner und Körperflüssigkeiten?«

Yaira lacht: »Ja, so in etwa. Was gibt es Besseres, als Schönes mit Freunden zu erleben, die man mag und denen man vertraut?«

*Das ergibt Sinn. Irgendwie. Irgendwie aber auch nicht.*

Weil mir ihre Welt so fremd ist, bitte ich sie, es mir genauer zu erklären.

»Wenn du aufhörst, alle deine Erwartungen und Hoffnungen auf einen Partner zu richten, nimmt das wahnsinnig viel Druck von euch beiden. Plötzlich muss dein Mann nicht mehr alles können und alles sein. Du teilst die Erwartungen und Wünsche quasi auf.«

Klingt logisch, wenngleich das in der Theorie sicher einfacher zu bewerkstelligen ist als in der Realität.

Tessa ergänzt grinsend: »Wieso sich nur auf eine Person fixieren, wenn man viele haben kann?«

»Genau! Wie heißt es so schön: Lebe jeden Tag, als ob er dein letzter wäre«, fügt Yaira hinzu.

*Blöder Spruch. Denn wenn ich so leben würde, als ob heute mein letzter Tag wäre, dann wäre es definitiv mein letzter Tag.*

»Wart ihr immer schon so, oder wart ihr euch am Anfang noch treu?«, hake ich nach, weil mir dieses ganze Querschmusen suspekt ist.

Yaira lächelt verständnisvoll: »Was habt ihr Monos immer mit diesem Wort?! Genau genommen sind wir uns sogar sehr treu. Wir definieren Treue eben nur anders. Denk doch nur mal an diese Langzeitehepaare, die zwar körperliche Ausschließlichkeit predigen, aber ständig schlecht übereinander reden. Anfangs nur hinter dem Rücken des jeweils anderen, aber irgendwann sogar völlig ungeniert und öffentlich, sodass die Umstehenden vor Fremdscham vergehen, wenn sich das Alt-Paar übelst anmotzt. Und selbst wenn sie sich nur noch zufällig oder sogar widerwillig berühren und ihnen die Frustration schon aus den Ohren quillt, halten sie ihre körperliche Treue weiterhin für heilig und sind auch noch stolz drauf.«

*Ich fühle mich ertappt. Sie redet aber jetzt nicht über mich und meinen Ex, oder? Woher weiß sie das denn?*

»Also, ich finde«, ergänzt Tessa, »Treue fängt ja im Kopf an. Es ist ein wunderschönes tiefes Gefühl der Verbundenheit. Treue bedeutet für mich, dass ich mich auf meinen Partner in jeder Situation verlassen kann. Er steht hinter mir, unterstützt mich und ist für mich da, auch wenn es schwierig wird. Er spricht nicht schlecht über mich, verteidigt mich und steht zu mir. Und selbstverständlich gilt das Gleiche auch umgekehrt. Allerdings glauben die meisten Menschen, dass Loyalität nur durch körperliche Ausschließlichkeit gezeigt werden kann. Aber das ist ein Trugschluss. Es ist durchaus möglich, Lust mit anderen zu empfinden und Fantasien auszuleben und dennoch den festen Partner zu lieben und zu respektieren, ihm treu zu sein. Solange es einvernehmlich ist, ist doch alles okay, oder etwa nicht?«

Theoretisch kann ich den beiden folgen. Misstrauisch bin ich trotzdem noch: »Ich schätze, dass das trotzdem nicht alle Paare können. Was ist mit Eifersucht?«

»Oh, damit haben wir alle immer wieder mal zu kämpfen – so wie monogame Pärchen auch. Allerdings fliegen bei den Monos schon die Fetzen, wenn der Ehemann der Kellnerin nachblickt. Oder wenn die neue Kollegin dem guten Gatten möglicherweise schöne Augen macht. Möglicherweise! Meist braucht es nicht einmal Beweise, geschweige denn Taten, um ein Eifersuchtsfiasko heraufzubeschwören.«

Beschämt blicke ich zu Boden.

*Schon gut. Ich gebe es ja zu, natürlich kenne ich auch solche Situationen!*

»Dabei wäre es doch viel geiler, wenn man sich darüber freut und stolz ist, dass der eigene Partner noch attraktiv genug ist, um Blicke auf sich zu ziehen.«

»Und wie geht ihr dann mit Eifersucht um?«, frage ich Yaira.

»Das ist ein sehr komplexes Thema. Manchmal hilft der Blick hinter die Eifersucht. Warum regt dich die Kollegin denn eigentlich so auf? Ist es vielleicht die klassische Verlustangst, und du sorgst dich, dass sie dir deinen Mann ausspannen könnte – weil es zwischen euch schon lange nicht mehr rundläuft, ihr euch das aber auch nicht eingestehen wollt? Oder nehmen wir das Beispiel mit der hübschen Kellnerin. Warum schmerzt es uns so sehr, wenn der Mann eine attraktive Frau bemerkt? Wir selbst gucken doch auch Romantikfilme und freuen uns, wenn der knackige Protagonist sein Shirt auszieht ... Oft liegt hinter dieser Eifersucht ein Selbstwertproblem versteckt. Dafür kann der Partner aber nichts, daran muss man selbst arbeiten. Weißt du, Alex, die Eifersucht kann uns sehr viel über uns selbst erzählen. Und sobald man den Auslöser besser versteht, kann man daran arbeiten.«

*Uff, Arbeit.*

Irgendwie behagt mir diese Gesprächswendung nicht. Ich selbst habe nämlich zu viele Baustellen an dieser Front und mag dort gar nicht arbeiten ...

»Kommunikation ist das Kernelement einer offenen Beziehung«, bohrt Tessa weiter im Dickicht meiner verdrängten Themen herum. »Wenn wir einander emotional treu sind, sind wir auch sehr achtsam und aufmerksam in unserem Handeln. Wir reden sehr viel miteinander und holen laufend Feedback von unserem Partner ein. Bevor wir in eine neue Situation kommen oder jemanden in unser Bett einladen, sprechen wir darüber und fragen uns selbst sowie den Partner: Ist das in Ordnung? Wäre dieses oder jenes okay? Was geht, was geht nicht? Wo liegen die Grenzen?«

»Und das klappt?«, hake ich zweifelnd nach.

»Nicht immer«, gibt Tessa zu. »Natürlich streiten wir ab

und zu, natürlich rasselt es auch mal Vorwürfe, und natürlich fließen Tränen. Aber das passiert auch bei den klassisch monogamen Paaren. Also ja, es klappt. Solange wir uns lieben, einander respektieren und darauf achten, einander nicht zu verletzen, funktioniert das sogar sehr gut.«

»Ich bin trotzdem nicht sicher, ob ich das könnte«, gebe ich zu.

»Musst du auch nicht.«

»Aber darüber nachdenken solltest du trotzdem. Weil es nämlich schon geil ist«, kichert Tessa. »Und ich glaube, in deinem Innersten willst du das auch. Ich habe schließlich gesehen, wie du Jens mit deinen Blicken vernaschst.«

*Um Himmels willen, hat sie wirklich? Ich muss dringend an meinem Pokerface arbeiten. Wie peinlich! Wo bitte ist Nostradamus' Ende der Welt, wenn man es braucht?!*

# Geheimniskrämerei

## September

»Hey, bist du zu Hause?«, ruft Caro in den Hörer, um ihre Kinder im Hintergrund zu übertönen.

»Natürlich bin ich zu Hause, wo sollte ich sonst sein?!«, lüge ich und deute Christian, der gerade aus der Dusche steigt, bloß still zu sein, um uns nicht zu verraten.

»Supi, dann komm ich gleich vorbei!«, versetzt Caro mir einen morgendlichen Herzstillstand. »Claus ist heute an der Reihe mit dem Bespaßungsprogramm und geht mit den Kindern zum Spielplatz. Wir könnten endlich ins Feintuning gehen und die Details meiner Geburtstagsfeier planen. Außerdem haben wir schon ewig keinen Kaffee mehr getrunken – du bist ja wie untergetaucht. Also, was meinst du?!«

»Ja klar, können wir machen. Aber gib mir bitte noch eine Stunde. Ich wollte gerade unter die Dusche springen und muss noch was im Haushalt machen«, lüge ich erneut, während ich völlig hysterisch Slip, Jeans und Socken zusammensuche.

Ich beende das Gespräch, starre angstvoll in den Spiegel. Ich konnte Caro unmöglich sagen, dass ich bis vor wenigen Minuten wild mit Christian geknutscht habe.

»Willst du es ihr nicht einfach sagen?!«, nuschelt Christian in mein Haar, umfasst mich von hinten und küsst meinen Nacken. Den steifen Penis in meinem Rückgrat ignoriere ich wohlweislich. Für eine Nummer bleibt uns jetzt keine Zeit mehr. Nicht mal für eine schnelle. Caro darf keinesfalls herausfinden, dass ich seit zwei Monaten eine Affäre mit Christian habe. Niemand aus unserem gemeinsamen alten Freundeskreis weiß davon. Ich möchte mich noch nicht den neugierigen Fragen stellen, mich rechtfertigen oder erklären müssen. Sie würden es einfach nicht verstehen. Schlimmer noch, sie würden es verurteilen. Immerhin bin ich doch die brave Alex, und Christian ist ein übler Bursche, der von einer Liebschaft zur nächsten springt und um den die anständigen Frauen besser einen großen Bogen machen. Sie würden der ganzen Sache einen Namen geben wollen, und dazu bin ich noch nicht bereit und weiß nicht, ob ich das jemals sein werde. Es fühlt sich eben einfach gut an.

Deshalb habe ich Caros Gesellschaft in den vergangenen Wochen auch bewusst gemieden. Das heutige Verhör wird mir allerdings nicht erspart bleiben, und ich habe bereits jetzt Angstzustände.

*Bleibt nur die Hoffnung, dass sich jemand gut um meinen geliebten Goldfisch Kurt kümmert, sollte ich dieses Kaffeekränzchen nicht überleben.*

Eine Stunde später, bei Kaffee und Keksen, bringt Caro das Thema tatsächlich auf Christian.

»Hast du eigentlich noch mal etwas von Christian gehört, seit dieser einen Nacht, als du partout nicht heimgehen wolltest? Da lief doch nicht wirklich etwas zwischen euch, oder etwa doch?«, erkundigt Caro sich neugierig, lässt mir aber keine Zeit zu antworten. »Du hast uns damals echt einen Schrecken eingejagt. Sogar Claus war bei der Heimfahrt völlig durch den Wind.«

*Ach nee, der Arme!*

»Wieso das denn?«, frage ich gekonnt naiv. »Ihr müsst euch um mich doch wirklich keine Sorgen machen!«

»Sorgen? Ich mache mir doch keine Sorgen«, antwortet Caro seelenruhig, ehe sie hysterisch nachschiebt: »Das nennt man Panik! Ich stand in dieser Nacht knapp vor einem Nervenzusammenbruch, Alex! Ich hätte dich niemals mit Christian allein lassen dürfen.«

*Reden wir noch immer von Christian oder doch von Donald Trump? Oder vielleicht gar von einem gesuchten Serienmörder?*

Ich weiß in diesem Augenblick wirklich nicht, ob ich lachen oder verärgert sein soll, versuche es dann aber testhalber mit Neutralität und Gelassenheit. Das soll ja angeblich gut für den Blutdruck sein. Und die Nerven schonen.

»Ich weiß deine Sorge zu schätzen, aber Christian ist ein guter Mann – auch wenn ihr ihn immer in die Bad-Boy-Zone drängt.«

»Nicht ganz unverschuldet ...«

Ich spüre, wie meine bereits volle fünf Sekunden andauernde Gelassenheit droht, flöten zu gehen. Diese Kompetenz, Ruhe zu bewahren, ist bei mir definitiv noch ausbaufähig. Leicht angespannt atme ich ein und aus, dann setze ich ein Lächeln auf: »Mensch, Caro! Das sind doch nur Gerüchte. Und wir wollen doch nicht auf den Tratsch der Leute hören, oder?!«

Nun ist es an Caro, angestrengt zu lächeln, weshalb ich versöhnlich weiterspreche: »Mach dir keine Sorgen. Christian ist nett zu mir und tut mir gut.«

Caro seufzt abgrundtief: »Ich weiß, ich weiß. Aber ich kenne Christians Masche noch von früher. Er weiß, wie er Frauen um den Finger wickelt, und die verwundeten Rehe haben es ihm besonders angetan. Er kann den weißen Kittel eben nicht ablegen. Aber sobald ihm langweilig wird, lässt er dich schneller fallen, als du Ciao sagen kannst.«

Ihre Worte versetzen mir einen Stich. In den vergangenen Wochen habe ich den Eindruck gewonnen, dass Christian tatsächlich etwas für mich empfindet. Nichtsdestotrotz lässt Caros Bemerkung mein Alarmsystem hochfahren. Ich will nicht »um den Finger gewickelt« werden und eine von den vielen Frauen sein, die er umsorgt, heilt und wieder abschießt, wenn sie ihn anöden.

*Ich will etwas Besonderes sein! Etwas Besonderes für IHN!*

»Ist ja gut«, lenke ich dennoch ein, weil ich keinen Bock habe, mit Caro über meine Verunsicherung zu sprechen. »Wie gesagt, ich bin ein großes Mädchen und kann auf mich aufpassen.«

»Ja, aber vor Christian ist nun mal keine Frau wirklich sicher ...«, seufzt meine Freundin, und ich spüre jetzt doch die Wut gefährlich heiß in mir aufsteigen wie die Lava im Ätna.

Weil ich aber ein feiges Huhn bin und Konfrontationen scheue, schlucke ich meinen Kommentar hinunter. Und schiebe auch noch einen Keks hinterher.

*Mmmmh, Triple Chocolate. Die sind aber auch echt gut ... Folgt mir für weitere Konfliktbewältigungsstrategien!*

»Also, wie war er?«, bricht Caro nach einer sich schier endlos ziehenden Minute und zwei weiteren Keksen die Stille. Ich glaube, so lange haben wir zwei noch nie im vollen Bewusstsein nebeneinander geschwiegen.

»Da war nichts«, lüge ich und merke, dass ich darin immer besser werde.

Der stechend-skeptische Blick, mit dem Caro mich durchbohrt, hätte Columbo und Miss Marple alle Ehre gemacht. Aber auch ich kann beinhart sein, lasse mir meine Unruhe nicht anmerken und halte ihrem Blick stand wie einst Bill Clinton der Medienmeute, als er behauptete: »I did not have sexual relations with that woman.«

»Sicher?«, bohrt Caro nach.

»Na, hör mal! Zweifelst du an meiner Ehre?«

*Also einen auf Politiker machen, das kann ich!*

»Gut«, gibt Caro das Augenduell schließlich auf. »Du bist auch viel zu normal für Christian und würdest nicht mit ihm mithalten können.«

»Ach ja?«, reagiere ich äußerlich seelenruhig, während innerlich die Lava erneut gefährlich blubbert. Mittlerweile ist sie bei Oberkante Unterlippe angelangt, und bald speie ich Feuer, das spüre ich.

Caro spricht nichts ahnend weiter: »Man kann Christian nicht mal verübeln, so ein Weiberheld zu sein. Er sieht eben umwerfend aus und ist ein erfolgreicher Arzt ohne Verpflichtungen oder Fesseln. Was bitte kann einem Mann Besseres passieren? Er muss nicht einmal in eine Bar gehen, um mit zehn Nummern williger und billiger Frauen wieder herauszukommen. Bei ihm reicht schon die Bäckerei um die Ecke oder der Parkplatz vor dem Krankenhaus.«

»Na, dafür kann er doch wohl nichts! Soll er sich etwa einen Vokuhila schneiden lassen oder Buchhalter werden, nur um weniger sexy zu sein?«

»Mensch, Alex, ich sage ja nur, dass er eben jede Frau haben kann, die er will.«

Irgendwie nimmt das Gespräch mehr und mehr eine unangenehme Wendung, und ich wünschte, ich hätte Caros Besuch auch heute wieder mit irgendeiner lahmen Ausrede abgeblockt. Denn auch wenn wir seit Jahren Freundinnen sind und sie ihre Warnungen sicherlich gut meint, nervt sie mich und ruiniert mir meine Erinnerungen an all diese unglaublichen Nächte mit Christian.

»Wie auch immer, können wir über etwas anderes reden?«, bitte ich sie deshalb.

»Natürlich! Das mit Christian und dir würde ja schon rein sexuell nicht klappen.« Sie kann es nicht lassen.

»Wieso?«, hake ich nach, will plötzlich doch nicht mehr das Thema wechseln, weil wir meiner Ansicht nach sexuell durchaus gut harmonieren.

»Na, der steht doch auf lauter kranken Scheiß …«

Irritiert schüttle ich den Kopf. Entweder hat er sich bisher mächtig zurückgehalten, oder mir ist etwas entgangen. Doch ehe ich darauf eingehen kann, vibriert Caros Handy:

»Du, Martina fragt, ob ich Zeit für einen Kaffee habe. Kann sie herkommen? Sie hat dich doch auch schon so lange nicht mehr gesehen ...«

Ich seufze innerlich.

*Natürlich. Wenn schon Hexenjagd und Kreuzverhör, dann richtig.*

Wie einst bei einer Befragung der spanischen Inquisition sitzen Caro und Martina vor mir und fragen mir Löcher in den Bauch. Ob ich aktuell jemanden date, was ich in den letzten Monaten gemacht habe, warum ich noch kein Onlinedating-profil eröffnet habe und so weiter.

Mittlerweile überlege ich ernsthaft, wie schmerzhaft es wäre, mir mit dem gezackten Kuchenmesser den Finger abzusäbeln. Oder mit dem eben frisch aufgegossenen Kaffee den Schenkel zu verbrühen. Oder ob es einen anderen, weniger masochistischen Weg gibt, diesem Verhör zu entkommen.

»Wollten wir nicht über deine Geburtstagsfeier reden, Caro?«, wechsle ich hoffnungsvoll das Thema.

»Stimmt!«, lässt Caro sich ablenken. »Ich brauche unbedingt eure Hilfe bei der Gästeliste.«

Während Caro eine gefühlt drei Meter lange Liste mit Namen und Querverweisen auspackt, driften meine Gedanken wieder zur letzten Nacht ab.

»Ich muss mal«, erkläre ich den beiden Frauen und verkrümle mich auf die Toilette. Die beiden nicken nur, ohne ihre angeregte Diskussion darüber zu unterbrechen, ob man die Freundin seines Cousins dritten Grades auch einladen müsse, wenn sie doch Veganerin ist und man eigentlich kein

Geld für eine zusätzliche Menüauswahl in die Hand nehmen will.

Auf der Toilette klappe ich den Deckel runter, setze mich und hole mein Smartphone hervor:

*Hilfe! Ich sterbe hier,* schreibe ich an Christian.

Seine Antwort folgt prompt: *So schlimm?*

Und danach entbrennt ein Chat, bei dem meine Finger über den Touchscreen des Smartphones fliegen und ich jegliches Zeitgefühl vergesse:

*Sogar noch schlimmer! Ich hätte einfach bei dir bleiben sollen …*

*Das wäre schön gewesen. Ich könnte den ganzen Tag mit dir im Bett verbringen! Die Sonne scheint um diese Uhrzeit ins Schlafzimmer. Ich hätte dich betrachten können … Nicht so wie letzte Nacht, als du darauf bestanden hast, das Licht auszumachen.*

*Ich bin schüchtern!!!*

*Du bist wunderschön!*

*Du machst mich verlegen.*

*Gestern warst du aber nicht verlegen. Ich habe das Bild noch recht lebendig vor mir, wie du dich gerekelt hast, dich an mich gedrängt und gestöhnt hast …*

*ahhh*

*... du hast auf mir gesessen, ich habe deine Brüste gehalten ... du hast geseufzt und dein Becken an mir gerieben. So lange, bis du diesen magischen Punkt gefunden hast, von dem du nicht genug bekommst ...*

Hilfe!

Christians direkte Formulierungen machen mich immer nervös und kribbelig zugleich. Mein Puls geht hoch, und mir ist schlagartig sehr, sehr heiß. Ich bin eben dabei, Christian zu antworten, als Caro an die Klotür klopft und mich in die Realität zurückkatapultiert: »Wir bestellen Pizza zum Mittagessen. Für dich wie immer mit Spinat und Tomaten?!«

*Oh Mann, Mittagessen auch noch ... Das wird ein langer Tag!* Schlagartig wird mir klar, warum Noah nur Tiere auf seine Arche mitnahm.

Schicksalsergeben drücke ich auf die Spülung, dann trotte ich wieder zur Gästeliste-Sonderkommission.

»Wir überlegen gerade, was wir wegen Nils machen ...«, bestätigt Caro meine Annahme, dass ich in den vergangenen Minuten nichts verpasst habe.

»Nils hat jetzt eine Neue«, flüstert Martina mir verschwörerisch über ihre Kaffeetasse hinweg zu. »Aber Caro will sie nicht einladen. Das ist eine ganz verdorbene Frau!«

*Verdorben? So wie schimmeliges, über die Sommerferien im Schulranzen vergessenes Brot?*

»Wie meinst du das?«, hake ich nach und denke an Tessa und Yaira, die bei diesem Kaffeekränzchen mit ihrer erfrischend unkonventionellen Art auf viel Widerstand treffen würden. Wieder einmal wird mir bewusst, dass ich Schubladendenken doof finde, selbst auch nicht gerne reingesteckt

werde, aber fast fünfzig Jahre gebraucht habe, um das zu erkennen.

*Es sei denn, es sind Kekse drin, und das Licht bleibt an.*

»Na, verdorben eben«, erklärt Martina. »Die hat schon
einige Männer im Schlepptau gehabt. Vor Nils war es ein Fa-
milienvater, den sie sich geangelt hat. Und stell dir bitte vor,
es war ihr Nachbar! Das lass dir mal auf der Zunge zergehen.
Der Nachbar! Und dann, nachdem er seine Familie verlassen
hat, sind die glatt ins Nachbarhaus gezogen. Dabei hat sie
selbst drei Kinder von zwei Männern! Das musst du dir mal
geben!«, flüstert sie aufgeregt.

»Ins Nachbarhaus!«, schießt Caro nach. »Und dann hat
sie ihn einfach stehen lassen. Einfach so! Aber es gibt da so
einige Gerüchte ...«

Vor lauter Sensationslüsternheit bleiben den zwei
Frauen die Münder offen stehen, und ich finde es fast
schade, dass ich erst unlängst eine neue Fruchtfliegenfalle
aufgestellt habe und jetzt gerade keines der üblicherweise
im Herbst herumschwirrenden Viecher da ist, um in die
klaffenden Mäuler zu fliegen.

»Unmittelbar vor dem Reihenhaus-Vater hatte sie schon
mal einen dreifachen Vater«, erklärt mir Martina und
schnappt sich den letzten Keks.

»Das war ein richtig nahtloser Übergang damals«, bestätigt Caro.

Gut, bei der Verdorbenen zeichnet sich offenbar ein Beu-
teschema ab. Aber man soll ja nicht urteilen. Lediglich die
Tatsachen, dass ihr die Streitereien mit den vielen Kindern

und Ex-Frauen nicht auf den Wecker gegangen sind, wundert mich ein wenig.

»Das muss eine tolle Frau sein, wenn die Männer immer alles für sie aufgeben«, überlege ich laut. »Ist sie so hübsch?«

»Aber nein, potthässlich! Mit echt breitem Hintern. Außerdem schaut sie viel älter aus, als sie tatsächlich ist. Echt verlebt. Aber die Schönheit liegt ja immer im Auge des Betrachters.«

Ich überlege, was ich im Leben bisher verpasst habe und wie man es schafft, so viele Männer und Liebhaber zu finden, wenn man nicht einmal umwerfend aussieht, mit breitem Hintern und verlebtem Gesicht. Inzwischen wünsche ich mir fast, dass Caro die Frau einlädt, damit ich sie mir einmal ansehen oder ihr genau diese Frage stellen kann.

Während die beiden Frauen weiter Namen von der Gästeliste streichen, fühle ich mich wie eine Greenpeace-Aktivistin, die hilflos dabei zusehen muss, wie die Artenvielfalt von unserer Welt verschwindet und einem trostlosen Einheitsbrei weicht.

Nachdenklich hole ich mein Smartphone hervor und tippe eine weitere Nachricht an Christian: *Was hältst du eigentlich von verdorbenen Frauen?*

Seine Antwort kommt auch diesmal prompt: *Frauen werden im Gegensatz zu Lebensmitteln erst genießbar, wenn sie verdorben sind.*

Ich mag diesen Mann wirklich, denke ich lächelnd und schalte in der Gästelisten-Diskussion einfach auf Durchzug.

Einige weitere heimliche Treffen mit Christian später habe

ich noch immer keine Hinweise auf kranke Fetische oder obszöne sexuelle Wünsche ausmachen können.

Okay, die Partys bei Oliver sind zwar nicht Mainstream, aber bisher war ich nur Zuseherin und hatte zugegebenermaßen einen Mordsspaß dabei. Also vielleicht ist das genau mein Niveau, und vielleicht bin sogar ich richtig pervers. Was auch immer Caro also andeuten wollte, hat sich bisher nicht offenbart.

Meiner Meinung nach passen Christian und ich körperlich so gut zusammen, dass es beinahe schon unheimlich ist. Wir können die Finger einfach nicht voneinander lassen. Mit jeder weiteren Woche gewöhne ich mich mehr an seine Nähe. Langsam mache ich mir sogar Sorgen, dass ich liebeskrank sein könnte. Denn wenn ich ihn einige Tage nicht sehe, werde ich unruhig und hibbelig. Ich kriege nicht genug von ihm, bin völlig verrückt nach seinen Berührungen.

Es ist wie eine Gehirnvergiftung, die jedes rationale Handeln unmöglich macht. Deshalb schiele ich auch wie ein Teenager alle zehn Sekunden aufs Handy und checke meine Nachrichten. Wenn ich gerade keine Nachrichten lese oder tippe, starre ich ins Leere, um unser letztes Treffen Revue passieren zu lassen. Normalerweise schaue ich dabei dämlich grinsend aus den Socken, doch heute gräbt sich eine steile Sorgenfalte zwischen meine Brauen.

Das vergangene Wochenende hatte traumhaft begonnen. Ich hatte Christian zu einer seiner Fortbildungen nach Berlin begleitet. Während er sich also anatomischen Bildern und Vorträgen widmete, genoss ich den exklusiven Spa-Bereich des Wellness- und Seminarhotels, blätterte in Zeitschriften und dümpelte im warmen Wasser, bis meine Haut schrumpelig war. Am Abend aßen wir Fünf-Gänge-Menüs und landeten kichernd und schmusend im Bett.

Nicht jedoch an unserem letzten Abend dieses Kurztrips. Wir stiegen gerade turtelnd aus dem Aufzug, als ich Holger, einen alten Bekannten Caros, sah.

»Los! Weg, weg, weg!«, scheuchte ich Christian wieder zurück in den Aufzug.

»Was ist denn los?«

»Puh, das war knapp. Ich glaube, er hat mich nicht erkannt.« Auch wenn ich mir absolut albern vorkam mit meinem Verhalten, wollte ich einfach nicht, dass er uns entdeckte. Also fuhren wir mit dem Fahrstuhl ein Stockwerk nach unten und schlichen uns über das Treppenhaus wieder hinauf – vorsichtig um die Ecken lugend. Kaum war die Hotelzimmertür hinter uns ins Schloss gefallen, zog ich Christian an mich.

Zwei Stunden später liegen wir nackt und befriedigt auf dem Hotelbett.

»Willst du Caro und den anderen nicht endlich von uns erzählen?«

»Nein, wieso?«

»Bist du das Versteckspielen denn nicht leid?«

»Glaub mir, du willst nicht, dass sie es wissen«, beteuere ich und denke an das Kreuzverhör mit Caro und Martina.

»Ich will es nicht, oder du willst es nicht?«

»Niemand will es. Auch Caro nicht.«

»Caro ist mir egal.«

»Aber mir nicht. Sie ist meine Freundin.«

»Der du nicht von uns erzählen kannst?«

»Du willst nicht, dass sie es wissen. Wirklich nicht!«, wiederhole ich und merke, dass unser Gespräch eine absurde Wendung nimmt, wir uns im Kreis drehen.

»Warum?«

»Ich bin noch nicht so weit. Können wir nicht einfach weiterhin unser Geheimnis genießen? Ich liebe unsere Zweisamkeit und unsere aufregende Bubble. Wir müssen das doch mit niemandem teilen, oder?!«

»Nein, müssen wir nicht. Aber manchmal wäre es schön, wenn ich in der Öffentlichkeit deine Hand halten könnte.«

»Ja, aber du bist ja nicht mein Freund, oder?!«

»Ich weiß nicht. Was bin ich denn für dich?«

Ich zucke mit den Schultern, fahre gedankenversunken mit den Fingern über seine Augenbrauen, die Nase hinab und über seine Lippe.

*Was bist du eigentlich für mich?*

Ich denke daran, was Caro über ihn gesagt hat. Dass er verwundete Rehkitze pflegt, sie verwöhnt und fallen lässt, wenn sie ihn langweilen.

*Was, wenn ich allen erzähle, dass Christian und ich ein Paar sind? Was, wenn er kurz darauf mit mir Schluss macht und ich meine Verlautbarung stornieren muss?*

Ich möchte kein zweites Mal all das heuchlerische Mitleid, die Besserwisserei und die gut gemeinten sowie unnötigen Ratschläge über mich ergehen lassen. Das hatte ich nach meiner Scheidung zur Genüge, als die Flucht meines Mannes im Freundeskreis breitgetreten und analysiert wurde. Ich will keine neunmalklugen Blicke von Caro und Co. Und ich will nicht hören, dass sie mich vor Christian gewarnt hätten und ich selbst schuld bin.

»Was bin ich für dich, Alex?«, wiederholt Christian.

Ich zucke erneut mit den Schultern. »Mein bester Freund. Und mein geheimer Liebhaber.«

»Okay.« Damit lässt er das Thema fallen, wir bestellen uns etwas Leckeres zu essen aufs Zimmer und schlemmen nackt im Bett.

Doch seit diesem Gespräch fühle ich mich mies, und die Gewissensbisse quälen mich. Immer wieder denke ich daran, wie ich mich an Christians Stelle fühlen würde. Und trotzdem kann ich nicht aus meiner Haut. Ich habe keine Kraft für ein erneutes öffentliches Debakel meines Liebeslebens.

*Das ist meine Bubble, verdammt noch mal! Und die geht niemanden etwas an.*

Ich will mich zum ersten Mal in meinem Leben nicht um andere kümmern und mir keine Sorgen darüber machen, was meine Mitmenschen von mir denken und halten. Ich will einfach glücklich sein. Und das geht im Geheimen eben einfacher und unkomplizierter. Auch wenn es feig ist.


Eine Woche später will Christian mich erstmals, seitdem wir das Bett teilen, in meinem Reihenhaus besuchen.

»Wir müssen schließlich noch dein Schlafzimmer einsauen«, hatte er augenzwinkernd gemeint und auf diese Weise auch gleich die Tatsache kommentiert, dass wir nie bei mir sind, sondern immer nur bei ihm oder unterwegs.

Irgendwie fühlt es sich noch immer komisch an, einen anderen Mann mit nach Hause zu nehmen. Als ob der Geist meines Ex-Mannes aus dem Schrank springen könnte.

Bis ins Schlafzimmer schaffen Christian und ich es an diesem Tag aber sowieso nicht, landen stattdessen wie Teenager auf dem Sofa in meinem Wohnzimmer. Christian ist gerade dabei, den Reißverschluss meiner Jeans zu öffnen und die hübsche Schleife auf meinem Höschen gebührend zu bewundern, als ich Jana aus dem Vorraum rufen höre: »Hey, Mami! Überraschung!«

*Ach, du grüne Neune!*

Wie von der Tarantel gestochen, springe ich vom Sofa auf und verpasse Christian einen gewaltigen Kinnhaken mit meinem Kopf. Dass er sich dabei in die Zunge beißt und verhalten flucht, nehme ich nur beiläufig wahr. Ich bin viel zu sehr damit beschäftigt, meine Hose zu schließen und eine unschuldige Miene aufzusetzen.

Kinder ziehen zwar aus, aber so wirklich weg sind sie trotzdem nicht. Solange sie einen Schlüssel besitzen, wird es immer ihr Zuhause bleiben. Üblicherweise freue ich mich auch sehr, wenn Jana mich überraschend besuchen kommt, aber diesmal ist das Timing etwas suboptimal.

»Oh, hey!«, höre ich Jana hinter mir grüßen, spüre ihr Grinsen in meinem Rücken, noch ehe ich mich ihr zuwenden kann. »Ich hätte wohl besser vorher angerufen.« Das kluge Kind kann meine zerzausten Haare und unsere ertappte Körperhaltung sehr wohl deuten.

Würdevoll richte ich mein Haar, ehe ich die beiden einander vorstelle: »Jana, das ist mein lieber Freund Christian, den kennst du ja.«

Ich weiß nicht, warum ich das sage, und nachträglich betrachtet klingt das wirklich bescheuert. Natürlich kennt Jana ihn. So wie sie die meisten meiner Freunde kennt, die mich seit Jahren oder Jahrzehnten begleiten.

Es schmerzt mich, dass ich meine Tochter anlüge und ihr nicht die Wahrheit sage. Aber Christian und ich sind schließlich auch kein Paar! Hätte ich denn sagen sollen: »Hallo, Tochter. Christian und ich wollten es soeben wild auf dem Sofa treiben – wir machen aber einfach später weiter. Hast du Hunger? Im Kühlschrank ist noch etwas von dem Eintopf, den du so gerne magst.«

Hätte ich natürlich sagen können, habe ich aber nicht. Stattdessen wirble ich nervös im Wohnzimmer umher und brabble irgendetwas davon, dass Christian gerade in der Nähe war und sich einen Kaffee holen wollte.

»Jaja, Mama. Passt schon«, sagt Jana und zwinkert grinsend. »Hauptsache, es geht dir gut.«

*Hm. Ich glaube, sie weiß es.*

Während wir Kaffee trinken und sie von ihrer WG, ihren Studienplänen und irgendwelchen Internetsachen erzählt, von denen ich noch nie im Leben gehört habe, stupst Christian mich mit den Zehenspitzen an. Prompt durchfährt mich ein stromlinienförmiger Schauer, der vom Bauch ausgeht und sich irgendwo im Schrittbereich festsetzt. Das passiert jedes Mal, wenn er mich überraschend berührt. Jede noch so kleine Berührung lässt die Funken sprühen.

»Alles o. k., Mama?«, fragt Jana schmunzelnd.

Ernsthaft bemüht, das dämliche Grinsen in meinem Gesicht unter Kontrolle zu kriegen, nicke ich und erkundige mich nach ihren Wochenendplänen. Kurzfristig überkommt mich das schlechte Gewissen, weil ich ihr nur mit halbem Ohr zuhöre, dann driften meine Gedanken aber wieder ab, und ich kann es kaum erwarten, dass Christian und ich wieder zu zweit sind und er mir endlich das schwarze Höschen mit der hübschen kleinen Schleife auszieht.

*Jetzt ist es also offiziell: Ich bin hirntot.*

# Mutproben

## Oktober

Große Augen, furchtvoller Blick, die Wangen voller Nüsse und verängstigt in die Ecke gedrängt. So verhalten sich gestresste Hamster.

*Hamster sind meine Seelentiere!*

»Jetzt komm schon, Mäuschen«, flüstert Christian und versucht verstohlen, mir die fast leer gefutterte Schale Erdnüsse zu entwinden.

»Meins!«, knurre ich und halte die Schüssel fest, als wäre sie meine Henkersmahlzeit. Was sie gewissermaßen auch ist.

»Du hast Schiss«, stellt Christian fest, lässt von den Nüssen ab und drückt mich an sich.

»Hab ich nicht«, maule ich. »Pass lieber mal auf meine Frisur auf!«

»Hast du doch! Furchtbaren Schiss sogar. Und das ist völlig in Ordnung. Du weißt, wir können jederzeit gehen, wenn dich der Mut verlässt?!«

Ich starre unerbittlich: »Pff! Ich habe mehr Mut als Angela Merkels Friseur und Frida Kahlos Augenbrauen zusammen. Ich bin die Jeanne d'Arc der Nacht und gerade zu Tode gelangweilt. Ich warte eigentlich nur darauf, dass endlich etwas passiert.«

»Haha. Höre ich hier Tom Hanks aus dir sprechen?«

Ich zögere, horche tief in mich hinein.

*Nein, das bin noch immer ich.*

Obwohl ich gerade nicht stolz auf mich bin, bin ich noch nicht bereit für Tom Hanks.


Seit einer halben Stunde sind wir auf einer der heiß begehrtesten sexpositiven Partys der Stadt. Also wir sind im Bar- und Eingangsbereich. Weiter habe ich es noch nicht geschafft. Ich wurde schließlich dazu erzogen, alles aufzuessen, was auf dem Tisch steht. Und solange es noch Erdnüsse gibt, bleibe ich auch hier.

*Essen: Vermeidungsstrategie Nr. 265.*

Christian hatte mir zu Hause zwar eingeschärft, dass ich jederzeit Stopp sagen kann und auf mein Bauchgefühl hören soll, aber die Erfahrung hat gezeigt, dass das nicht immer so gut klappt. Das ist bei der zweiten Flasche Wein, aber auch beim dritten Nutellatoast so. Immer wieder missachte ich wohlweislich die Zeichen, die mein Körper mir sendet. Natürlich höre ich meine internen Alarmglocken schrillen, aber wenn mir danach ist, kappe ich einfach den Strom und mache fröhlich weiter, bis mir übel ist. Christian weiß das. Und aus genau diesem Grund haben er und ich ein Codewort vereinbart, bei dem er, ohne zu fragen, meine Hand nehmen und mich aus der Situation rausholen muss: Tom Hanks. Angelehnt an das Filmzitat »Lauf, Forrest, lauf!«.

Christian und ich haben das zu Hause durchgespielt. Wenn er unsicher ist, ob mir etwas gefällt und ob ich mich wohlfühle, wir aber nicht allein sind, wird er mich fragen, wie die Katze des Nachbarn heißt oder wer mein Lieblingsschauspieler ist. Antworte ich »Tom Hanks«, wird er mich retten.

*Dieser Teil gefällt mir besonders gut. Ich hatte immer schon eine Schwäche für Pretty Woman und Ritter in weißer Rüstung.*

Jetzt gerade bin ich zwar so nervös, dass ich fürchte, mein Herz springt aus meinem Bustier und rollt über den Tresen, aber für Tom Hanks bin ich noch nicht bereit. *Ich wollte schließlich hierherkommen.*

In meinem Innersten bin ich ein feiges Huhn. Wirklich feige! Ich habe Angst im Dunkeln, Angst, in großen Menschenmassen zerquetscht zu werden, Angst vor Höhen und Angst vor einer Apokalypse. Außerdem gehe ich nie in Freibäder, weil mir vor den Bakterien graust. Also ich schwimme dort nicht. Eis und Pommes esse ich gerne dort.

Auf fremde Klobrillen setze ich mich auch nie, weil mir meine Mutter das so eingetrichtert hat. Außerdem verzichte ich auch freiwillig auf den Thrill beim Achterbahnfahren. Ich werde im Grunde nur mit in den Freizeitpark genommen, um auf Jacken und Rucksäcke aufzupassen oder auch hier für Pommes und Eis anzustehen.

Natürlich würde ich gerne mutig und stark sein und mit meinem Partner am Wochenende in die Alpen fahren, um Klettersteige zu bezwingen und in Eiswasser zu baden.

Schön wäre es auch, wenn ich es tatsächlich wie Pippi Lang-strumpf halten könnte, frei nach dem Motto: »Das habe ich noch nie vorher versucht, also bin ich völlig sicher, dass ich es schaffe.« Aber die Wahrheit ist, ich bin mehr Annika als Pippi und mehr Wendy als Peter Pan. Ich mag mein beschau-liches Dasein, bin sehr mütterlich, ängstlich und besorgt.

Und deshalb hat sich meine Aufregung auch nach der Schüssel Erdnüsse noch nicht gelegt. Ich bin so unfassbar nervös, dass meine Hände zittern. Ich fühle mich wie ein Teenager, der auf einer Collegeparty gelandet ist. Mit dem Unterschied, dass selbst *American Pie* gegen das hier harmlos wie eine Lillifee-Episode wirkt. Ich bin völlig überfordert, habe das Gefühl, jeder kennt sich aus, weiß, was zu tun ist, nur ich habe keine Ahnung.

»Alles ist gut. Vergiss nicht zu atmen!«, raunt Christian mir zu und küsst mich auf den Mund, was prompt noch mehr Sauerstoffknappheit provoziert.

»Ich glaub, ich schaff das doch nicht«, flüstere ich und spüre, wie mir der letzte Funke Mut ins Tangahöschen rutscht.

»Du musst nichts schaffen!«, versichert Christian mir zärtlich. »Wir müssen niemandem etwas beweisen. Wenn du möchtest, gehen wir und machen uns zu Hause einen netten Abend.«

Fragend schaut er mich an, und ich denke daran, dass »nett« der kleine Bruder von »scheiße« ist. So meint Chris-tian das natürlich nicht. Dennoch löst dieses kleine Wört-chen eine Trotzreaktion in mir aus. Ich will nicht nett. Nett hatte ich die letzten zwanzig Jahre. Ich will Aufregung, ich will Abenteuer, ich will Action. Ausrufezeichen!

Dummerweise funktioniert das primitive Angstzentrum bei mir einwandfrei. Jedes Mal springt es schneller an als das Vernunftzentrum in der Großhirnrinde – das den Menschen übrigens von einem Suppenhuhn unterscheidet – und übernimmt die Kontrolle.

*Aber diesmal nicht. Ha! Das wäre doch gelacht.*

»Nein, wir bleiben. Ich will nicht heim!«

»In Ordnung. Mattis sollte jede Minute da sein. Er organisiert diese Veranstaltungen schon seit über zehn Jahren und ist ein guter Freund von mir. Wir sagen Hallo, quatschen, und wenn du willst, drehen wir zwei eine Runde und schauen uns um. Danach entscheiden wir, ob wir noch bleiben oder gehen. Wie klingt das für dich?«

Ich spüre Christians warme Hände, die meine kalten Finger umschließen, und mit dieser Geste fällt ein enormer Druck von mir ab. Ich nehme einen tiefen Atemzug, glätte meinen Rock, dann nicke ich ihm zu.

*Lasset die Spiele beginnen!*

Christian hat mir alles erzählt, was er über sexpositive Partys weiß, und wir haben Stunden damit zugebracht, über seine Erlebnisse zu sprechen. Denn ohne sein Insiderwissen hätte ich dieses Abenteuer gar nicht erst gewagt, wäre vermutlich schon an der Suche gescheitert. Scrollt man einfach durch die Ergebnisse der Suchanfrage im Internet so wie auf der Suche nach einem guten Italiener? Oder ruft man direkt mal dort an, so wie bei der Kosmetikerin, um zu erfragen, ob sie Brazilian Waxing beherrscht und wirklich *alles* wegmacht?

Bereits das Anklicken der unterschiedlichen Websites wäre für mich der reinste Nervenkitzel, und ich hätte das Gefühl, etwas Verbotenes zu tun. Als könnte ich jederzeit erwischt werden oder als ob unsere Freunde bei der nächsten Dinnerparty meinen Browserverlauf entdecken und mich stante pede in die soziale Verbannung schicken würden.

Heute jedenfalls soll meine Wissbegierde gestillt werden. Es ist noch recht früh am Abend, und folglich sind noch nicht sehr viele Gäste im Haus.

»Hey, Alex, ich bin Mattis«, werden wir vom Besitzer des Klubs fröhlich begrüßt.

Mattis wirkt wie ein Junge aus Bullerbü, und ich frage mich unwillkürlich, wie ein so entzückendes schelmisches Spitzbubengesicht in dieser Szene gelandet ist. Oder ob genau dieses Gesicht die Szene repräsentiert. Oder ob es überhaupt ein Gesicht für »die Szene« gibt.

*Alex, konzentrier dich!*

»Bist du aufgeregt?«, erkundigt Mattis sich, und ich nicke stumm. »Dann lass mich dir ein Gläschen Sekt spendieren. Das beruhigt die Nerven.« Er lächelt und gibt dem Kellner hinter der Bar ein Zeichen, ehe er uns in eine ruhige Nische im hinteren Barbereich lotst.

Nachdem wir uns gesetzt und eine Flasche besten Champagners – von wegen ein Glas Sekt – geköpft haben, erklärt Mattis uns die Regularien dieser Veranstaltung: »Wir mieten uns hier einmal im Monat ein. Die Location ist erstklassig, das Personal wird von uns gestellt. Das ist uns besonders wichtig. Wir haben extra ausgebildetes Personal, die Awareness-Teams. Wir haben eine strenge Türpolitik. Um ein Ticket zu kaufen, verlangen wir von jedem Gast ein Motivationsschreiben – das hast du ja selbst schon durchgemacht.« Ja, ehe ich online einen Ticket-Code bekam, musste ich tatsächlich Fragen beantworten und meine Gründe darlegen, warum ich gerne hier feiern will.

»Die Tickets sind außerdem nicht übertragbar, und wir verlangen am Einlass einen Ausweis. An der Tür stehen immer eine Frau und ein Mann, und wir scannen die Gäste mit routiniertem Blick. Personen, die ohne Ticket kommen, wird der Zutritt verweigert. Wir wollen damit sicherstellen, dass die Motive unserer Gäste klar sind. Jene, die nur auf einen schnellen Fick aus sind, können wir auf diese Weise besser herausfiltern.«

Klingt logisch. Der Ticket-Prozess war durchaus mühsam, die Arbeit macht sich nicht jeder.

»Bei uns darf man feiern und sich zugleich sexy fühlen … Eine positive Atmosphäre und Spaß stehen im Vordergrund.«

»Und Sex?«, hake ich nach.

»Wir sehen es lieber, wenn sexuelle Handlungen in den Darkrooms ausgeführt werden – dafür haben wir sie schließlich. Der Tanzbereich ist sexfrei. Ebenso das Klo. Schon allein aus Rücksicht auf jene Personen, die wirklich mal müssen.«

*Klar. Damentoiletten sind sowieso notorisch besetzt.*

»Hygiene und Safer Sex stehen an erster Stelle. Kondome sollten ohne Aufforderung verwendet werden«, erklärt Mattis weiter. »Das AIDS-Hilfe-Haus hat übrigens auch einen Informationsstand hier.«

Ich nicke, habe die Broschüren, Kondome und freundlich lächelnden Studenten bereits im Barbereich gesehen.

Alles in allem bin ich schwer beeindruckt. Ich sehe Christians Erklärung bestätigt, dass solche Veranstaltungen für Singlefrauen, die erotische Abenteuer suchen, viel sicherer sind als gewöhnliche Klubs oder One-Night-Stands. Weil hier viel mehr Achtsamkeit herrscht, weil das Personal besser ausgebildet ist, die Gäste genau im Blick hat und weiß, worauf es achten muss. Und weil die anderen männlichen Gäste sofort eingreifen, falls sie merken, dass eine Situation zu entgleisen droht. Hier passt man aufeinander auf. Anders als in gewöhnlichen Klubs, wo jeder zuerst an sich selbst denkt. Oder lieber wegsieht, weil das bequemer oder ungefährlicher ist.

Mittlerweile hat der Barbereich sich gefüllt, und die Musik ist lauter als noch bei unserer Ankunft, und Mattis entschuldigt sich in Richtung Bar.

»Hast du hier schon mal zufällig jemanden getroffen?«, erkundige ich mich.

Christian grinst breit. »Du meinst, vermeintlich anständige Leute, mit denen ich an einem verruchten Ort wie diesem nicht aufeinandertreffen will?«

»So in der Art. Ich könnte es jedenfalls nicht ertragen, wenn mich jemand aus dem Elternverein oder dem Pilateskurs hier in Unterwäsche rumfummeln sieht.«

»Wieso? Die haben doch vermutlich dasselbe im Sinn.«

»Trotzdem ...«

»Ich habe bisher erst ein Mal eine Kollegin bei so einer Veranstaltung getroffen. Topchirurgin, sehr angesehen und im Job durchaus ernst und miesepetrig. Aber an diesem Abend war sie wie ausgewechselt. Ausgelassen und fröhlich – kaum wiederzuerkennen.«

»War das nicht peinlich, sie hier zu treffen?«

»Keine Spur. Wir haben uns zusammengetan, viel getanzt und einen sehr lustigen Abend verbracht.«

Ich kann mir ziemlich gut vorstellen, wie der Spaß zwischen den beiden ausgesehen hat, und dieser Gedanke macht mich arg eifersüchtig. Kein guter Ausgangspunkt für einen entspannten Abend in dieser Atmosphäre. Denn wenn die Eifersucht erst mal die Oberhand gewinnt, dann klammere ich mich an sie und weide sie aus, bis alles und jeder um mich herum seinen Senf abbekommen hat.

Doch noch ehe ich dazu komme, Christian nach dem Body-Mass-Index und der Körbchengröße seiner Kollegin zu fragen und auf diese Art meine Eifersucht mit weiterem Futter zu nähren, gibt Christian mir mit einem unauffälligen Wink zu verstehen, meinen Kopf zu wenden. Bei dem sich mir bietenden Bild vergesse ich die vergnügliche Chirurgin.

Einige Meter neben uns, direkt an der Bar, hat ein Mann soeben begonnen, die obersten Blusenknöpfe seiner Begleiterin zu öffnen. Ich erkenne, dass sie keinen BH trägt, und sehe die Knospen ihrer kleinen Brüste durch den dünnen Stoff drücken. Sachte fährt der Mann mit der Hand in ihren Ausschnitt und beginnt, ihre Brüste zu streicheln. Genießerisch legt sie ihren Kopf in den Nacken und schließt ihre Augen. Als die Hände des Mannes hinab zu ihren Beinen wandern und diese so weit auseinanderdrücken, wie es der kurze Minirock zulässt, lächelt sie. Es ist ein weibliches Lächeln voller Macht, Provokation und Sinnlichkeit.

Unwillkürlich wird mein Atem flacher, und ich weiß in diesem Moment nicht, wohin ich blicken soll. Denn noch ehe ich mich's versehe, schiebt der Mann das Höschen der Frau zur Seite und beginnt, sie mit der Hand zu verwöhnen. Einfach so. Mitten im Barbereich.

*Himmel! Das kann er doch nicht machen!*

Ich sehe, wie er ihre nackten Vulvalippen teilt und mit dem Zeigefinger in sie eindringt. Nicht tief, aber tief genug, um sich etwas von der glänzenden Feuchtigkeit zu holen, die er mit geübten Fingern auf der Klitoris verteilt. Er beginnt mit kleinen Kreisen, weitet seine Berührungen dann aus, indem er die Länge seiner Finger nutzt. Die Frau genießt den flächigen Druck und die Reibung der gesamten Klitoris. Sie beginnt, ihr Becken in rhythmischen Bewegungen gegen seine Hand zu drücken. Prompt spüre auch ich ein Ziehen in meinem Unterleib, als ob er mich selbst streicheln und berühren würde.

»Ich dachte, hier wird nur getrunken, und zur Sache geht es erst drinnen, in den anderen Räumlichkeiten? Ist das normal?«, flüstere ich Christian zu, um mich von meiner überraschend heftigen körperlichen Reaktion abzulenken.

»Normalerweise hast du recht. Aber *some like it hot*. Und die beiden stehen offenbar drauf, zu provozieren und beobachtet zu werden.«

*Mission accomplished! Mit ihrer Performance erfüllen sie unüber-sehbar beide Kriterien.*

Ich kann den Blick nicht abwenden, obwohl ich von der Nacktheit und Intimität der Situation peinlich berührt bin. Im Halbdunkel der Nacht oder auch auf einer Party von Oliver und Yaira wird selbst mein prüdes Hirn herunterge-dimmt, aber das hier ist schon starker Tobak. Denn abge-sehen davon, dass ich meinen Intimbereich niemals einfach so, vor so vielen Menschen präsentieren könnte, fällt mir der Gedanke schwer, mich vor Zusehern fallen zu lassen und das, was passiert, ernsthaft zu genießen. Allein schon aus dem Grund, weil ich mich ständig sorgen würde. Um meine entgleisende Mimik, meine Orangenhaut oder um Klopa-pierfusseln, die nach dem Pinkeln versehentlich an den La-bien hängen geblieben sein könnten.

Und dennoch mag ich, was ich sehe. Eine sehr, sehr leise Stimme in mir flüstert sogar, dass es mir vermutlich gefallen würde, auch einmal ein bisschen ungezogen und verrucht zu sein.

*Wenn ich nur ein wenig mutiger wäre ...*

»So etwas würde ich auch gerne einmal mit dir machen«, flüstert Christian just in diesem Moment in mein Ohr, und mir läuft eine Gänsehaut über den Rücken.

»Ja?«, hake ich heiser nach und muss mich räuspern.

»Mhmm«, raunt Christian lächelnd.

Ich spüre seinen Atem, als er sich näher an mich drängt und meinen Nacken und Hals zu streicheln beginnt. Wäh-rend ich auf der einen Seite seine Liebkosungen genieße, er-götze ich mich auf der anderen Seite an dem Paar. Wie hypnotisiert starre ich auf die geschickten Finger des Mannes sowie das feucht glänzende Geschlecht der Frau. Mein Atem geht nur noch stoßweise, und ich spüre meine eigene pulsierende Erregung.

»Ich sehe, ihr habt euch bereits gut eingelebt«, unterbricht Mattis unser voyeuristisches Spiel, und ich erröte erschrocken. »Ich störe euch auch nur ungern, aber wollen wir mit der Tour starten, ehe zu viel los ist und wir nicht mehr überall reinkönnen?!«

Nur widerwillig löse ich mich von dem Anblick des Paares, nicke aber, und wir folgen Mattis.

Vom Barbereich abgehend, eröffnet sich ein großes Netz an Fluren, Hallen und kleineren Räumen, die allesamt ausgesprochen sauber, minimalistisch und exquisit wirken. Jeder Raum hält entweder eine eigene Besonderheit für seine Gäste bereit oder ist nur mit einem Lederbett ausgestattet.

»Was ist das?«, erkundige ich mich und deute auf eine Wand mit Löchern in Hüfthöhe.

»Das sind Glory Holes«, erklärt Mattis mir, ohne sein breites Grinsen zu verstecken.

»Hm. Warum sind die Löcher zum Durchschauen denn so weit unten?« Neugierig bücke ich mich, um durch eines der Löcher zu spähen.

»Das würde ich nicht tun, das kann ins Auge gehen«, erklärt Christian lachend.

»Die sind nicht zum Durchschauen, die sind zum Durchstecken«, ergänzt Mattis ebenfalls lachend.

Es dauert eine Sekunde, doch dann zucke ich hoch und taumle zurück.

»Wie? Da steckt man den Penis durch? Warum??«

»In der Hoffnung, dass auf der anderen Seite eine Dame steht und sich des guten Teils annimmt.«

»Wie? Mit der Hand?«

»Manchmal auch mit dem Mund.«

»Aber da sind so viele Löcher nebeneinander! Stecken da mehrere Männer gleichzeitig ihr Ding durch?«

»Das soll vorkommen. In diesem Fall hat die Dame dann die Qual der Wahl.«

»Also wie beim Wettangeln? Jeder hängt sein Würmchen rein und hofft, dass ein Fisch anbeißt?«

Mattis' Antwort ist ein schallendes Lachen.

Skeptisch mache ich einen weiteren Schritt weg von der Wand.

Der nächste Raum, den wir betreten, ist nur spärlich eingerichtet und gleicht dem Wartezimmer eines Arztes mit aufgereihten Sesseln aus Leder. An der Wand hängen geschmackvolle, wenngleich sehr intime Aktfotografien in Schwarz-Weiß, die man aufgrund ihrer Ästhetik auch in einer Galerie finden würde. Hinter einem lichten Vorhang entdecke ich eine Behandlungsliege und etwas, das mich an den Untersuchungsstuhl bei meinem Gynäkologen erinnert.

»Willkommen beim Arzt Ihres Vertrauens«, grinst Mattis und breitet die Arme aus.

*Hier bleibt wohl keine Fantasie unerfüllt.*

Diesmal muss ich auch nicht nachfragen, was man hier macht. Doktorspielchen sind sogar mir ein Begriff.

Mattis erklärt dennoch: »Hinter dem Vorhang befindet sich der Behandlungsraum, in dem der Mann – oder auch gerne eine Frau – sich spielerisch mit der Partnerin beschäftigen kann. Das Paar kann manuell das Licht im Behandlungsraum regulieren. Entsprechend können die Leute im Wartebereich mal mehr, mal weniger von dem Geschehen hinter dem Vorhang mitansehen. Einige Sitzplätze sind zudem so positioniert, dass sie direkten Blick auf den Behandlungsbereich zulassen.«

»Magst du es ausprobieren?«, fragt Christian mich feixend.

»Nein, danke«, wehre ich verschreckt ab. Ich kenne den Gyn-Stuhl immerhin von meiner alljährlichen Vorsorgeuntersuchung und meinem PAP-Abstrich.

Das nächste Zimmer, das Mattis uns zeigen will, ist belegt, und vor der geöffneten Tür hat sich bereits eine kleine Menschentraube gebildet.

»Kommt mit«, weist Mattis uns an und führt uns um die Ecke zu einer verglasten Wand.

Dahinter kann ich das spärlich beleuchtete, besetzte Zimmer erkennen, an dem wir soeben vorbeigegangen sind. Auch dieser Raum ist minimalistisch gehalten und ähnelt einem Hotelzimmer. In dem Kingsizebett rekelt sich eine kurvige Frau, die von zwei Männern verwöhnt wird. Die drei wirken wie ein eingespieltes Team. Einer der beiden Männer liebkost gerade die schweren Brüste der Frau, während der andere Mann zwischen ihren Beinen steckt und sie mit einem Toy befriedigt. Beiläufig nehme ich die Orangenhaut auf den Oberschenkeln und die Falten im Bauchbereich wahr, sehe zugleich aber auch die Begierde in den Blicken der Männer und die Entspanntheit der Frau.

*Genau so sollten wir lieben!*

Mittlerweile ist es richtig voll geworden. In den langen, spärlich beleuchteten Gängen treffen wir auf Menschen, die sich küssen und streicheln. Einige sind zu zweit, andere zu dritt. Selten trifft man auf Singles, die beobachten und sich an der Szenerie erfreuen.

Mattis zeigt uns noch einige weitere Spielwiesen und Räumlichkeiten, dann begleitet er uns zurück auf die Tanzfläche und verabschiedet sich. Christian und ich bleiben zurück.

»Und jetzt? Was möchtest du machen?«, ruft Christian mir ins Ohr.

Der Beat dröhnt, und die Stimmung ist ausgelassen. Um uns herum tanzen Menschen in sexy Dessous, mit nacktem Oberkörper oder auch witzigen Outfits.

Ich könnte mich jetzt fallen lassen und auch einfach tanzen. Aber ich weiß, ehrlich gesagt, noch nicht, ob oder was ich überhaupt will. Christian und Mattis hatten mir in der vergangenen Stunde die Führung und Entscheidung überlassen, in welchem der Räume wir uns aufhalten, wie lange wir bleiben und wann wir gehen sollten. Ich hatte gespürt, dass Christian mich unentwegt beobachtete und begehrte, und dadurch habe ich mich unglaublich stark, weiblich und sinnlich gefühlt. Auch wenn wir nur Zaungäste in diesem außergewöhnlichen Treiben waren, hat es unsere Beziehung auf eine neue Ebene gehoben.

Ich weiß, dass ich noch mal im Detail mit Christian über seine Vergangenheit und seine Fantasien sprechen möchte. Außerdem habe ich beschlossen, mir und meinen eigenen

Fantasien gegenüber ehrlicher zu sein. Denn wie kann es sein, dass hier alle ihre Lust offen ausleben, während ich dieses süße Ziehen zwischen den Beinen permanent unterdrücke?

Ich weiß, dass ich in den kommenden Tagen viel darüber nachdenken werde, was mir besonders gefallen hat und was ich selbst gerne erleben möchte. Denn eines ist mir nach dieser Nacht klar geworden: Ich will mehr! Und dieser Abend war nur der Anfang.

# Schönheitskönigin-Gefühle

November

Aus irgendeinem unerfindlichen Grund habe ich dem gemeinsamen Mittagessen in der Lieblingspizzeria meiner Mutter zugestimmt. Ich hätte es nicht tun sollen. Aber wir Menschen machen schließlich ständig Dinge, die wir nicht sollten: private Kopien am Firmendrucker, Ausbeutung des Regenwaldes, Missachtung des Tempolimits und ein Nachschlag vom Dessert, selbst wenn wir schon satt sind.

Der einzige Lichtblick des Tages ist, dass mein Vater sowie Hanni, die beste Freundin meiner Mutter, mich vor dem Leid bewahren, allein mit meiner Mutter zu speisen.

»Ludwig, willst du nicht noch etwas von dem Baguette?«, fragt sie soeben meinen Vater, der bereits den Löwenanteil der »Antipasti-Platte für 4« verdrückt hat.

Mein Vater schüttelt den Kopf: »Nein, danke, ich bin schon satt. Und die Pizza kommt doch erst.«

»Ein Häppchen, Häschen?«, hakt Mutter nach, und ich verziehe das Gesicht bei dieser kakofonischen Alliteration.

Mein Vater ist sicher vieles, nur ein süßes, kleines Kuschel-tierchen ist er schon rein optisch mit Sicherheit nicht. »Bärchen« würde ich vielleicht noch durchgehen lassen, wenn man diesen beinahe zwei Meter großen Mann denn verniedlichen muss. Doch offensichtlich ist meine Mutter diesbezüglich blind, denn so schnell können wir gar nicht schauen, bekommt Papa trotz seiner Absage neben zwei Scheiben Baguette auch einen Nachschlag an Oliven, gegrillter Aubergine und getrockneten Tomaten auf seinen Teller geladen. Und ich weiß, dass er alles bis auf den letzten Krümel essen wird. So ist mein Vater nun mal. Er kann nicht ohne Mutter, ist ihr geradezu hilflos ausgeliefert. Und das, obwohl er jahrzehntelang ein Unternehmen leitete und in dieser Zeit mehr als nur eine Sekretärin direkte Bekanntschaft mit seiner beeindruckenden Leibesfülle sowie Kernkompetenz gemacht hat. Früher habe ich das nicht verstanden. Heute verstehe ich es zwar noch immer nicht, aber ich bin zu dem Schluss gekommen, dass ich das auch gar nicht muss. Meine Eltern lieben sich. Auf eine sehr spezielle, teils sogar bizarre Art, aber Liebe hat bekanntlich viele Gesichter. Und Mutters Bevormundung sowie Vaters Seitensprünge sind wohl *Part of the Game*.

»Alex sieht heute bezaubernd aus. Deine Tochter ist wirklich eine Schönheit!«, richtet Hanni das Wort an meine Mutter, um sie von der Fütterung meines Vaters abzulenken. Offenbar sorgt auch Hanni sich um den Knopf seiner Bundfaltenhose, der bereits alles gibt, um nicht quer durch das Restaurant katapultiert zu werden. Dass Hanni mir über meine Mutter ein Kompliment ausgesprochen hat, geht beinahe unbemerkt an mir vorbei. Ebenso an meiner Mutter.

»Ach«, winkt sie lapidar ab. »Sie ist hübsch, aber doch nicht schön. Das ist der neue Haarschnitt. Das predige ich ihr bereits seit Jahren, aber auf mich hört doch niemand.«

Ich bin nicht einmal getroffen, so ist Mutter nun mal. Ich seufze innerlich kurz auf und beschließe, das nächste Therapeuten-Honorar auf ihren Namen zu schreiben.

So plätschert die Unterhaltung dahin, während Hauptgericht und Nachspeise serviert und verputzt werden, bis meine Mutter mich wieder ins Visier nimmt.

»Ich treffe so viele ausgesprochen nette Männer in unserem Golfverein. Ich könnte dich jederzeit mit dem einen oder anderen Herrn bekannt machen. Gerfried, zum Beispiel, ist noch Single. Oder willst du den auch nicht?!«

*Echt jetzt? Niemand will Gerfried! Der Typ ist schräg!*

»Oder was hältst du von Robert? Er macht jetzt Sport und hat ein Abo im Burgtheater. Die Scheidung hat ihm gutgetan. Ich könnte euch beim weihnachtlichen Charity-Abend bekannt machen?!«

Dankend lehne ich auch dieses Angebot ab: »Das ist zwar sehr nett von dir, aber mir geht es gut. Nicht jede Frau findet Erfüllung im Fangen und Füttern eines Mannes.«

Mutter schmollt. Vater auch.

Dass ich derzeit eine äußerst gut laufende Affäre mit Christian pflege, wissen die beiden nicht. Und da diese Affäre geheim bleiben soll, kann ich ihnen keinen für sie plausiblen Grund nennen, warum ich die Riege Singlemänner aus dem Freundeskreis meiner Eltern allesamt ablehne.

»Wie läuft denn das Golfen sonst so?«, versuche ich versöhnlich, die Wogen zu glätten und von mir abzulenken.

Seit mein Vater in Rente ist, hat er sich neben der Kulinarik auch leidenschaftlich dem Golfspiel verschrieben. Und um zu verhindern, dass mein Vater an ein falsches Loch gerät, musste meine Mutter diese Kunst ebenfalls auf schnellstem Wege erlernen. Seitdem golft sie zwar vollkommen unbegabt, dafür aber umso motivierter mit Papa.

Meine Mutter ist ein klassisches Opfer alter Erziehung und Tradition: Die Frau dient dem Mann. Punkt. Sie hat ihm Lust zu bereiten, muss ihn verwöhnen und stets gepflegt und nett hergerichtet sein. Und wenn eine Frau das nicht tut, dann geht der Mann. Entweder nur fremd – oder für immer und ewig zur Tür hinaus. Im zweiten Fall ist frau selbst schuld.

Bis zu meiner Scheidung habe ich dieses Lebenskonzept ebenfalls praktiziert. Ich war fest davon überzeugt, dass ich meine Ehe retten könne, wenn ich nur alles richtig mache. Gehalten hat die Ehe trotzdem nicht. Deshalb habe ich in den Augen meiner Mutter versagt. Denn ihr Ehemann ist trotz zahlreicher Affären nach wie vor an ihrer Seite. Sie hat folglich alles richtig gemacht.

*Ich glaube, ich muss kotzen.*

Liegt vermutlich an der öligen Antipasti-Platte, der großen Pizza al Tonno oder dem Tiramisu. Vielleicht war das aber auch eine Überdosis Mutter, die mir heute übel aufstößt. Ich sehe mich jedenfalls in meiner Entscheidung bestätigt, mich nicht mehr von einem Mann abhängig zu machen, sondern stattdessen mein Leben zu genießen!

Zwei Tage später, kurz nach drei Uhr in der Nacht, revidiere ich mein neues Lebensmotto. Zu viel Wildheit ist mir nämlich doch zu frech. Und gar nicht wunderbar.

Ich habe soeben gefurzt. Richtig gefurzt.

In der Löffelchenstellung!

Ich weiß nicht, wie laut es tatsächlich war, aber die Druckwelle hat mich geweckt und direkt hochzucken lassen. Vermutlich ist sogar die Bettdecke in die Höhe gegangen. Allein bei diesem Gedanken bricht mir sofort der Schweiß aus jeder Pore.

*Oh mein Gott, oh mein Gott, oh mein Gott!*

Ich weiß nicht, ob Christian durch diesen kakofonischen Laut oder durch die Druckwelle geweckt wurde, aber bereits die Möglichkeit dessen lässt mein Herz vor Peinlichkeit rasen, und ich halte die Luft an.

Tatsächlich. Fünf Sekunden später bewegt Christian sich.

*Verdammt!*

Mit rasendem Herzen befreie ich mich aus der zum Pupsen unvorteilhaften Löffelchenstellung, drehe mich um und kuschle mich an Christian.

»Entschuldigung«, nuschle ich und verstecke mein Gesicht in Christians Halsbeuge.

»Was ist los?«, brummt Christian.

*Einen Teufel werde ich tun und jetzt auch noch ein verbales Geständnis ablegen.*

»Ach, nichts«, antworte ich verlegen und dränge mein vor Scham heißes Gesicht noch enger an ihn.

Natürlich fröne auch ich gelegentlich meinen Flatulenzen. Verdammt noch mal, jeder Mensch furzt! Okay, meine Mutter vielleicht nicht – die ist vermutlich so verklemmt, dass sie eher an Windkoliken stirbt, als Luft abzulassen. Aber Christian ist Mediziner, und als solcher weiß er, dass Gase naturgegeben sind.

Ich weiß von Paaren, die völlig schamlos voreinander pupsen. Die Faustregel lautet: Je länger die Beziehung, desto größer die Bequemlichkeit, und desto seltener verlässt man unter einem fadenscheinigen Grund den Raum, wenn sich ein Lüftchen ankündigt. Kann man natürlich machen. Jedem das Seine, sage ich immer. Ich persönlich würde allerdings nie, nie, nie bei vollem Bewusstsein vor meinen Mitmenschen pupsen. Schon gar nicht vor meinem Liebhaber. Noch unerotischer geht doch kaum! Blöderweise kann ich es nachts eben nicht kontrollieren. Und deshalb liege ich jetzt hellwach im Bett, und mir bleibt nichts anderes übrig, als mich in Grund und Boden zu schämen. Und zu hoffen, dass Christian tatsächlich erst durch meinen Positionswechsel und meine Entschuldigung aufgewacht ist.

Am nächsten Morgen weckt Christian mich mit gefühlt fünftausend Küssen. So richtig genießen kann ich diese Liebkosung allerdings nicht. Immerzu denke ich daran, dass ich heute Nacht von meinem eigenen Pups geweckt wurde.

»Die Sonne scheint«, wispert Christian an meinem Ohr und streicht über meinen nackten Rücken und meinen Po, das Corpus Delicti und miesen Verräter dieser windigen Nacht.

*Erdboden, tu dich auf, und verschlinge mich!*

Verlegen ziehe ich die Decke über meinen Körper und drücke – noch in der Bauchlage verharrend – das Kissen auf meinen Kopf.

»Wieso hast du dich entschuldigt?«, fragt Christian, während er mit der Hand unter die Decke schlüpft, mich unbeschwert streichelt.

Er hat *wieso* und nicht *wofür* gefragt! Er weiß es also. Aber offenbar ist es ihm pupsegal – im wahrsten Sinne des Wortes.

»Ich weiß nicht mehr«, lüge ich trotzdem, weil es mir selbst eben nicht pupsegal ist.

»Okay«, akzeptiert Christian. »Was hältst du davon, wenn wir heute gemütlich brunchen gehen?«

*Solange es nicht Baked Beans sind, ist mir alles recht.*

Eine Stunde sowie eine schnelle Nummer unter der Dusche später befinden Christian und ich uns in einem wunderbar sonnigen Lokal mit atemberaubendem Blick ins Grüne. Ich komme soeben von der Toilette zurück und überlege, ob ich mir noch ein Dessert gönnen soll – immerhin hatte ich erst ein Omelett mit Pilzen und Käse, zwei Tassen Kaffee und ein Croissant –, als ich Franzi, einer Bekannten meines Ex-Mannes, direkt in die Arme laufe.

»Hey, Alex, die zusätzlichen Kilos sehen gar nicht übel aus an dir! Während deiner Scheidung warst du viel zu dünn«, erklärt sie rundheraus.

Nicht, dass ich an gesellschaftlichem Geplänkel interessiert wäre, aber diese Ansage ist sogar mir eine Spur zu direkt. Betroffen blicke ich sie an: »Gar nicht übel? Schaue ich jetzt gut aus, oder bin ich fett geworden?«

Plötzlich bin ich mir nicht mehr sicher, ob es die richtige Entscheidung war, meinen Hintern in diese neue sowie durchaus enge Hose zu quetschen. Vor einer Minute noch habe ich in dem großen Spiegel auf der Toilette mein Hinterteil bewundert, mir zugezwinkert und gedacht: *Ha! Nimm das, J. Lo!* Jetzt allerdings fürchte ich, dass mein Körper nabelabwärts doch eher in die Kategorie *Knackwurst* als *Knackarsch* fällt.

»Das bisschen ›Mehr‹ steht dir sehr gut!«, versichert mir Franzi.

*Na toll! Danke, Franzi. Dann kann ich jetzt wohl wieder abspecken, damit ich nicht mehr ganz so gut aussehe.*

Skeptisch ziehe ich eine Augenbraue hoch. Nicht nur, weil Franzis und mein Verhältnis schon immer ambivalent war und ich Komplimente aus ihrem Mund lieber zweimal prüfe, sondern auch, weil sie mit ihrem Kommentar einen wunden Punkt trifft, immerhin ist mein Verhältnis zu meiner Figur ebenfalls sehr ambivalent.

Komplimenten dieser Art stehe ich grundsätzlich misstrauisch gegenüber. Handelt es sich bei diesem Ausspruch doch um ein Relikt aus Omas Zeiten und kriegsbedingter Nahrungsmittelknappheit. Die Botschaft war klar: Wer Geld hat, kann essen. Heute ist das andersrum. Denn Hungerkuren, Gemüse und Fettabsaugungen muss man sich erst mal leisten können – immerhin kostet eine Bio-Salatgurke mehr als ein Burger bei McDonald's. Und wer ständig hungert und infolgedessen miese Laune hat, braucht auch eine gute Kinderbetreuung. Im schlimmsten Fall sogar eine gute Scheidungsanwältin.

Meine ehemalige Geschichtsprofessorin erklärte uns einst, dass der Mensch eigentlich nur drei Freuden im Leben kennt: das Essen, das Trinken und den Geschlechtsverkehr. Nicht unbedingt in dieser Reihenfolge, das kann variieren. In schlechten Zeiten gibt es Ersteres und Zweiteres nicht oder nicht genug, und deshalb kann man sich nur auf die körperlichen Freuden konzentrieren, damit das Leben auch lebenswert bleibt.

»... und so entstand im neunzehnten Jahrhundert das Proletariat«, war ihre logische Schlussfolgerung, das hatte sie ganz pragmatisch gesehen. Ob das stimmt, weiß ich nicht. Ich jedenfalls bin weniger pragmatisch, will mich eigentlich nicht zwischen Essen, Trinken und Sex entscheiden, finde alle drei Dinge sehr begrüßenswert. Idealerweise sogar zeitgleich. Oder halt knapp hintereinander. Und dennoch nagt Franzis Kommentar gnadenlos an mir wie ein Biber an einem Baumstamm.

Drei Kilo müssen weg, ist mein ernster Vorsatz, nachdem ich mich mit einigen nichtssagenden Floskeln von Franzi verabschiede und ihrer wehenden Tunika und den ein wenig zu eng geratenen Leggings nachsehe.

*Blöde Pute!*

Christian spürt meine mentale Abwesenheit. In dem Versuch, mich abzulenken, macht er das, was alle Eltern machen, die sich mit übel gelaunten Kindern rumschlagen müssen. Er bietet mir noch eine Nachspeise an.

*Na großartig!*

»Ich bräuchte jetzt eigentlich Kabelbinder, Spaten und ein wasserfestes Alibi.«

»Oh, oh. Welche Laus ist dir denn über die Leber gelaufen?«

»Keine Laus. Nur Franzi.«

Ich hebe meinen Blick, schaue Christian prüfend in die Augen: »Mal ehrlich, hab ich zugenommen?«

Christian ist völlig perplex: »Ich habe absolut keine Ahnung! Wie kommst du darauf?«

»Nur so.«

»Ach, Alex, was auch immer in deinem Kopf herumgeistert, vergiss es! Jedes Kilo ist schön an dir, und du bist gut, so, wie du bist!«

Mich überrollt eine Welle der Dankbarkeit. Dankbar für diese Antwort und diesen Mann. Dankbar, weil ich diesen Moment erleben darf. Und dankbar, weil ich bereits ein Croissant mit Schokocreme hatte. So fällt mir das Weglassen des Desserts nicht ganz so schwer. Denn das lasse ich jetzt trotzdem aus. Sicher ist sicher.

In den kommenden Stunden denke ich kaum mehr an Franzi, die Kackbratze. Stattdessen halte ich mir folgende Statistik vor Augen: Selbst wenn neunundneunzig Prozent der Weltbevölkerung mich unattraktiv finden und nur ein einziges mickriges Prozentchen mich ganz große Klasse findet, sind das immerhin noch achtundsiebzig Millionen Menschen.

*Achtundsiebzig Millionen Verehrer! Bäm!*

Plötzlich ist mir Mathe wieder sympathisch, und Christian und ich verbringen doch noch einen wunderbaren Tag.

Wir machen all die Dinge, die Verliebte eben so machen: Wir spazieren durch den Park und bringen Stunden damit zu, über unsere Kindheit, Jugend und vergangene Beziehungen zu philosophieren. Es tut gut, mit jemandem sein Innerstes zu teilen. Oder sein Eis zu teilen. Diätvorhaben hin oder her.

Als ich abends vor dem großen Badezimmerspiegel stehe und mein Gesicht großzügig mit Nachtcreme zukleistere, kommt Christian ins Bad und stellt sich hinter mich. »Hey, Prinzessin.« Ich lehne mich an ihn, schließe die Augen. »Du hast zu viel an.« Er löst mein um den Oberkörper geschlungenes Handtuch, lässt es nachlässig zu Boden fallen.

Zärtlich streicht er mit den Fingerspitzen meinen Körper entlang, von den Schultern zu den Oberarmen, hinab zu den Unterarmen. Bei meinen Händen angekommen, verschränkt er seine Finger mit meinen und dirigiert meine Arme auf diese Weise in die Höhe, legt sie hinter meinem Kopf ab.

»Mach die Augen auf!«, flüstert er mir ins Ohr.

Ich werde nervös. Eigentlich will ich mich in dem grellen Licht des Badezimmers nicht nackt sehen. Nicht heute.

Unzählige Male hat Christian mich bereits nackt gesehen. Er kennt meine intimsten Körperstellen und Falten besser als ich. Und doch spüre ich ausgerechnet jetzt Befangenheit in mir aufsteigen.

Hinzu kommt, dass ich mich immer ertappt fühle, wenn ich mein eigenes Spiegelbild bewundere. Vermutlich liegt es an der anerzogenen Bescheidenheit und der gesellschaftlichen Stigmatisierung »eingebildeter Frauen«. Selfies sind auf der einen Seite gar nicht mehr aus unserem Leben wegzudenken, und Hashtags wie *#ohnefilter* oder *#selbstliebe* sind auch mega im Trend, aber so wirklich klappt das mit der Selbstliebe und ohne Filter bei den wenigsten Frauen. Man nehme nur mal die folgende fiktive Konversation zwischen zwei Frauen:

»Wow, du siehst in diesem Kleid sensationell aus!«

Antwort-Variante A: »Ach, das alte Teil?!«

Antwort-Variante B: »Sicher?! Ich habe aber so viel zugenommen …«

Antwort-Variante C: »Blödsinn! Sieh dich doch mal an. Dein Po ist der Hammer!«

Antwort-Variante D: »Oh! Deine Bluse sieht aber auch toll aus.« (Selbst, wenn das gelogen ist.)

Sehr selten hingegen hört man die Antwort: »Vielen Dank! Ich fühle mich heute auch supergut!«

Zugegeben, mich würde diese letzte Variante sogar auf unbestimmte Art irritieren, wenngleich ich ihr auch Respekt zollen würde.

*Warum ist das eigentlich so?*

Christian liebt selbstbewusste Frauen, die sich und ihren Körper kennen und schätzen. Er sagt, es gibt nichts Erotischeres als eine Frau, die zu ihrem Körper und ihrer Lust steht.

»Schau hin!«, flüstert er in mein Ohr.

Liebevoll streicht er über meine Brüste, deren Brustwarzen sich aufrichten, als würden sie mehr verlangen als diese flüchtige Berührung. Christians Finger haben jedoch anderes im Sinn. Sie wollen meinen ganzen Körper erforschen.

Langsam fährt er hinab zu meinem Bauch und kreist mit einem Finger um den Nabel. Anschließend umfasst er meine Taille und drückt mein Becken enger an seinen Bauch. Seine Berührung hat nun etwas Forderndes, und ich spüre seine Erektion an meinem Rücken.

»Du bist wunderschön!«, sagt Christian, und ich erwidere seinen Blick im Spiegel. Ich sehe, dass er es ernst meint. Liebe hat offenbar tatsächlich dieselbe Wirkung wie ein Filter. Eine Art Weichzeichner, der die Haut zum Strahlen bringt und kleine Makel verschwinden lässt. Mein Herz macht einen freudigen Sprung und jubelt wie ein Cheerleader bei einem Homerun. Ich lächle verlegen, löse den Blickkontakt. Christian kennt meine Reaktion und mein eigenes, durchaus gestörtes Selbstbild. Trotzdem, oder vielleicht auch gerade deswegen, wiederholt er seine Worte: »Du bist wunder-, wunder-, wunderschön!«

Überrollt von einer Mischung aus Scham, Dankbarkeit und Glück, drehe ich mich zu ihm um und küsse ihn leidenschaftlich. Ich inhaliere seinen Atem, knabbere an seiner Lippe und dränge mich an ihn. Auch seine Hände sind rastlos, wandern an meinem Körper entlang. Schließlich packt er meine Pobacken und zieht mich noch enger an sich, drückt meine Körpermitte gegen seinen Unterleib. Ich spüre seine Erektion an meinem Bauch, und ein wohliges Kribbeln fährt durch meinen Körper. Ich kann nicht länger ruhig bleiben, reibe mich an ihm und will ihn in mir spüren.

In dem Moment, als Christian in mich eindringt, habe ich das Problem mit den mutmaßlichen drei Kilo zu viel auf der Waage bereits auf morgen verschoben.

Weil wahre Schönheit und Sex-Appeal zwar von innen kommen, ich aber trotzdem lieber auf Nummer sicher gehen will, beschließe ich eine Woche später, ab sofort fitter, aktiver und sportlicher zu werden. Großes Indianerehrenwort! Natürlich habe ich bisher auch Sport gemacht. Manchmal. Gelegentlich. Okay, eigentlich nur ab und zu. Aber bisher habe ich auch noch nie gedacht: »Jetzt könnte nur noch ein doppelter Flickflack helfen.«

Wenn Küssen und Bettakrobatik zusätzlich noch als sportliche Aktivitäten zählen, schaff ich das locker. Wäre doch gelacht. Immerhin sind pro Minute bis zu hundertdreißig Herzschläge während eines Kusses möglich. Und bei einem zehnminütigen Kuss werden so viele Kalorien verbraucht wie für hundert Meter Joggen. Nicht auszumalen, wie viele Kalorien während eines wild-pornösen Sex-Marathons verbrannt werden.

*Easy-peasy also, meine hochgesteckten Ziele bis Weihnachten zu erreichen.*

# Dreierlei-Präludium

Dezember

Christian hat mich heute in eine dieser hippen Studenten-
kneipen in der Innenstadt entführt. Der Laden ist rappel-
voll. Es ist das zweite Adventswochenende, und es gibt Live-
musik und zimtig-süße Eggnog-Shots. Die jungen Frauen
tragen entgegen der kühlen Außentemperatur und jeglicher
Vernunft bauchfrei und zeigen großzügig Bein. Ich hingegen
habe ein knielanges wollenes Schlauchkleid mit Rollkragen
angezogen. Nieren vor Nippel, lautet mein nüchternes
Credo im Winter. Und dank der Passform kommt der Po wenigstens gut zur Geltung. Blöd ist nur, dass ich zwischen all
den Menschen gerade erbärmlich schwitze, aber nichts ausziehen kann.

Menschen im Rudel konnte ich schon vor der Pandemie
nicht ausstehen.

*Warum sollte ich wildfremden Menschen auch freiwillig näher
kommen wollen?!*

Aus diesem Grund stehen Christian und ich am Rand

der Menge, ziemlich nah an der Küchentür, und beobachten das Treiben mit gebührendem Abstand. Hier ist es wenigstens nicht so heiß und stickig. Im Gegenteil, hier riecht es hervorragend. Und jedes Mal, wenn einer der Kellner mit einem Tablett köstlichster Tapas die Küche verlässt, muss ich an mich halten, nicht zu sabbern oder nach einem der kleinen Häppchen zu schnappen.

»Hey, dort drüben ist Mark, ein ehemaliger Kollege«, ruft Christian und deutet zu einem der Stehtische in der Mitte der Menschenmenge. »Ich schau rüber zu ihm. Seitdem er Oberarzt im St. Valentins ist, habe ich ihn nicht mehr gesehen. Kommst du mit?«

»Nö, mach mal. Ich warte hier und hör mir die Band an«, lehne ich ab, weil ich weiß, dass ich sowieso nur belämmert neben den Männern stehen würde, während sie alte Geschichten aufwärmen und ich würdevoll versuche, mir nicht anmerken zu lassen, wie sehr es mich stört, ständig angerempelt zu werden.

Ich bin erst wenige Minuten allein, als ein Mann sich direkt vor mir aufbaut und mich breit angrinst: »Hallo!«

Ich lächle zögernd und grüße zurück, widerstehe sogar der Versuchung, mich umzudrehen, um nachzusehen, ob er mit mir spricht, weil hinter mir nur die Wand ist. Aufgrund des dichten Gedränges steht er so knapp vor mir, dass mir prompt sein Duft in die Nase steigt. Er riecht gut, nach Waschpulver und einem unaufdringlichen Aftershave.

»Ich glaube, mit meinen Augen stimmt etwas nicht«, erklärt er. »Seitdem ich dich entdeckt habe, kann ich nicht aufhören, dich anzustarren.«

Blinzel. Blinzel.

*Ist der Typ nicht zu alt für solche Sprüche? Werde ich gerade ange-baggert? Wo ist die versteckte Kamera?!*

Der Mann erinnert mich vage an einen Schauspieler. Ich weiß aber nicht, an welchen. Vielleicht bilde ich mir das auch nur ein, weil er mit einem Gesicht gesegnet ist, das aus einer amerikanischen Vorabendserie stammen könnte. Wäre das ein Highschool-Musical, wäre er der Dad des Quarterbacks. Markante Nase, moderne Brille, grau melier-tes Haar, netter Körperbau. Prompt werde ich misstrauisch und frage mich, was dieser Mann von mir will.

»Hast du WLAN?«, fragt er, und seine Mundwinkel wer-den noch eine Spur breiter, haben jetzt vermutlich das Maxi-mum an Elastizität erreicht. Wenn sie noch höher wandern, fallen sie aller Voraussicht nach aus seinem Gesicht.

»Wie bitte?«

»Ob du WLAN hast. Weil ich eine Verbindung zwischen uns spüre.«

Das klingt so bescheuert, ich kann nicht umhin, laut zu lachen. »Ist dir das selbst eingefallen, oder hast du das in ei-nem Flirt-Schnellkurs gelernt?«

Er trägt es mit Fassung: »Den Spruch haben mir meine Schüler beigebracht. Sie meinten, der käme gut an. Viel-leicht haben sie mich aber auch verarscht und lachen sich jetzt schlapp …«

Er blickt so niedergeschlagen und zugleich auch char-mant drein, dass ich wünschte, er würde seine Anmache ernst meinen. Mein eigenes Flirtverhalten gleicht in der Re-gel dem eines Zwergkaninchens, dem man einen Löwenzahn vor die Nase hält: Kaum wedelt man zu enthusiastisch damit, zuckt das Tierchen verschreckt zusammen und ist weg. Offenbar war ich in einem früheren Leben ein Kaninchen in Einzelhaft. Denn selbst in Freiheit merke ich nicht einmal, dass das saftig-grüne Salatbüfett zur Selbstbedienung eröffnet ist.

»Du stehst hier so allein rum, ich musste dich einfach ansprechen. Ist das schlimm?«

»Nein, das ist nett, und dieser Akt der Barmherzigkeit bringt dir bestimmt ein paar Punkte auf deinem Karma-Konto.«

»Das war reiner Egoismus. Ich wollte dich kennenlernen.«

In Ermangelung einer geistreichen Antwort lächle ich nur und hoffe, dass er mich nicht für dumm hält.

»Lass mich dir einen Drink spendieren«, lässt der Schnuckel nicht locker. »Und dann will ich alles über dich wissen. Leben, Vorlieben, Träume. Alles!«

*Ganz großes Balzkino. Respekt, der Mann weiß offenbar doch, was er tut.*

Nicht so wie der Durchschnittsdeutsche, bei dem der Verdacht aufkommt, er habe das Flirt-Zertifikat als Gratiszugabe zur Familienpackung Cornflakes bekommen.

Ich erfahre, dass der Herr Lehrer Lennart heißt und Vierzehn- bis Neunzehnjährige in einem öffentlichen Gymnasium unterrichtet. Mathe, Biologie und Sport. Ich muss zugeben, ich mag ihn. Bio fand ich immer schon super. Dass ich Mathe allerdings noch nie ausstehen konnte und ein Sportmuffel bin, verschweige ich gekonnt.

Stattdessen unterhalten wir uns großartig, sind schon bei unserem zweiten Glas *Berliner Luft*. Lennart meint es offenbar ernst, will mich eindeutig abfüllen. *Berliner Luft* ist ein Getränk, das ich bis eben noch nicht kannte, das jedoch das neue In-Getränk schlechthin sein dürfte. Im Gegensatz zu dem Anmachspruch haben Lennarts Schüler ihn damit mal nicht verarscht. Das Zeug schmeckt überraschend gut, nach süßer Pfefferminze. Es erinnert mich an die süßen Menthol-Lutschbonbons, die meine Oma immer in ihrer Tasche vorrätig hatte und mit denen sie uns Enkel stets bestechen konnte, wenn es mal wieder etwas länger dauerte. Ich trinke folglich pure Nostalgie.

»Los, ex!«, fordert Lennart mich übermütig auf.

»Puh, keine gute Idee. Sind wir dafür nicht zu alt?«

»Wir sind doch nicht alt!«

Ich verschweige elegant, dass ich ihn auf Mitte fünfzig schätze, erkläre stattdessen: »Ich vertrage kaum etwas und eskaliere dann zu schnell.«

»Na dann«, prostet Lennart mir lachend zu. »Lass uns auf den Tischen tanzen!«

»Oh, ich bin nicht der Typ Frau, der betrunken auf Tischen tanzt. Das mache ich prinzipiell nur nüchtern. *Safety first!*«

»Interessant. Und wie eskalierst du dann?«

»Ich gehe mit Make-up und ohne meine Zähne zu putzen ins Bett.«

Lennarts Lachen – übrigens ein sehr, sehr sexy Lachen – jagt mir eine herrliche Gänsehaut über den Rücken und knipst mein Hirn aus. Das ist auch der einzig plausible

Grund, warum ich auch das zweite Glas Likör in einem Zug leere, reflexhaft eine Grimasse ziehe und meinen Kopf stöhnend gegen seine Brust lehne.

*Hm, so nahe riecht er sogar noch besser.*

Erschrocken weiche ich zurück, schiebe meine Schamlosigkeit auf die *Berliner Luft*.

»Alles in Ordnung?« Besorgt umfasst Lennart meine Taille, hält mich fest. Eine harmlose Geste, die meinen Puls in die Höhe schnellen lässt. Doch ehe ich Lennart antworten oder gar weitere Dummheiten machen kann, werden wir von einem sichtbar angetrunkenen Jüngling um die zwanzig unterbrochen. Ich nutze die Gelegenheit, um mich unauffällig aus Lennarts Umarmung zu winden.

»*Sheesh!* Herr Professor, Sie *Son of a Bitch*. Läuft bei Ihnen, wie ich sehe ...« Lennarts Schüler scannt mich ungeniert von oben bis unten, ehe er mich adressiert: »Hey, ich bin Klaas. *Enchanté!*« Und an Lennart gewandt: »Dort drüben sind zwei *Mamacitas* – alter Schwede! Ihre MILF hier ist heiß, aber ich brauch 'nen *Wingman*, würden Sie mir mal eben helfen, die dunkelhaarige Braut klarzumachen? Meine *Buddys* sind alle weg, und Sie machen so einen seriösen Eindruck. Das mögen die Frauen ...«

*Was für eine beeindruckende Rhetorik, Klaas ist ein echtes Sprachentalent!*

Es folgt ein kurzer Wortwechsel, und Lennart vertröstet Klaas auf später, bevor dieser sich wieder verkrümelt.

»Okay, das war peinlich. Bitte entschuldige ...« Lennart wirkt betreten. »Es passiert recht selten, dass ich Schüler beim Weggehen treffe. Üblicherweise meide ich Lokale, in denen sie sich aufhalten könnten. Und Klaas ... nun, er kommt aus schwierigen Verhältnissen, war aber immer ein guter Schüler und hat letztes Jahr Abi bei mir gemacht. Er ist eigentlich ein netter Kerl, nur manchmal übertreibt er ein bisschen.«

»Schon gut, geh rüber zu ihm, und mach einen auf *Wingman*!«, fordere ich Lennart nicht ohne Bedauern auf.

»Keine Chance! Mich wirst du nicht so schnell wieder los.«

*Himmel, ist der charmant! Vielleicht ...*

»Hey, ich bin Christian. Rieche ich hier *Berliner Luft*?«, unterbricht mein Liebhaber mein unsinnig-sündiges Kopfkino, und mir schießt die Schamesröte ins Gesicht.

*Voll erwischt!*

»Hey, ich bin Lennart. Noch eine Runde? Dreimal?«, reagiert meine Zufallsbekanntschaft weit besser als ich selbst.

Mir steht noch immer der Schweiß im Gesicht. Wie dämlich! Ich habe doch schon den besten Mann auf der Welt für mich gewonnen. Als ob ich es nötig hätte, mit diesem grau melierten Lehrer zu flirten.

Als Lennart im Getümmel der Bar verschwindet, wende ich mich kleinlaut Christian zu: »Er hat mich angesprochen! Ehrlich. Ich bin unschuldig.«

»Du bist vieles, aber mit Sicherheit kein Unschuldslamm«, korrigiert Christian. Dann drückt er mir einen Kuss auf den Mund. Vermutlich, um sein Revier zu markieren.

»Aber ...«, sehe ich mich genötigt, zu einer Verteidigung auszuholen.

»Alles gut! Glaubst du, ich habe nicht bemerkt, wie er dich angebaggert hat?«

»Oh Gott!«, betreten senke ich den Kopf und verstecke mein Gesicht in meinen Händen.

»Also, ich fand die Szene eigentlich sehr spannend. Ich habe dich die ganze Zeit beobachtet.«

Ich hebe den Kopf, blicke direkt in sein verschmitztes Gesicht. »Hast du?«

»Natürlich. Denkst du, ich lasse mein Mädchen allein hier stehen, ohne es im Auge zu behalten?« Diesmal ist es an Christian, seine Arme um meine Taille zu legen. »Stehst du auf diesen Lennart?«, flüstert er und zieht mich noch näher an sich.

Ich zucke mit den Achseln. Mein erster Reflex ist zu dementieren, doch etwas in mir sträubt sich, Christian anzulügen. »Weiß nicht. Er wirkt nett«, versuche ich es mit einem rhetorischen Kompromiss, blicke dabei aber betreten zu Boden.

»Magst du ihn mitnehmen?«

»Was?« Mein Kopf schnellt wieder hoch.

»Wenn du willst, nehmen wir ihn mit nach Hause.«

»Wie, mitnehmen? Er ist doch kein Take-away-Gericht, das man einfach einpackt. Was soll ich denn mit ihm machen?«

Christian lacht fröhlich, ehe seine Stimme ein dunkles Timbre annimmt und er mir verschwörerisch ins Ohr wispert: »Was auch immer du willst.«

Hier ist er wieder. Dieser Satz, der wie eine Prophezeiung klingt. Dieses Versprechen, das mich glauben lässt, mir stünde die Welt offen. Dabei bin ich doch die Reinkarnation von Udo Jürgens' »Ich war noch niemals in New York«, und mir hat die Welt noch nie für irgendetwas offen gestanden. Doch ehe ich weitergrübeln kann, ist Lennart mit einem kleinen Tablett und drei weiteren Shots flüssiger Nostalgie zurück.

»Auf das Leben und die Liebe!«, prosten wir uns zu.

Langsam fühlen sich meine Beine wie Gummibärchen an. Ich hätte das erste Glas Prosecco sowie die drei Shots offensichtlich langsamer trinken sollen. Oder etwas zu Abend essen sollen. Oder statt dieses mörderengen Schlauchkleids eine bequeme und kaschierende Bluse anziehen sollen, denn dann hätte ich mir auch ein Abendessen gönnen und folglich eine solide Unterlage vorweisen können. So allerdings beginnt der Alkohol, seine Wirkung schneller zu entfalten, als mir lieb ist.

»Lennart, Christian ist Arzt. Christian, Lennart ist Biologielehrer«, stelle ich die beiden Männer einander vor. »Redet einfach über Blut, Gedärme oder irgendetwas vergleichbar Ekliges. Ihr entschuldigt mich für eine Sekunde?«

Und damit überlasse ich die Männer fieserweise dem Schicksal, sich allein zu beschnüffeln. Oder zu zerfleischen.

Kurz bevor ich die Toiletten erreiche, drehe ich mich noch mal um in der Erwartung, sowohl Gedärme als auch Blut fliegen zu sehen. Doch keine Spur von wildem Gemetzel und Revierkampf. Beide Männer wirken selbst aus dieser Entfernung sehr entspannt. Jetzt gerade lacht Christian sogar schallend.

*Ich verstehe die Welt nicht mehr.*

Als ich mich zehn Minuten später wieder zu den beiden Männern geselle, hat jeder ein Bier in der Hand, und sie scheinen bereits beste Kumpel zu sein.

»Na, schon Blutsbrüder?«, erkundige ich mich und nehme Christian sein Bier weg. Ich brauche jetzt doch noch einen Schluck, stehe diese Ménage-à-trois mit meinem mickrigen pfefferminzigen Schwips auf gar keinen Fall durch.

*Apropos Nostalgie, wie wäre es mit Tequila? Oder Jägermeister? Oder ...*

»Scheißweiber!«, taucht Klaas wieder auf der Bildfläche auf. »Die Jacke sollen wir ihnen abnehmen, die Tür sollen wir aufhalten, die Getränkerechnung sollen wir zahlen, aber kaum sind sie versorgt, schicken sie einen weg, als wäre man der letzte Dreck.«

Klaas greift nach Lennarts Bier, ist aber zu langsam und fasst ins Leere. »Wieso sind Mädchen immer so gemein ...?«

»Ich glaube, ich rufe dir jetzt ein Taxi«, unterbricht Lennart seinen ehemaligen Schüler, und an uns gerichtet: »Ihr beide bleibt doch noch?«

»Klar! Kein Stress. Wir warten hier«, versichert Christian Lennart, ehe dieser den jammernden Klaas aus der Bar manövriert.

Christian nutzt die Gunst der Stunde und entwindet mir wieder sein Bier. »Du schuldest mir noch eine Antwort. Willst du ihn mitnehmen?«

»Klaas? Um Gottes willen, nein! Der ist hackedicht und noch ein Kind«, stelle ich mich dumm. Denn dass Lennart und Christian während meiner Abwesenheit über mich gesprochen haben, ist offensichtlich. Panik wallt in mir auf.

»Was hast du ihm gesagt?«

»Dass du neugierig und sexy, aber auch furchtbar schüchtern und ängstlich bist. Und eine unfassbar gute Küsserin.«

*So sieht Christian mich? Und DAS hat er Lennart erzählt? Ich glaube, ich sterbe.*

»Irgendwie süß, wie Lennart dich mit seinen Blicken auszieht. Fast schon Erregung öffentlichen Ärgernisses«, ergänzt Christian.

In Ordnung, für solche Komplimente bin ich natürlich zu haben. Aber es ist eine Sache, in einer Bar ein wenig zu flirten, und eine ganz andere Sache, mit seinem Liebhaber einen Typen aus einer Bar mit nach Hause zu nehmen.

»Wie sagte Oscar Wilde so schön«, wispert Christian dicht an meinem Ohr. »Versuchungen sollte man nachgeben. Wer weiß, ob sie wiederkommen.«

Kopfschüttelnd und grinsend schaue ich ihn an. Dieser Mann ist mir ein Rätsel. »Und das ist ehrlich okay für dich?«, bleibe ich skeptisch.

»Mäuschen, wenn du glücklich bist, bin ich glücklich. Wenn du also diesen verboten attraktiven Kerl mitnehmen willst und wenn ich sehe, wie du horny wirst und Spaß hast, dann werde auch ich meinen Spaß haben.«

»Und was machen wir mit ihm?«

»Wie ich schon sagte: was auch immer du magst. Ich würde vorschlagen, wir schauen einfach mal, was passiert und worauf wir Lust haben. Und wenn wir keine Lust mehr haben, holen wir Tom Hanks und schmeißen ihn raus.«

Ich bin sprachlos, normalerweise würden tausend Fragen in meinem Kopf rotieren. Aber heute nicht. Heute fließt *Berliner Luft* in meinen Adern, und ich fühle mich jung (genug), sexy und verwegen.

»Uff, ich will morgen früh nicht in Klaas' Körper stecken ...«, meldet Lennart sich zurück. »Apropos Körper. Ich weiß ja nicht, wie es euch geht, aber ich habe das Gefühl, mittlerweile verdunstet die Pfefferminze über meine Poren. Wollen wir etwas anderes trinken, oder worauf hast du Lust, Alex?«

Unentschlossen blicke ich Christian an. Christian zuckt mit den Achseln, grinst vielsagend, hält sich ansonsten aber zurück. Und dann realisiere ich: Jetzt oder nie. Wenn ich etwas will, muss ich es mir nehmen.

Statt einer Antwort hole ich also noch ein letztes Mal tief Luft, dann küsse ich Lennart. Einfach so.

*Und verdammt, ist das gut!*

Hier stehe ich also, inmitten einer überfüllten Bar voller Hipster und Bobos, und tue etwas, von dem ich niemals gedacht hätte, dass es mir passieren könnte. Etwas, von dem ich nicht einmal gewagt hätte zu träumen!

Kurzatmig und heiß löse ich mich von Lennart. Dann wende ich mich Christian zu und küsse auch ihn, während ich weiterhin Lennarts Hand halte.

»Lasst uns fahren«, fordere ich die beiden Männer auf, und mir ist durchaus bewusst, dass zumindest eine Handvoll der umstehenden Leute diese Aktion mitbekommen hat.

Am nächsten Morgen kann ich meiner eigenen Erinnerung kaum glauben. Haben wir Lennart tatsächlich mitgenommen? Oder war das nur ein pfefferminziger Traum?

*Nein, das stimmt schon so.*

Als untrüglicher Beweis meines unsittlichen Verhaltens fungieren drei Sektgläser und eine halb geleerte Flasche auf der Schlafzimmerkommode. Dazu kommen der BH am Boden, das Höschen an der Türklinke und wild zerknitterte Bettlaken.

Noch mit geschlossenen Augen lasse ich die vergangene Nacht Revue passieren. Christian hatte soeben eine zweite Flasche Sekt geöffnet, als Lennart Christian fragte, ob er uns beim Küssen zuschauen dürfe. Und dieser Kuss hatte es tatsächlich in sich, versorgt mich sogar noch postwendend mit Hitzeschüben. Wissend, dass Lennart uns zusah, hob Christian mich hoch und ließ mich auf seine Hüfte gleiten, sodass ich gezwungen war, meine Beine um ihn zu schlingen. Ich glaube, in dieser filmreifen Position habe ich zuletzt als Teenager geknutscht.

*Ist übrigens auch noch Ende vierzig sehr, sehr sexy!*

»Und jetzt?«, fragte Christian in Lennarts Richtung, als wir uns kurzatmig voneinander lösten.

»Ich möchte, dass du Alex ihr Kleid ausziehst.«

Christian blickte mich fragend an. Kurz zögerte ich, dann nickte ich und streckte meine Arme in die Höhe, damit

Christian das Schlauchkleid über meine Schultern und den Kopf ziehen konnte.

»Berühr sie!«, gab Lennart weitere Anweisungen. »Streich ihre BH-Träger von den Schultern, und küss ihren Hals und ihr Dekolleté.« Einen Moment lang hörte man nur das Geräusch von Textil, das über die Haut gleitet.

»Jetzt die Strümpfe ausziehen«, befahl Lennart.

Langsam begann mir das Spiel Spaß zu machen. Während Christian mir die dünnen Nylonstrümpfe über die Beine und von den Füßen zog, suchte ich Blickkontakt mit Lennart. Und in diesem Moment erkannte ich, dass das kein beschwipstes Spiel mehr war, sondern Lennart hoch konzentriert und voll brennender Begierde Regie führte. Und diese Erkenntnis war ein richtiger Gamechanger, katapultierte meine eigene Lust in völlig neue Sphären.

Auf unbestimmte Art beruhigte mich sogar sein Wunsch, an dieser Ménage-à-trois nur passiv beteiligt zu bleiben. Denn wenn ich mich um zwei Männer gleichzeitig hätte kümmern müssen, wäre ich aller Voraussicht nach richtig überfordert gewesen.

»Zieh Alex' Höschen runter. Ich will sie nackt sehen«, wies Lennart Christian an, und mein Herz machte einen schnellen Sprung.

Christians und mein Blick trafen sich abermals, ehe ich meine Zustimmung gab und nickte. Als ich nackt war, verband Christian meine Augen mit einem Tuch. Mein Herz raste, aber ich vertraute ihm. Ich sah nichts mehr, spürte nur noch Christians Hände auf mir. Und ich hörte Lennarts Instruktionen. Er führte Regie zu seinem eigenen, persönlichen Porno, und ich hörte an seiner Stimme, dass ihm gefiel, was er inszenierte.

Mein Atem ging flach und stoßweise. Ich war nervös und geil zugleich, als Christians Finger die Feuchtigkeit zwischen meinen Beinen erkundeten.

Als er einen Finger an meine Oberlippe legte und mich schließlich daran saugen ließ, entfloh mir ein Stöhnen.

»Christian, du bleibst angezogen, aber ich will, dass du deine Hose öffnest und Alex dich anfasst. – Und jetzt massiere ihre Brüste, drücke sie, quäle sie. – Jetzt zieh eine Spur mit deinem Mund von ihrer Brust über ihren Bauch, bis hinab zu ihrer intimsten Stelle. Schmeckst du sie? Ist sie feucht? Bereit? Spürst du ihre Knospe? Dann leck darüber, so, wie sie es mag. – Schneller, fester. Ja, genau so! Siehst du, wie sie sich windet, sich dir entgegendrängt?! Sie mag, was du mit ihr machst ...«

Der Rest ist Geschichte.

Lennart hat mich den ganzen Abend nicht berührt, nur zugesehen und uns geführt.

Nach meinem Orgasmus bedankte Lennart sich und ging.

Allein der Gedanke an vergangene Nacht lässt mich vor Scham erröten. So etwas habe ich noch nie getan. Nicht im Traum hätte ich mir so ein Verhalten zugetraut. Ich kann es kaum erwarten zu hören, was Christian darüber denkt und wie er sich fühlt. Ich will einfach alles wissen! Was er von Lennart hält, was er über mich denkt. Was ihn geil gemacht und ihm den ultimativen Kick verpasst hat. Einfach alles.

Ich war immer der Meinung, wenn mein Partner und ich

uns richtig gut kennen und vertrauen, muss ich nicht mehr darüber nachdenken, wie mein Po aussieht, ob der Bauch Falten wirft und was ich anstellen muss, um meinem Gegenüber zu gefallen. Mit einem Fremden bleibt bei mir immer ein Rest Performance-Drang zurück, und damit entsteht Druck. Dachte ich zumindest. Doch zu meiner grenzenlosen Überraschung habe ich das aufregende Gefühl, zu performen und im Kopfkino eines anderen Menschen gelandet zu sein, gestern Nacht genossen.

Es war unfassbar aufregend, vor diesem Fremden von Christian ausgezogen zu werden. Ich genoss die begehrlichen Blicke der beiden Männer und die Macht, die ich in diesem Augenblick spürte. Ich spielte die Hauptrolle in einem Stück, bei dem Lennart die Führung übernahm und uns auf eine Bühne hob.

»Guten Morgen, *sexy you*«, höre ich Christian neben mir brummen. »Schon ausgeschlafen?«

»Wohl kaum. Wann ist Lennart eigentlich gegangen? Ich hatte überhaupt kein Zeitgefühl.«

»Ich habe auch keine Ahnung, aber Lennart hat den Rest der Nacht bestimmt auch kein Auge mehr zubekommen.«

An dieser Stelle lacht Christian kehlig. Ich liebe dieses tiefe, brummende Timbre und kann nicht anders, als ebenfalls breit zu grinsen. »Dieser Lennart, das ist ein richtiger Voyeur, oder? Was für eine irre Aktion. Dieser Abend, der Typ, du, ich ... Einfach nur krass!«

»Gut krass?«

»Ja, irgendwie schon. Sehr gut sogar. Auch wenn es mir nüchtern und bei Licht betrachtet irgendwie peinlich ist, dass Lennart uns dazu gebracht hat, all diese Dinge zu tun. Das war alles so … so neu, so anders.«

»Es muss dir aber nicht peinlich sein, das weißt du, oder? Du warst so sexy! Am liebsten hätte ich dich gefilmt oder fotografiert.«

Ich finde den Gedanken überraschend aufregend, rutsche ein Stück näher an Christian ran. Meine eigene Bettseite bleibt verwaist zurück. Instinktiv streichle ich über seine Arme und seine Schultern. Dann schlüpfe ich unter sein Shirt und taste nach seiner Brust und seinem Bauch. Ich will, dass er weiterspricht.

»Hm, hm«, seufzt er. »Ich liebe es, dich zu beobachten, wenn du die Welt um dich herum vergisst. Wenn deine Muskeln sich anspannen und die Falte zwischen deinen Augenbrauen steiler wird, weil du dich so sehr konzentrierst.«

Ich ziehe die Hand unter der Decke hervor, taste nach der genannten Falte und wäge Kosten, Nutzen und Risiken einer Botoxbehandlung ab.

Liebevoll nimmt Christian meine Hand weg, küsst mich zwischen die Brauen und nuschelt: »Genau diese Falte hier. Übrigens, das ist deine Orgasmusfalte.«

»Was?«, rufe ich entsetzt aus, muss dann aber doch lachen.

Sein Grinsen wird frecher: »Dein Gesicht lügt nicht, Alex! Kurz bevor du kommst, dein ganzer Körper unter Anspannung steht und du völlig bei dir bist, bist du am allerschönsten.« Christian zieht mich auf sich. »Du warst gestern wie ausgewechselt. Wer war diese verwegene, sinnliche und furchtlose Frau?«

Ich habe keine Ahnung, kann es mir selbst nicht erklären. Es war, als ob ein neuer Teil von mir zum Leben erwacht wäre.

»Das war nicht ich. Das war Lola.«

»Lola?« Christian drückt mir einen Kuss auf die Lippen. »Ich mag Lola. Die darf ruhig öfter zu Besuch kommen.« Versonnen beginnt er, mit meinen Brüsten zu spielen, und ich richte mich ein wenig auf, sodass er mich besser berühren kann.

»Ach ja?«

»Allerdings. Alex ist große Klasse, aber Lola tut Dinge, die ich bei Alex nie für möglich gehalten hätte.«

»Wirklich? Das muss eine tolle Frau sein. Was hat sie denn Beeindruckendes getan?«

»Ich mag ihr Selbstbewusstsein und wie sie meine Liebkosungen genossen hat. Ihre Offenheit, mit der sie ihre Begierde gezeigt hat. Ihr Seufzen, das sie nicht unterdrückt hat.«

»Du magst das, wenn ich hörbar stöhne, oder?«

»Ich mag alles, was mir zeigt, dass du Lust empfindest«, wispert er und zieht ein wenig fester an meinen Nippeln, sodass ich mein Stöhnen nicht mehr zurückhalten kann. Auch meinen Unterkörper kann ich mittlerweile nicht mehr kontrollieren, und ich beginne, mich an Christian zu reiben. Ich spüre bereits die Feuchtigkeit zwischen meinen Beinen.

»Erzähl mir mehr!«, fordere ich Christian auf.

»Du hast ein sensationelles Talent, Männer in deinen Bann zu ziehen, ohne dass dir das bewusst ist. Du bist so entzückend bescheiden und charmant, und dennoch steckt so viel Lust in dir. Und vielleicht hat Lola dir geholfen, all das herauszulassen, was in dir ist. Gestern Nacht habe ich zum ersten Mal alles von dieser großartigen Frau gesehen. Nicht nur eine Facette, sondern alles. Und ich liebe das.«

»Was genau?«

»Den Moment, als du die Beine gespreizt und deine intimste Verletzlichkeit preisgegeben hast. Als du dich selbst berührt hast. Provokant und aufreizend. Die Lola in dir wusste, dass wir ihr ausgeliefert waren.«

Ich sauge seine Worte auf wie ein Schwamm.

»Sprich weiter«, flüstere ich in Christians Ohr, streiche über seine Brust und seine Schultern, während ich mich weiter an ihm reibe.

»Ich mochte den Moment, als Lola meinen Schwanz in den Mund nahm und ihre Finger zur gleichen Zeit ihren Kitzler suchten, um sich selbst Erlösung zu verschaffen.«

»Lola findet aber, dass es noch besser ist, wenn du sie ins Glück leckst.«

»Ist das so?«

»Mhm.«

»Lässt sich einrichten. Gib einfach Bescheid, wenn sie wieder zu Besuch ist.«

»Sie ist gerade zur Tür hereingekommen und sagt, du könntest direkt loslegen.«

Darum muss ich ihn nicht zweimal bitten. Mit einem Satz tauschen Christian und ich Position, und er steckt zwischen meinen Beinen. Aufgeheizt von den Ereignissen der vergangenen Nacht und dank Christians Ganzkörpereinsatz, werde ich innerhalb kürzester Zeit in höhere Sphäre katapultiert.

*Hach! Das Leben ist geil.*

Drei Stunden später bin ich wieder zu Hause. Mein Nachbar ist der Erste, der meine gehobene Stimmung bemerkt und Lolas Vibes abkriegt. Das wundert mich nicht, denn er war auch der Erste, der nach meiner Scheidung testen wollte, wie weit er gehen kann. Scheinbar hatte er vergessen, dass er selbst sehr wohl noch verheiratet ist. Meine Abfuhr akzeptierte er damals aber anstandslos, und seither herrscht ein klares Verhältnis zwischen uns, nämlich keines.

Ich begegne ihm auf der Straße, als ich die vertrockneten Chrysanthemen von Allerheiligen entsorge. Prüfend sieht er mir ins Gesicht: »Wow, Alex, irgendwas ist anders an dir. Hilf mir, neue Frisur?«

Grinsend schüttle ich den Kopf.

»Lippenstift?«, bohrt er weiter. Wieder schüttle ich den Kopf, verdrehe zusätzlich noch die Augen.

Erschrocken legt er die Hand auf den Mund: »Oh Gott, du hast doch hoffentlich nichts machen lassen, über das du jetzt nicht sprechen willst?«

*Bin ich schon so alt, dass ich Dinge in meinem Gesicht machen lassen muss, über die ich nicht reden will?!*

Ich kläre ihn auf: »Ich hatte einfach nur eine großartige Nacht!« Um meinen Worten mehr Bedeutung zu verleihen, lächle ich geheimnisvoll und mysteriös. Oder hoffe zumindest, dass mein Gesichtsausdruck mysteriös ist, denn bisher hatte ich keinen Grund, mysteriös zu lächeln, bin also nicht erfahren in dieser Mimiknische.

Jedenfalls dürfte es wahr sein, was Frauenmagazine so schreiben: Sex macht tatsächlich sexy. Schönere Haare, glattere Haut, strahlende Augen – eben die ganze Palette an optischen Weichzeichnern.

*Danke, Christian, danke, Lennart, danke, Lola!*

»Eine großartige Nacht?! Holla, die Waldfee! Das wurde aber auch höchste Zeit. Die Wetten laufen bereits heiß, wann du endlich deinen Ex vergisst und wieder auf dem Markt bist. Dein Trauergesicht war nämlich schon mächtig nervig. Noch dazu, wo du doch so ein hübsches Lächeln hast.«

*Das nennt man wohl Zuckerbrot und Peitsche.*

»Abgesehen davon hast du das Hinterteil einer Fünfundzwanzigjährigen«, spricht mein Nachbar unbeirrt weiter. »Fest und knackig an den richtigen Stellen, und trotzdem wunderbar rund und weich. Da würde man am liebsten reinkneifen.«

»Ooooh, danke!«, freue ich mich und drücke dem verdutzten Mann in meinem Hochgefühl einen Kuss auf den Mund.

»Wow, das kam jetzt überraschend«, grinst mein Nachbar und berührt seine Lippen.

*Hoppla, ich habe wohl vergessen, das Luder Lola bei Christian zu lassen.*

# Neujahrskracher

## Januar

Morgen ist der letzte Tag des Jahres. Ein Jahr, das voller Veränderungen, Abenteuer und Neuerungen war. Ein Jahr, das nach den Pannen und Flauten der vergangenen Jahre eine Medaille in der Größe eines Gymnastikballs verdient hätte – und entsprechend gefeiert gehört.

Oliver und Yaira haben uns auf ihre Silvesterparty eingeladen, es wird folglich genug Gelegenheit zum Feiern geben. Seit Wochen freue ich mich auf dieses Ereignis, das unter dem Motto »sexpositiv« steht.

*Natürlich.*

Für die Herren gilt an diesem Abend wahlweise Abendanzug, Smoking oder Fetisch-Look, für uns Frauen ist alles erlaubt, abgesehen von Straßenkleidung. »Fühl dich wohl, fühl dich sexy. Fetisch, Lack, Leder, Unterwäsche, Strapse und Spitze. Wir wollen dich nackt, ganz und ehrlich!«, hat Yaira mir erklärt.

*Leichter gesagt als getan, denn wie zum Henker soll man gleichzeitig ehrlich UND sexy sein?*

Ich persönlich mag Shapewear, Push-ups und Make-up nämlich sehr gerne, aber ehrlich ist keines dieser Teile.

Vielleicht finde ich aber trotzdem noch irgendwo einen Spitzenbody, eine Korsage oder ein Negligé, mit dem ich mich nicht nur im Schlafzimmer, sondern auch außerhalb meiner vier Wände wohlfühle ...

Dafür muss ich jedoch erst mal in die Untiefen meines Kleiderschranks kriechen und sogar meine Handy-Taschenlampe aktivieren. Zwischen nie getragener, weil kratzender Skiunterwäsche und einem verwaisten, einzelnen halterlosen Strumpf werde ich fündig. Freudig halte ich den Hauch eines Nichts aus Spitze und Bändern ins Tageslicht. Das Gute an Reizwäsche ist, sie kommt nie aus der Mode. Denn selbst wenn Modedesigner uns einreden, dass wir viermal im Jahr eine neue Kollektion benötigen, bleibt Spitze nun mal Spitze. Und Schwarz geht sowieso immer. Das kommt mir jetzt natürlich zugute, weil ich das Teil tatsächlich noch nie getragen, schätzungsweise im letzten Jahrtausend gekauft und quasi jungfräulich in die Versenkung verbannt habe.

Zu dem dröhnend lauten Beat von Whitney Houstons »I Wanna Dance With Somebody« ziehe ich mich aus und schlüpfe in das verführerische Negligé. Die Wirkung lässt nicht lange auf sich warten. Voller Begeisterung lächle ich meinem Spiegelbild zu, werfe mich in Pose und streiche über meine Haut. Mit dem Wechsel meiner Kleidung vollzieht auch meine Stimmung eine beeindruckende Metamorphose. Von einer Sekunde auf die andere fühle ich mich verwegen, unwiderstehlich, stark und sexy. Fehlen nur noch die Umgebung, die Männer und das passende Licht für die Erprobung meines Kostüms. Ich kann den morgigen Abend kaum erwarten, möchte auf der Stelle mein Nachthemdchen ausführen, tanzen und feiern.

*Ladies and Gentlemen, I am ready to rumble!*

Und dann ist er da, der Silvesterabend. Heute möchte ich wieder Lola sein. Lola, diese starke, sinnliche *Wonder Woman*. In dieser Rolle lege ich den Alltag ab und ziehe mein enges Superheldinnen-Cape inklusive Selbstbewusstsein, Eleganz und einer Prise Eau de Provocateur an.

Lola ist großartig! Sie macht sich keine Gedanken über Orangenhaut, Altersakne und Nachbarn. Stattdessen trägt sie auch vormittags halterlose Strümpfe, küsst fremde Männer und spreizt im Licht des Deckenfluters die Beine, wenn ihr danach ist. Lola hat kein schlechtes Gewissen und keine Skrupel. Lola liebt großzügig und leidenschaftlich. Lola ist keine brave Frau. Ich liebe Lola – kann man mir das verdenken?!

*Lasset die Spiele beginnen!*

Doch wie so oft im Leben kommt an diesem Abend alles anders als erhofft. Keine Spur von Lola. Keine Spur von *Wonder Woman*. Viel eher fühle ich mich wie eine Promenadenmischung aus Tante Prusseliese und Cruella de Vil.

Zuerst entdecke ich nach einer langen heißen Dusche einen kleinen Pickel auf der Stirn. Er ist so winzig, dass er eigentlich kaum ins Gewicht fällt, aber er sitzt mitten auf der

Stirn und stört mich. Ohne ihn wäre mein Abend perfekt. Also muss er weg!

*Nur ein bisschen Druck ausüben, und das Ding ist draußen … Denkste! … Vielleicht ein bisschen mehr Druck? Mist!*

Natürlich geht der Plan nach hinten los. Natürlich war das zu viel Druck. Und natürlich hätte ich es besser wissen müssen, aber wenn die Finger mal im Gesicht sind, dann entwickeln sie ein Eigenleben, dem meine Poren hilflos ausgesetzt sind.

Jetzt habe ich also nicht mehr mit einem kleinen Pickel, sondern mit hässlich irritierter roter Haut und einer großen entzündeten Beule zu kämpfen.

*Na großartig, ich bin ein Einhorn!*

Und als sei das nicht genug, habe ich einen Bad Hair Day und seit dem Mittagessen einen Blähbauch, als wäre ich im fünften Schwangerschaftsmonat. Ich fühle mich gerade unsagbar hässlich und möchte mich am liebsten verkriechen. Kein guter Ausgangspunkt für einen aufregenden Abend und sexy Dessous. Unglücklicherweise habe ich auch keinen Plan B, weil ich felsenfest davon überzeugt war, dass dieser Abend phänomenal werden würde.

Mir ist zum Kotzen und zum Heulen. Innerhalb weniger Stunden hat sich meine Stimmung um hundertachtzig Grad gewendet. Von »Party bis zum Umfallen« zu »einfach nur umfallen«. Ich habe eine Mordslaune und keine Ahnung, wie ich das Blatt noch wenden soll.

Christian sieht im Gegensatz zu mir großartig aus. Meine Brust füllt sich mit Stolz, dass dieser prächtige Mann zu mir gehört, auch wenn ich gerade nicht so aussehe, als stünde er mir zu.

Christian trägt einen dunklen eleganten Anzug, der seine Statur betont, und eine perfekt passende Krawatte. So in Schale geworfen und piekfein habe ich ihn noch nie gesehen. Ich liebe seine Jeans und einfachen Shirts. Ich kenne ihn auch in Krankenhaus-Kleidung und mittlerweile sogar in Jogginghose. Aber ich mag diese neue Facette, diesen anderen, eleganten Christian. Das Outfit lässt ihn souverän und gefährlich zugleich aussehen. Ich bin begeistert, wenngleich sein mondäner Auftritt den Kontrast zwischen uns umso deutlicher macht.

»Oh, wow, Christian!«, rutscht es auch Yaira heraus, als sie uns begrüßt. Und mit Blick auf seine Krawatte: »Moment, die kenn ich doch ... Nun ja, es gibt wohl keinen zweiten Mann, der nackte Frauen so elegant tragen kann wie du.«

Beinahe zärtlich berührt Yaira die schwarze Seide, und ich blicke verwirrt auf die Krawatte. Ja, jetzt, wo sie es sagt, erahne auch ich die Silhouette einer nackten Frau auf dem dunklen Stoff. Ich hatte die hauchzarten, feinen Linien für eine willkürliche Musterung gehalten, und erst auf den zweiten Blick und mit verändertem Fokus erkenne ich die schemenhafte Zeichnung von Brust, Nippel, Bauch und Venushügel.

»Ich habe Christian noch nie so elegant gesehen«, wende ich mich Yaira zu, während meine Hände zugleich stolz und besitzergreifend über Christians Rücken und Po streichen. »Ich kann mich kaum an ihm sattsehen.«

»Zu Recht! Auch Jo liebte es, wenn Christian einen auf

erfolgreichen Mister Sexy machte. Daher auch die Krawatte. Wir nennen diese Phase die Christian-Grey-Phase. Du weißt schon, wegen *Fifty Shades* und so«, erklärt Yaira glucksend, und ich nicke, obwohl ich gerade gar nichts kapiere.

*Wer zum Henker ist Jo, und was hat sie mit dieser Krawatte und Fifty Shades zu tun?*

»Prosecco?«, fragt Oliver, hält mir ein Glas perlender Flüssigkeit entgegen und unterbricht damit meine wild rotierenden Gedanken.

»Unbedingt!«, entgegne ich in der Hoffnung, Yairas Andeutungen und mein Einhorn auf der Stirn zu vergessen.

»Alex!«, ruft Tessa, stürmt auf mich zu und umarmt mich fest.

Verdammt. Auch sie sieht einfach fabelhaft aus! Das hauchdünne, goldschimmernde Flappers-Kleid im Stil der 1920er-Jahre umschmeichelt ihre Figur und überlässt dem Betrachter kaum Fantasie, was sich darunter verbirgt.

»Komm mit!«, fordert sie mich verschwörerisch auf und zieht mich in die Küche.

Stolz hebt sie ihr Kleidchen und entblößt ein sündiges Wäscheset von *Agent Provocateur*. BH, Höschen, Strumpfgürtel, Strümpfe. Ich überschlage den Kaufpreis im Kopf und komme auf etwa dreihundertfünfzig Euro.

*Nicht schlecht.*

»Das hat Jens mir zu Weihnachten geschenkt.« Sie strahlt über das ganze Gesicht.

Nachdem ich ihr Outfit und das feine Wäscheset gebührend gelobt habe, kann ich nicht länger an mich halten.

»Kennst du Jo?«

»Christians Jo?«

»Christian hat eine Jo?«

Tessa windet sich. »Na ja ... Also, ich dachte, du weißt das ...?«

»Was weiß ich?«, höre ich meine eigene schrille Stimme.

»Nichts, gar nichts«, beschwichtigt Tessa mich rasch. »Das ist unglaublich lange her, sicher zehn Jahre. Quasi ein anderes Leben.«

»Und?«

»Jo, also Johanna, ist Christians Ex. Er war unglaublich in sie verliebt, völlig kopflos. Sie waren verlobt. Bis sie ihn betrog und von einem schwerreichen Investmentbanker schwanger wurde. Das Ende kam dann natürlich sehr schnell, aber nicht weniger schmerzvoll. Christian hat damals sehr gelitten, und nach Jo hat er sich nicht mehr ernsthaft auf eine Frau eingelassen.«

*Autsch. Das sitzt. Und tut verdammt weh.*

Tessa hebt hilflos die Schultern, und ich sehe, dass ihr die Unterhaltung unangenehm ist. »Es tut mir leid. Ich dachte, das weißt du?!«

Jetzt ist es an mir, dieselbe ratlose Geste zu machen. Ich kenne Christian schon so lange. Phasenweise hatten wir mehr, dann wieder weniger Kontakt. Und natürlich wusste ich, dass da mal etwas mit einer Johanna lief. Etwas, das kurz, intensiv und für einen Moment richtig ernst war. Aber damals war ich viel zu sehr mit meinem eigenen Leben beschäftigt, als dass ich mich um den Tratsch der Leute gekümmert hätte.

Christian hat Johanna mir gegenüber in den vergangenen Monaten nur ein Mal erwähnt. Er hatte sie als eine Verflossene bezeichnet, in der er sich geirrt hatte, und dass er aus dieser Episode gelernt hätte. Die Details der Geschichte kannte ich bis heute Abend allerdings nicht.

»Und diese Krawatte, die er heute trägt, die ist von dieser Jo?«, grabe ich weiter, auch wenn es schmerzt.

»Ja, sie mochte schicke Anzüge und dominante Kerle. Wir nennen diese Phase daher die ...«

»... Christian-Grey-Phase. *Fifty Shades*, ich weiß«, vervollständige ich den Satz gequält und spüre, wie mir heiß wird. Ich bin verletzt und werde das Gefühl nicht los, dass hier alle mehr von meinem Liebhaber wissen als ich.

Ich nehme mir fest vor, Christian morgen darauf anzusprechen. Wieso hat er diese Jo vor mir verheimlicht? Trauert er ihr noch immer nach? Bin auch ich »nichts Ernstes«? Jemand, dem er nicht vertrauen kann? Wieso trägt er gerade heute diese Krawatte? Was bezweckt er damit, wenn doch alle wissen, was diese Frau und die Krawatte ihm bedeutet haben. Will er mich verspotten?

Trotz meiner Bemühungen, mich zusammenzureißen und Spaß zu haben, ist dieser Abend für mich gelaufen. Christian hat sich bis jetzt nicht wirklich zu meinem Outfit geäußert. In letzter Sekunde hatte ich mich heute Abend gegen das Negligé und für mein schönstes Glitzerkleid inklusive Strumpfgürtel und High Heels entschieden. Dieses Outfit zeigt zwar weniger Haut, ist aber dennoch verrucht und sexy. Meine Schuhe sind so hoch, sie würden dem guten Clausi glatt feuchte Träume bescheren. Christian hingegen hatte bis auf ein »Hey, das sieht gut aus« keine lobenden

Worte für mich übrig. Wenn man sowieso schon mies drauf ist und zur Aufmunterung auf frohlockende Ausrufe und begeistertes Gejohle hofft, ist »gut« beinahe so schlimm wie »nett«. Nett, also der kleine Bruder von ... ihr wisst schon.

Selbstverständlich ist mir klar, dass Christian sich einfach viel weniger Gedanken macht als ich. Er ist eben ein Mann. Wenn er sagt, ich sehe gut aus, dann meint er das auch so.

*Aber verdammt, liest er denn keine Frauenzeitschriften?!*

Die folgende Stunde gehe ich Christian beleidigt aus dem Weg. Doch er scheint nicht einmal zu merken, dass ich ihn ignoriere. Und das wiederum ist eine bodenlose Frechheit, denn wie bitte soll ich ihn ignorieren, wenn er mich nicht beachtet?

Christian scheint von meiner Verunsicherung und emotionalen Achterbahn nichts mitzubekommen. Er wirkt entspannt wie eh und je, plaudert mit den anderen Gästen und genießt die Zeit.

Ich wünschte, ich könnte Jo und diese Krawatte vergessen. Doch jedes Mal, wenn ich einen Blick auf Christian werfe, springt sie mir ins Auge. Dagegen hilft nicht einmal der viele Prosecco, der wie von Geisterhand immer wieder den Weg in mein Glas findet.

Am liebsten würde ich Christian die Krawatte vom Hals reißen. Oder Rotwein draufschütten. Oder mit der Schere attackieren. Die Krawatte, nicht Christian. So gemein bin ich nun auch wieder nicht. Bloß irgendetwas, um diese peinigenden Gedanken loszuwerden.

Wenn ich wenigstens Lola heraufbeschwören könnte.

Doch die ist leider abkömmlich. Lässt sich nicht blicken, das Luder. Stattdessen beobachte ich mit der Offstimme meiner Mutter die anderen Gäste. Gehässig, überheblich und zugleich unsicher und misstrauisch. Ich fühle mich klein und bedeutungslos, sehne mich in mein Reihenhaus und zu meinem Goldfisch Kurt zurück.

»Aleeeex!« Tessa umarmt mich überschwänglich von hinten und drückt mir einen Kuss auf die Wange. »Ich habe soeben von deinem kleinen voyeuristischen Abenteuer erfahren.«

»Einmal Lehrer, immer Lehrer. Er konnte es eben nicht lassen, Anweisungen zu geben«, ulkt Yaira lachend. »Lass hören, wie war dieser Abend für dich?«

Ich beschließe, mich von meinen Freundinnen ablenken zu lassen.

»Es war spannend, aufregend und echt sexy«, fasse ich den Abend mit Lennart zusammen. »Ich hätte nie gedacht, dass ich irgendwann einmal so etwas erlebe. Ich meine, eure Welt ist verrückt und voller Abenteuer. Aber ich bin ein Angsthase und mache so etwas normalerweise nicht.«

»Und nachdem du über deinen Schatten gesprungen bist, wie hat es sich für dich angefühlt?«

Ich überlege, versuche, meine Gedanken in Worte zu fassen: »Kurzfristig war ich echt überrascht, beinahe beleidigt, dass Lennart keinerlei Anstalten machte, mich zu berühren oder mitzumachen. Aber letztendlich war das viel besser so, weil ich mit Christian vertraut bin und mich bei ihm sicher fühle. Die Tatsache, dass Lennart sich an uns aufgeilt, hat mir einen richtigen Kick gegeben. Obwohl es, nachträglich betrachtet, auch irgendwie peinlich ist. Ich will gar nicht wissen, was der Typ jetzt von mir denkt.«

»Vermutlich, dass du verdammt heiß bist. Immerhin warst du die Hauptdarstellerin in seinem kleinen privaten Porno«, kichert Tessa.

Yaira blickt mich nachdenklich an: »Ist das denn wichtig, was er denkt?«

»Keine Ahnung, vermutlich nicht. Aber irgendwie auch schon. Er hat mich immerhin nackt gesehen. Ich meine, richtig nackt. Und er hat nicht mal sein Hemd geöffnet. Keine Spur von quid pro quo.« Ich ziehe eine Grimasse. »Außerdem war ich betrunken und richtig, richtig hemmungslos.«

»Klingt in meinen Ohren nach einem phänomenalen Abend«, lächelt Yaira. »Du solltest dir weniger Gedanken darüber machen, was andere Leute über dich denken, Alex! Mach einfach dein Ding, irgendjemand findet es sowieso scheiße.«

»Warum prüde, wenn auch sexy geht?«, verkündet Tessa strahlend, doch Yaira bleibt ernst und doziert ganz in ihrem Element: »Wir leben in einer feindlichen Welt, wenn es um Sex und Freizügigkeit geht. Wenn eine Frau sich heutzutage für ein unkonventionelles Liebesleben entscheidet, muss sie mit viel Gegenwehr rechnen. Das soziale Umfeld reagiert meistens abwehrend, manchmal geradezu brutal. Freizügige Frauen gelten als nymphoman und als Gefahr für die gesellschaftliche Ordnung.«

Mittlerweile ist sogar Tessa ernst. »Das war aber nicht

immer so! Yaira, erzähl Alex auch das mit den Urmenschen! Das, was wir letztens besprochen haben.«

Yaira nickt. »Bereits bei den nomadischen Jägern und Sammlern herrschte Geschlechtergleichheit, das sehen wir anhand von Ausgrabungen, aber auch an unzähligen Ethnografien. Etliche Jahrtausende durften Frauen ihre Sexualität ausleben, ihre Partner wählen, so wie das auch im Tierreich üblich ist. Die Frauen konnten mehrere Beziehungen nacheinander oder auch parallel führen. Der Verkehr mit mehreren Männern lag sogar im weiblichen Interesse, denn so konnten mehrere Herren die potenziellen Väter des Nachwuchses sein, und alle fühlten sich verantwortlich.«

Yaira hält kurz inne, nimmt einen Schluck aus ihrem Glas. Dann erzählt sie weiter: »Aber dann wurden die Menschen sesshaft, und alles änderte sich. Es ist die sprichwörtliche Geschichte von der Vertreibung aus dem Paradies. Denn diese Zeit war für die ersten Ackerbauern alles andere als rosig. Eine schiere Plackerei! Und mit der Erfindung des Eigentums entwickelte sich die Unterdrückung der Frau. Ist doch logisch, man musste immerhin seinen Besitz und das Stückchen Erde, für das man hart schuftete, verteidigen. Deshalb entstand auch das Patriarchat. Man behielt die Söhne bei sich, um den Hof zu verteidigen, und schickte die Frauen weg – als Handelsware, oder um Allianzen zu schmieden. Während Frauen also zur Ware wurden, standen den Männern plötzlich zu wenige Frauen, dafür aber domestizierte, zahme Tiere zur Verfügung. Und damit beginnt die Geschichte der Sodomie und die daraus resultierenden Geschlechtskrankheiten.«

»Oh mein Gott. Das ist ekelhaft«, unterbreche ich Yaira.

*Ich will gar nicht wissen, was einsame Hirten auf den Feldern mit ihren Tieren getrieben haben.*

Yaira spricht unbeirrt weiter: »Frauen ihre sexuelle Selbstbestimmung zu nehmen war von dieser Stunde an nicht nur wichtig, um Kuckuckskinder zu verhindern, sondern auch, um sie ›rein‹ zu halten. Eine Jungfrau war frei von Infektionskrankheiten und erzielte somit einen höheren Verkaufswert. Unter Jägern und Sammlern gab es hingegen kaum Geschlechtskrankheiten, und es war folglich bedeutungslos, ob eine Frau Jungfrau war oder nicht. Jedenfalls setzte man unter diesen neuen Bedingungen alles daran, die sexuelle Freizügigkeit der Frauen zu unterbinden. Ihre Macht wurde im Patriarchat immer mehr beschnitten und die körperliche Ausschließlichkeit zur Norm erhoben«, beendet Yaira ihren Vortrag, der jeder Universitätsdozentin Ehre gemacht hätte. Yaira ist nun mal eine echte Feministin. Sie weiß, wovon sie spricht.

»Sodomie und Jungfrauen. Hör bloß auf mit diesen Horrorgeschichten. Auf diesen Schreck brauche ich jetzt Alkohol«, schüttelt Tessa sich und schnappt sich drei Shots, als Jens mit einem Tablett an uns vorbeigeht.

»Auf uns Frauen und die Rückeroberung unserer Lust!«, prostet Tessa, und auch ich erhebe mein Glas auf diesen Toast.

Einige Stunden und etliche Getränke später blicke ich erstmals auf die Uhr. Es ist kurz nach drei Uhr. Viel zu spät. Wann war ich zuletzt so lange auf einer Party?

Party machen Mitte vierzig bedeutet üblicherweise, ab zehn Uhr die Minuten zu zählen und darauf zu warten, dass es elf Uhr und damit auch vertretbar wird, sich zu verabschieden.

So viel Alkohol wie heute habe ich ewig nicht mehr getrunken. Alkohol kann viel. Er löst Hemmungen, Geständnisse, Beziehungen. Probleme löst Alkohol hingegen nie. Im Gegenteil.

Selbst in jenen Momenten, als ich tanzte und lachte, rotierten parallel die Gedanken in meinem Kopf. Und als ob diese Jo-Geschichte mich nicht genug aus dem Gleichgewicht geworfen hätte, musste ich mir auch noch das Geständnis von Tessa und Yaira anhören, dass beide schon mal etwas mit Christian hatten. Direkt nach unserem Toast auf die sexuelle Freiheit hatten die beiden Frauen alte Storys über Loverboys ausgepackt und irgendwann auch über ihre Erlebnisse mit Christian zu kichern begonnen. In meinem Innersten hatte ich es längst geahnt, aber es so freimütig bestätigt zu bekommen ist etwas völlig anderes.

*Jo, Tessa, Yaira und weiß der Himmel, wie viele andere Frauen noch. Vielleicht hatte Caro also recht, und Christian ist wirklich eine Liga zu hoch für mich.*

Die Eifersucht brodelt in mir – sexuelle Freizügigkeit hin oder her. Mit jeder weiteren verstreichenden Minute, in der Christian sich amüsiert, anstatt sich mit mir zu unterhalten, werde ich unsicherer, launischer und verzweifelter.

Ich hole tief Luft, denke an die starken und mutigen Jägerinnen und Sammlerinnen und beschließe, etwas gegen mein Unbehagen zu unternehmen.

*Okay, selbst ist die Frau!*

Grübeln und rätseln kann ich morgen auch noch, jetzt will ich einfach nur in den Arm genommen und geküsst werden. Ich brauche jetzt unbedingt Christians Bestätigung und will hören, dass er nur mich will! Er soll mir sagen, dass ich gut aussehe, mich wunderbar anfühle und er es kaum erwarten kann, mit mir allein zu sein.

Ich will soeben auf Christian zugehen, als hinter mir frenetisches Johlen und Brüllen ausbricht. Verwirrt wende ich mich um und erstarre. Irgendjemand hat eine schwülstige RnB-Nummer eingeschaltet, und Tessa kriecht soeben auf allen vieren und in Unterwäsche ins Wohnzimmer. Vielleicht bilde ich mir das auch nur ein, aber ich glaube, Tessa sogar schnurren zu hören. Sie wirkt wie ein Tiger auf der Jagd. Durchgedrücktes Kreuz, spitze Schulterblätter und hochgereckter Po. Erstarrt blicke ich auf ihre kleinen Brüste und ihren schlanken, festen Bauch.

»Das ist meine Frau«, jubelt Jens und pfeift durch die Finger.

Die Musik wird lauter gedreht, und plötzlich hat sich eine Menschentraube um Tessa gesammelt, die ihre Bühne merklich genießt. Gekonnt bewegt sie sich zu dem rhythmischen Beat. Sie rollt die Schultern, rekelt sich am Boden, greift auf ihre Brüste und zwischen ihre Beine. Gerade eben beginnt sie, sich an dem auf dem Sofa sitzenden Tarik zu reiben, ihm einen Lapdance der Sonderklasse zu geben. Wäre ich von diesem Auftritt nicht so überrascht, würde ich ihr für diese exzellente Performance Respekt zollen. Den Gästen gefällt die Show sichtlich, alle Augen sind auf sie gerich-

225

tet. Alle, bis auf meine. Ich blicke auf Christian, der direkt neben Tarik und Tessa sitzt. Ich erkenne an seinem Blick, dass ihm gefällt, was er sieht.

Und mit dieser Erkenntnis bricht mein Herz.

Schlimmer kann dieser Abend wohl kaum mehr werden, denke ich. Bis Tessa von Tarik ablässt und sich auf Christians Schoß setzt. Lachend fährt sie durch sein Haar, streicht über seine Brust und seinen Bauch. Wie in Trance nehme ich sein breites Grinsen und seine Hände auf ihrer Taille wahr.

Als das Lied verklingt, drückt Tessa Christian einen Schmatzer direkt auf die Lippen, dann steht sie auf und verbeugt sich.

»Mein Gott, ich liebe dich!«, stellt Jens strahlend fest, hebt Tessa hoch und trägt sie trotz ihres quietschenden Protests aus dem Wohnzimmer, die Stufen hinauf und vermutlich in eines der Schlafzimmer.

Ich bin noch immer wie paralysiert. Plötzlich droht mir mein Kleid die Luft abzuschnüren, und ich fühle mich lächerlich in meinen Strümpfen und High Heels. Ich will hier einfach nur weg, ehe ich in Tränen ausbreche.

Ich hatte mich doch so auf diese Nacht gefreut! Ich wollte Christian gefallen, von ihm begehrt werden. Hatte sogar die Idee, heute auch mal in eines der oberen Schlafzimmer zu gehen, anstatt immer nur anständig unten zu bleiben.

Ich hatte diese fixe Vorstellung, dieses Jahr mit Christian zu beenden und das neue mit ihm zu starten. Küssend, schmusend und glücklich. Stattdessen habe ich Geschichten und Geheimnisse ausgegraben, zu viel getrunken, Christian gemieden und die anderen Gäste beim Feiern beobachtet. Den ganzen Abend hatte ich gehofft, dass Christian endlich begreift, worauf ich warte. Doch irgendwie haben wir heute Abend nicht die Kurve gekriegt.

*Was für ein desaströser, furchtbarer und verheerender Silvesterabend.*

»Wollen wir darüber reden, wieso du mich den ganzen Abend ignoriert hast?«, frage ich, als Christian auf die Autobahn auffährt. Sogar in meinen eigenen Ohren klingt das patzig, aber ich bin zu betrunken, frustriert und enttäuscht, als dass ich etwas dagegen unternehmen möchte.

»Ich habe dich ignoriert?«, fragt Christian überrascht, doch ich durchschaue sein Spiel natürlich, nehme ihm die Rolle des Unschuldslamms nicht ab. Nur weil er nüchtern und bei klarem Verstand ist, braucht er nicht zu glauben, dass er mich verarschen kann.

*Nicht nach dieser Krawatte, nicht nach diesem Abend!*

»Tessa hast du jedenfalls nicht ignoriert«, erinnere ich Christian beißend.

Stille.

»Also, willst du darüber reden?«, fordere ich Christian heraus, hickse kurz und unterdrücke einen weiteren Schluckauf. Das kann ich jetzt gar nicht gebrauchen. Ich kann unmöglich mit Schluckauf diskutieren. Sonst nimmt Christian mich doch nicht mehr für voll.

Christians Antwort ist ein langes Seufzen: »Natürlich können wir darüber reden, Alex, dann finden wir auch bestimmt ein Problem dafür.«

»Wie meinst du das?«

»Meistens mag ich, dass du Dinge ausdiskutieren willst, aber manchmal geht es dir einfach nur ums Drama.«

Das stimmt jetzt aber gar nicht, denke ich beleidigt und nehme mir zeitgleich vor, das Thema zu einem anderen Zeitpunkt unbedingt noch mal anzusprechen. Denn diesen Vorwurf kann ich unmöglich auf mir sitzen lassen. Ich streite schließlich nie – sondern versuche nur zu erklären, warum ich recht habe.

Ich verschränke bockig die Arme vor der Brust und blicke aus dem Fenster.

*Ein, zwei, drei, vier …*

Um mich abzulenken, zähle ich die vorbeisausenden Leitpfosten. Vielleicht kriege ich mich ja von selbst wieder ein. Dann könnte ich Christian beweisen, dass ich gar keine Dramaqueen bin.

Fünf Minuten später revidiere ich mein Vorhaben. Manche Dinge muss ich eben gleich loswerden. Und jetzt will ich wirklich reden. Also soll er bloß nicht wieder vom Thema ablenken!

»Warum hast du mich heute kaum beachtet? Vermisst du das Swingen? Den Sex mit anderen Frauen? Oder vielleicht sogar Jo?!«

»Wieso Jo? Alex, das ist Blödsinn. Wie kommst du darauf?«

»Wieso hast du mich heute kaum beachtet? Wieso sind wir nicht auch hinauf in eines der Schlafzimmer gegangen?«

»Hinauf?«

»Ja! Ich wollte heute doch unbedingt auch mal rauf.«

»Aber du willst doch nie rauf!« Ich höre Überraschung aus Christians Stimme. Vielleicht auch einen Hauch Verzweiflung.

»Aber heute wollte ich!«, bestätige ich trotzig. »Ich hatte extra hübsche Unterwäsche an, mich so auf diesen Abend gefreut. Doch dir war das völlig egal. Du hattest nur Augen für die anderen Frauen.«

»Ich bitte dich! Du warst doch so von Jens' Brustmuskeln abgelenkt, als er um Mitternacht einen Striptease hingelegt hat, dass du dich nicht einmal auf unseren Kuss konzentrieren konntest. Wie, bitte, hättest du also bemerken können, mit wem ich wie lange gesprochen habe?«

Mitternacht war tatsächlich Mist, da gebe ich ihm recht. Aber nicht wegen Jens, sondern nur, weil ich sowieso schon beleidigt und mies drauf war und eigentlich von Christian erobert hätte werden wollen. Mit den anderen Frauen hatte er schließlich auch geflirtet, warum also nicht mit mir?!

»Na wenigstens habe ich mich nicht von Jens antanzen und besteigen lassen! Anders als du von Tessa.«

»Ich bitte dich, Alex! Das war ein Lapdance. Einer, um den ich nicht mal gebeten habe.«

»Oh, du Opfer, soll ich jetzt Mitleid mit dir haben?! Vergiss nicht, dass du ihn auch nicht abgelehnt hast. Ich habe schließlich genau gesehen, dass du Spaß hattest.«

»Natürlich hatte ich Spaß. Tessa ist sexy und lustig. Aber das bedeutet doch nichts.«

»Und ich bin dir nicht sexy genug, stimmt's?!«

*Hicks. Mist, bekloppter Schluckauf. Jetzt bloß nicht auch noch heulen.*

Christian seufzt erneut auf: »Alex, du weißt, dass ich dich sexy finde. Lass uns bitte einfach morgen darüber reden. Wir sind müde und sagen sonst Dinge, die wir bereuen.«

»Ich will aber jetzt reden! Und ich will, dass du mich sexy findest!«, schluchze ich nun doch, und die angesammelte Frustration des Tages bricht aus mir heraus.

»Alex, ich finde dich sexy! Immer schon. Seit zwanzig Jahren. Aber das tut nichts zur Sache, solange du dich nicht selbst sexy findest.«

»Hör auf, mich zu beklugscheißern. Ich habe doch gesehen, wie du die anderen Frauen ansiehst ...«

Mittlerweile stehen wir vor meinem Haus, Christian hat den Motor abgestellt und sich mir zugewendet.

»Hast du deshalb heute diese Krawatte getragen?«

»Was? Wie meinst du das?« Christian tastet nach besagtem Teil, wirkt überrascht. Aber diese Nummer nehme ich ihm nicht ab.

»Du vermisst dein verrücktes Leben, deine Freiheiten und Abenteuer, habe ich recht? Sie erinnert dich daran?«

»Die Krawatte? Alex, ich bitte dich. Das ist eine Krawatte.«

»Eine Krawatte, die du von Jo bekommen hast. Eine Frau, die du übrigens beinahe geheiratet hättest, wie ich heute erfahren habe.«

»Das ist eine fucking Krawatte, Alex!«, ruft Christian verzweifelt aus. »Seit Jo habe ich kaum mehr Anzüge getragen. Warum auch, ich bin Arzt und kein Banker. Ich habe exakt drei Krawatten zu Hause, und das ist nun mal die Einzige, die zu diesem Anzug passt.«

Ich glaube ihm kein Wort, verdrehe sarkastisch-genervt die Augen, doch Christian spricht aufgebracht weiter. »Ja, diese Krawatte habe ich mit Jo gekauft. Aber das ist zehn Jahre her und bedeutungslos. Denn, ob du es glaubst oder nicht, ich habe auch noch andere Dinge von Ex-Freundinnen zu Hause. Oder meinst du wirklich, dass man nach jeder Trennung alles wegwerfen muss?«

»Ja.«

*Hicks.*

»Alex, das ist Blödsinn, und das weißt du auch. Ich bin mir sicher, du hast auch noch Sachen von deinem Ex-Mann zu Hause.«

»Aber im Gegensatz zu dir trage ich diese Sachen nicht zu Silvester und erinnere auf diese Weise alle meine Freunde an alte Geschichten und Skandale.«

Christian seufzt, fährt über sein Gesicht. Ich sehe ihm an, dass er müde und erschöpft ist, aber ich beiße mich trotzdem an diesem unsinnigen Streit fest wie eine Zecke an ihrem Opfer.

Mich schmerzt die Vorstellung, dass Christian gerade heute wehmütige Gedanken an seine Vergangenheit hegen könnte. Dass Jo oder andere Ex-Freundinnen lustiger, freier und hemmungsloser waren als ich. Dass diese Frauen mehr wie Tessa waren und nicht so verklemmt und lahm wie ich. Dass Christian diese Zeit vermisst und bereits bereut, sich mit mir eingelassen zu haben. Und vor allem fürchte ich, dass Caro recht behalten könnte und Christian mich abschießt. Denn in diesem Fall würde ich allein zurückbleiben und er sich einfach jemand Neuem zuwenden. Und diesen Gedanken ertrage ich nicht.

»Willst du Schluss machen?«, flüstere ich, und eine dicke Träne rinnt über meine Wange.

*Hicks.*

»Nein, Alex. Wie kommst du darauf? Ich liebe dich! Aber du bist manchmal wirklich unmöglich.«

*Ich, unmöglich? Wie kommt er denn darauf? Er hat schließlich … Moment. Er liebt mich? Das hat er noch nie gesagt. Wie kann er das denn jetzt auf einmal einfach so sagen? Glaubt er, er kann mir damit den Wind aus den Segeln nehmen? Ich bin doch nicht blöd. Sicher meint er es auch gar nicht ernst und …*

»Wirklich, Alex. Ich verzweifle manchmal richtiggehend an dir. Und dennoch will ich dich so unglaublich, dass es schmerzt.« Christian holt tief Luft. »Aber trotz allem kann ich dich nicht retten, Alex. Du musst endlich anfangen, dich selbst auch zu lieben. Das kann ich nicht für dich tun.«

*Was ist denn das für ein Facebook-Dalai-Lama-Bullshit?*

»Gut, wenn du mich nicht lieben kannst, hat das mit uns wohl keinen Sinn«, erwidere ich trotzig und steige aus dem Auto.

In dem Augenblick, als ich die Tür zuwerfe, bereue ich meine Worte bereits, würde am liebsten wieder einsteigen, ihm sagen, dass ich eine dumme Pute bin und mir alles leidtut. Aber dafür bin ich einfach zu stolz und zu wütend. Und deshalb marschiere ich los, öffne meine Haustür und gehe hinein, ohne mich umzudrehen. Erst als sich die Tür hinter mir schließt, breche ich zusammen. Es dauert volle zehn Minuten, ehe Christian den Wagen startet und ich sein Auto davonfahren höre. Und mit diesem Geräusch zerbricht etwas in mir.

# (T)rotzphase

## Februar

Was hätte Lola an meiner Stelle gemacht? Lola. Mein freches, sexy, selbstbewusstes Alter Ego.

Ich habe Lola erfunden, Lola ist ein Teil von mir. Aber Christian hat Lola zum Leben erweckt, ihr eine Bühne und einen geschützten Raum gegeben. Mit dem neuen Namen kam auch ein neues Selbstbewusstsein. Es war wie eine Metamorphose. Schicht für Schicht legte ich die auferlegten Konventionen ab. Entledigte mich meines Namens, der anerzogenen Scham und des antrainierten Strebens nach Perfektion. Lola hätte in dieser Silvesternacht völlig anders reagiert als Alex.

Aber ich bin nun mal Alex – und nicht Lola.

Und deshalb putze ich seit dieser vermaledeiten Nacht an den Wochenenden wieder meinen Backofen und führe Selbstgespräche mit meinem Goldfisch Kurt. Die Anrufe meiner Mutter verweigere ich vehement, und nicht mal mit Katrin möchte ich sprechen. Weil ich weiß, dass sie mich tadeln wird. Dass sie mir sagen wird, ich sei dumm und solle Christian gefälligst um Verzeihung bitten. Aber selbst wenn sie recht hat, kann ich das nicht. Er könnte doch auch den ersten Schritt machen und versuchen, die Situation zu klären.

Ich bin müde. So müde! Ich fühle mich ausgelaugt und schlapp wie eine Luftmatratze nach einer Woche Urlaub in Kroatien. Steinstrand und Felsen, versteht sich.

Ein Monat ist vergangen seit dieser schicksalhaften Party. Seitdem fahren meine Gefühle Achterbahn. Wobei, eher Geisterbahn, denn die Strecke ist ziemlich düster und tief. Ich bin ganz unten angekommen in der Geisterhöhle. Und diese verdammten Gespenster lassen mich einfach nicht los, spuken in meinem Kopf. Verhöhnend, marternd, quälend.

Immer wieder taucht vor meinem inneren Auge das Bild von Christian auf, als Tessa auf ihm tanzte. Sein fröhliches Grinsen, sein gefesselter Blick. Und seine Hände auf ihrer schlanken Taille.

Nachts, in meinen Träumen, wird Tessa zu Jo, dieser geheimnisvollen Frau, die Christian um den Verstand gebracht und sein Herz gebrochen hat.

Seit Wochen weine ich durchgehend und frage mich langsam, warum ich nicht wenigstens abnehme, wenn ich doch so viel Tränenflüssigkeit verliere. Noch dazu, wo ich doch seit Tagen keine Chips mehr zu Hause habe und zu erschöpft bin, um neue einzukaufen. Nicht mal Schokolade gibt es! Okay, das stimmt so nicht. Ein kleiner Rest Kochschokolade ist noch da, aber von der hatte ich bereits so viel, dass ich mich vor den fäkalen Nachwehen fürchte.

*Stopft Schokolade eigentlich? Verstopfung kann ich jetzt echt nicht gebrauchen.*

Ich tue mir gerade selbst schrecklich leid und heule mir zum abertausendsten Mal die Seele aus dem Leib. Sollte man nicht meinen, dass eine erwachsene Frau – geerdet, gewachsen und im Leben verwurzelt – mit so ein bisschen Eifersucht zurechtkommt? Sollte man, klappt aber trotzdem nicht.

Immer wieder schüttelt es mich durch, und der Rotz fließt. Einerseits bin ich froh, dass mich niemand sieht, weil ich weinend wirklich keine attraktive Erscheinung abgebe, andererseits wünschte ich, Christian würde meine Tränen sehen, meinen Schmerz. Damit auch er leidet und sich schlecht fühlt. Ich möchte, dass er weiß, wie sehr mich sein Verhalten verletzt hat. Und ich wünsche mir, dass er mir sagt, dass ich das Wichtigste in seinem Leben bin und dass er nur mich möchte.

Ich ziehe den Rotz so hoch, dass er über das retronasale Organ im Rachen landet. Schleim und Schokolade vermengen sich zu einem zähen Brei. Ich sollte das Zeug ausspucken, aber ich bin gerade so schön am Leiden und schlucke es schniefend hinunter.

Je mehr ich grüble, desto elender fühle ich mich. Und das Problem ist: Ich kann mit niemandem darüber reden, weil mir alle sagen werden, dass ich mit Christian reden muss. Aber wieso redet er denn nicht mit mir?! Vermutlich ist er sogar froh, die Beziehung so schnell und unkompliziert aufgelöst zu haben. Es ist wohl exakt so, wie Caro es vorhergesehen hat: Ich war ein verletztes Reh, das er gepflegt und unter seine Obhut genommen hat, bis ihm langweilig wurde.

*Oh Gott, ich will sterben!*

Nach der tausendsten Packung Taschentücher versiegen die Tränen plötzlich.

So schnell, wie sie über Wochen hinweg gekommen sind, so schnell sind sie an diesem bedeutsamen Samstagabend auch wieder weg. Plötzlich wird die Sicht wieder klar, und die Nase hört auf zu rinnen. Zurück bleibt der Geschmack von Schoko-Rotz und das Gefühl, nicht weiterzuwissen.

*Und jetzt?*

Vielleicht hat meine Therapeutin ja doch recht: »Lass das Gefühl zu, danach lass es los.« Ich dachte immer, das sei nur ein bekloppter Spruch von einem Yogi-Teebeutel, doch offenbar klappt das tatsächlich. Vielleicht habe ich aber auch einfach mein Kontingent an Tränen aufgebraucht. Was weiß ich. Jedenfalls kann ich wieder atmen, ohne zu zittern, und mein Herz droht nicht mehr zu zerspringen.

Eigentlich möchte ich mich jetzt am liebsten mit Christian versöhnen, ihm sagen, dass ich ihn vermisse. Aber irgendwie schaffe ich es nicht. Weiß einfach nicht, wie ich das machen und wo ich anfangen soll, denn mittlerweile ist so viel Zeit vergangen. Vielleicht sogar zu viel Zeit.

Aber immerhin habe ich es geschafft, Yaira endlich zurückzurufen – sie hat es schon mehrfach versucht, aber ich habe auch sie ignoriert –, und sie hat mich prompt zu sich nach Hause eingeladen. Oliver ist gerade auf einer Forschungsreise, und sie hat sturmfrei. Tessa kommt heute nicht, das ist mir nur recht. Ich bin zwar nicht böse auf sie, aber ich möchte heute allein mit Yaira reden.

»Bist du glücklich mit deinem Leben?«, fragt sie mich bei Tee und Kuchen.

Ich hebe seufzend die Schultern: »Ich vermisse Christian ganz furchtbar, will aber vorwärtsschauen und aus unseren Fehlern lernen. Meine nächste Beziehung will ich nicht wieder in den Sand setzen. Ich würde mein Leben so gerne auf die Reihe kriegen. Möchte mich wieder gesund ernähren und mehr Sport machen. Du weißt schon, bisschen walken und Yoga machen.«

»Das ist toll! Am besten startest du gleich morgen, solange die Euphorie anhält.«

*Ähm, das waren jetzt eigentlich nur so hypothetische Wünsche aus der Rubrik »Neujahrsvorhaben«. Für mehr reicht die Euphorie leider noch nicht.*

»Ich habe eigentlich kaum Zeit für Sport«, weiche ich aus.

»Ja, das Gefühl kenne ich. Wie lange dauert so eine Walking-Runde üblicherweise bei dir?«

Panik wallt in mir auf, und ich ahne, dass Yaira, die kluge Frau, mich durchschaut. Wie komm ich jetzt bloß aus dieser Nummer wieder raus? Ich würde natürlich gerne sagen, dass ich mindestens drei Stunden unterwegs bin, dreißig Kilometer Distanz und dreihundert Höhenmeter zurücklege. Die Wahrheit sieht aber so aus, dass ich eine Runde um den Häuserblock walke und nach dreißig Minuten schlapp zurück bin. Deshalb zucke ich mit den Schultern, ehe ich nuschle: »So etwa fünfundvierzig Minuten, mit Vor- und Nachbereitung.«

»Okay. Und wann warst du denn früher üblicherweise walken? Bist du eher so der Morgen- oder der Abendmensch?«

Ehrlich gesagt bin ich eher der Frühlingstyp, weil ich immer kurz vor der Sommersaison und durch den Schritt auf die Waage in Panik versetzt werde und dann einige Wochen übermotiviert Sport betreibe. Das kann ich aber nicht zugeben, also antworte ich: »Morgensport.«

Ich finde die Vorstellung toll, morgens voller Elan aufzustehen, mit einem Stangensellerie-Apfel-Saft den Tag zu beginnen, im Anschluss eine Runde Sport zu machen und nach der erfrischenden Eisdusche munter und kraftvoll im Büro zu starten, während alle anderen an ihrem Kaffee hängen wie Intensivstationspatienten am Tropf.

»Morgenmensch?« Yaira ist begeistert. »Ich bin auch ein Morgenmensch! Das ist so ein unglaubliches Gefühl, wenn man nach einer Laufrunde unter die erfrischende Dusche springt und den Tag voll Energie startet, nicht wahr?!«

Kotz!

»Ähm, ja, das ist wirklich toll. Aber ich habe morgens wirklich wenig Zeit. Ich schaffe es einfach nie.« Während die Worte aus mir herausprudeln, komme ich mir wahnsinnig geschäftig und wichtig vor. Frei nach dem Motto: Hektik ist in, Müßiggang out.

Yaira sieht das allerdings anders, ist jetzt ganz in ihrer Therapeutenrolle und hält mir einen Vortrag, dass wir uns selbst mehr gönnen sollten. Also auch die halbe Stunde Sport, wenn sie mir denn wichtig ist.

»Weißt du, ich koche zum Beispiel sehr gerne«, erklärt sie. »Ich liebe es, die Menschen um mich herum kulinarisch zu verwöhnen. Aber wenn ich einen hektischen Tag habe, nehme ich mir gerade mal Zeit für ein Butterbrot oder einen Kaffee. Das hat mich richtig fertiggemacht. Ich kam dann abends heim, war hungrig und grantig. Bis ich erkannt habe: Ich muss mir auch selbst etwas Gutes tun, eine Mittagspause machen und das Essen genießen! Das ist nicht immer leicht, aber es hilft schon, sich das immer wieder mal bewusst zu machen. Also, was tut dir gut?«

»Chips?«

Natürlich hat Yaira recht, und ich verstehe die Message. Aber etwas zu ändern ist nun mal viel schwieriger, als einfach nur zu jammern und in seinen Routinen zu verharren. Und außerdem ist Jammern unglaublich schick. Ohne geht kaum. Es ist eine Absurdität unserer Zeit, dass wir uns gegenseitig erzählen, wie gestresst wir sind, es beinahe einem Wettbewerb gleicht, wer mehr Stress aushalten muss. Und wir uns parallel dazu auch noch mit Achtsamkeitsseminaren, Meditationskursen, Yoga-Apps und Atemschulen stressen.

Dennoch nehme ich mir vor, Yairas Rat umzusetzen. Irgendwie hat sie mich nämlich eiskalt erwischt mit ihren Fragen. Ich nehme mir fest vor, ab heute keine Ausreden mehr zu erfinden und Verantwortung für mein eigenes Wohlbefinden zu übernehmen!

Abends kommen mir im »herabschauenden Hund« dann doch die ersten Zweifel. Mit dem Po in der Höhe und den Händen und Füßen am Boden bilde ich quasi ein menschliches Zelt. Es heißt, diese Yogaposition dehnt und stärkt nicht nur Muskelpartien, sondern sie eröffnet dem oder der Ausführenden auch eine neue Perspektive. Für manche spirituell-reinigend, für mich eher schockierend-erleuchtend. Denn dieser Blickwinkel eröffnet mir eine völlig neue Perspektive auf meine Oberschenkel. Während mir der Schweiß in die Augen rinnt, rollen sich Haut und Fett an und um die Kniescheibe. Wie bei diesen Hunden mit den vielen Falten im Gesicht.

*Vielleicht heißt die Position deshalb herabschauender Hund?!*
*Yoga erleuchtet im wahrsten Sinne des Wortes.*

Erschöpft und geläutert nehme ich zur Kenntnis, dass ich andere Prioritäten setzen muss, denn Yoga macht mich definitiv nicht glücklich.


Es ist also Zeit für Plan B. Mit Yairas Stimme im Kopf stehe ich die folgenden drei Tage jeden Morgen um fünf Uhr auf, mache Atemübungen und trinke Kardamom-Tee, um mein Dosha zu reinigen.

Die Folgen sind unübersehbar. Sogar die gutmütigen Kollegen machen mittlerweile einen weiten Bogen um mich. Und an allen drei Tagen bin ich nachmittags so müde, dass ich beinahe im Büro einschlafe, weshalb ich jetzt erst zu viel Kaffee trinke.

Schweren Herzens, aber auch massiv erleichtert lege ich am vierten Abend auch dieses Experiment ad acta und trenne mich von der romantischen Vorstellung, meinen Tag vor dem ersten Hahnenkrähen zu starten.

Trotz allem bleibe ich hoch motiviert, etwas zu ändern. Wenn schon nicht an meinem Körper oder meinem Tagesablauf, dann wenigstens an meinem Selbstbild und meiner Einstellung. Deshalb rufe ich endlich die Sexologin und Therapeutin an, deren Nummer mir Katrin vor Monaten zugesteckt hat, und vereinbare einen Termin.

Einige Tage später ist es so weit. Ich sitze der Therapeutin in ihrer Praxis gegenüber.

»Erzählen Sie mir von dieser Nacht und Ihrem Streit mit Christian. Was hat Sie denn am meisten geärgert?«, bittet sie mich.

»Puh! So vieles. Dass alle von dieser Jo wussten, nur ich nicht. Ich würde Christian gerne zugestehen, über gewisse Dinge nicht sprechen zu wollen, aber wenn ich ehrlich bin, will ich viel lieber von ihm hören, dass Jo eine blöde Kackbratze ist und ich tausendmal besser bin als sie. Und dass er endlich wieder bereit für eine ernsthafte Beziehung ist.«

»War Ihre Beziehung bisher nicht ernsthaft?«

»Doch. Irgendwie schon. Ich weiß es nicht. Ich denke nur, dass er in einer ernsthaften Beziehung spüren müsste, wenn es mir schlecht geht, oder?«

Die Therapeutin schweigt, weshalb ich einlenke: »Natürlich kann er das nicht immer wissen, aber dass ich über den Lapdance *not amused* bin, das hätte er doch ahnen müssen! Jedenfalls hatte ich in meinem Innersten all die vergangenen Monate hinweg ständig Angst, ihn irgendwann zu langweilen und zu verlieren. Und in dieser Nacht haben sich all meine Befürchtungen bestätigt. Christian hat mich kaum beachtet, fand mich nicht schön und nicht sexy genug.«

»Hat er das gesagt?«

»Nein.«

»Woraus schließen Sie dann, dass er Sie nicht gut oder sexy fand?«

Ich zucke mit den Schultern.

*Woher soll ich das wissen? Sie ist doch die mit dem Studium und dem gerahmten Diplom an der Wand.*

»Was haben Sie denn getan, als Sie keine Aufmerksamkeit von Christian bekamen?«, erkundigt sich die Therapeutin.

»Geschmollt«, gebe ich kleinlaut zu. »Ich hatte mich doch so auf diesen Abend gefreut. Er sollte die fulminante Krönung unseres gemeinsamen Jahres sein.«

Die Frau nickt verständnisvoll. »Mit dieser Erwartung ist die Latte sehr hochgelegt – und Schmollen eine sehr menschliche Reaktion. Was hätten Sie stattdessen noch machen können, als er mit anderen Gästen beschäftigt war?«

»Mich dazustellen? Mitreden? Oder mit anderen Männern reden, mich ablenken. Vielleicht. Solche Dinge eben.«

»Das sind durchaus brauchbare Alternativen. Was hat Sie daran gehindert, eine davon auszuprobieren?«

»Ich habe mich nicht mehr wohlgefühlt in meiner Haut, meinem Körper. Ich war an diesem Abend ein Desaster, wie hätte ich denn mit all diesen Frauen dort konkurrieren können? Die waren doch alle so schön, so umwerfend und toll!«

»Klingt nach einer Party voller Models. Dort hätte ich mich auch unwohl gefühlt.«

»Nein, so ist das nicht«, rudere ich zurück. »Das sind ganz normale Frauen. Yaira hat sicher eine Konfektionsgröße zu groß, wenngleich ihre Kurven großartig aussehen. Außerdem ist ihre Nase zu groß, und sie kämpft gegen Pickel. Und Tessa – wo soll ich bloß anfangen? Sie ist zwar superschlank, hat aber auch Minibrüste. Und Orangenhaut! Die anderen Frauen waren ebenfalls nicht makellos: Pickel, Dellen, Reiterhosen, schiefe Zähne, schmale Lippen, dicke Bäuche. Ganz normal eben. Und trotzdem schön.«

»Klingt sehr erfrischend. Wieso haben Sie sich dann so unwohl gefühlt unter all diesen normalen Frauen?«

»Weil alle so sexy und sinnlich waren. Weil sich alle in ihrem Körper wohlfühlen und von ihren Männern begehrt werden.«

»Wann fühlen Sie sich denn sexy?«

Ich überlege. »Wenn ich etwas anhabe, in dem ich mich zugleich wohl, verwegen und verrucht fühle. Und wenn ich die Blicke der Männer auf mich ziehe.«

»Das ist in der Tat berauschend und bestätigend. Wie machen das denn die anderen Frauen, von denen Sie sagen, dass sie sexy sind, trotz ihrer kleinen Makel? Wie ziehen diese Frauen die Blicke auf sich?«

Ich zucke wiederholt mit den Schultern. »Ich schätze, es ist ihr Selbstbewusstsein. Sie fühlen sich einfach wohl in ihrer Haut und strahlen das auch aus. Wie sie lachen, gehen und sich bewegen. Wie sie sich berühren, sich durchs Haar fahren und tanzen. Solche Dinge eben.«

»All das kann man lernen.«

»Ich weiß nicht …«

»Doch! Haben Sie Lust, ein paar Übungen mit mir zu machen?«

Ich nicke lahm.

*Warum auch nicht. Ich habe eine Doppelstunde gebucht, und die Zeit ist noch nicht um.*

Die Therapeutin bittet mich, aufzustehen und mich vor einen Spiegel zu stellen. Sie erklärt: »Viel zu viele Frauen verkennen ihre Sexualität, verstecken sie. Das wird uns von klein auf antrainiert. Schon als Kinder hören wir: Greif nicht zwischen deine Beine, reib dich nicht an deinem Teddy. Spreiz deine Beine nicht so vulgär, das ist privat, das darf niemand sehen.«

*Danke, Mama! Der Zehnerblock bei dieser netten Frau geht übrigens auf dich!*

»Die gesellschaftlich anerkannte Lust der Frau ist ambivalent«, spricht die Therapeutin weiter. »Einerseits sollen wir in der Küche High Heels und Strapse tragen, Deep Throat und squirten können, andererseits geben nur sehr wenige Frauen offen zu, dass sie gerne Sex mit anderen oder mehreren Männern hätten, auf Bondage stehen oder gerne mal eine Frau küssen würden. Oder dass sie vielleicht gar nicht squirten oder vaginale Orgasmen ›können‹. Die Lust der Frau ist sehr versteckt, sehr schambehaftet. So wie unsere primären Geschlechtsorgane auch.«

Ich blicke auf mein Spiegelbild und nicke.

»Ich verrate Ihnen jetzt ein Geheimnis«, zwinkert mir die Therapeutin zu, und ich beuge mich in Erwartung näher zu ihr. »Jede Frau kann sexy sein.«

*Na super. Und dafür hat sie studiert? Und ich bezahlt?*

»Es fängt im Kopf an – Sie müssen es wollen. Danach passen Sie Ihre Umgebung dem Ziel an. So wie Sie bereits sagten: Ziehen Sie sich Reizwäsche an, ölen Sie sich ein, legen Sie Ihre Lieblingsmusik auf.«

Ich seufze.

»Ich würde gerne mit einigen einfachen Körperübungen starten. Manchmal hilft es, mit dem Körper anzufangen. Der Kopf folgt dann irgendwann. Also, sind Sie bereit?«, fragt die Frau fröhlich und hoch motiviert. »Allein, wenn wir unser Becken kreisen, macht das schon etwas mit einem.« Zur Untermauerung macht sie die Bewegung vor. »Wenn wir danach auch noch unsere Arme und unsere Hände hinzunehmen, dann haben wir ein unfassbar mächtiges Werkzeug. Probieren Sie es aus.«

»Was, jetzt? Hier?«

»Wenn Sie möchten. Das ist ein Spiel und erweitert Ihre Verführungskompetenz. Man nennt das positive Rückkopplung. Oder einfach ausgedrückt: *Fake it, till you make it!* Es geht in einem ersten Schritt darum, dass Sie sexy rüberkommen – und bei Männern eine Reaktion auslösen. Denn das wiederum bestätigt Sie und gibt Ihnen Selbstvertrauen, was Sie wiederum noch verführerischer macht.«

Klingt logisch, aber ich bin trotzdem skeptisch.

»Sie kennen das vielleicht auch aus einem anderen Kontext. Wenn Sie zum Beispiel streiten und sich während des Streits immer mehr in Ihre Position hineinsteigern, geradezu hochschaukeln und immer ärgerlicher werden? Kennen Sie das?«

Ich nicke. Kenn ich. Klar.

»Wir können uns nicht nur in negative Emotionen rein-
steigern, sondern auch in unsere Lust. Quasi stimulieren
durch Simulieren. Es ist ein Hochschaukeln des eigenen Ver-
langens. Durch gezielte Bewegungen und bewusste Atmung
signalisiert der Körper dem Kopf: Hey, da geht gerade die
Post ab, los, mach mit!«

Jetzt muss ich lächeln.

*Okay. Let's fake it.*

Gemeinsam mit der Therapeutin streiche ich vor dem
Spiegel über meine Oberarme und das Dekolleté. Spiele mit
den Schenkeln, als ob ich einen Rock höherschieben würde.
Wir setzen uns jede auf einen Sessel und probieren verschie-
dene Varianten aus, wie wir die Beine überschlagen könnten. Langsam, lasziv und so, dass man beinahe unter den
Rock gucken könnte. *Basic Instinct* quasi. Nur mit Höschen
drunter.

Ich komme mir wahnsinnig dämlich dabei vor, aber die
Therapeutin erklärt mir: »Frauen sind machtvolle sinnliche
Wesen. Wir müssen uns erst wieder an diese Kraft erinnern.
Und das lässt sich üben. Wenn wir allein sind und es uns
selbst machen, genauso wie mit einem Partner oder einer
Partnerin. Und auch, wenn wir ein Date haben, flirten und
Spaß haben.«

Der Sprung weg von Kind, Haushalt, Alltag und Arbeit
ist nicht immer einfach. Durch meine Ehejahre habe ich verlernt, sexy zu sein. Weil man in der Ehe weiß, wie der andere funktioniert. Wann, wie und wo – all das ist meistens
vorprogrammiert. Und dadurch verlernt man, Signale für
andere Männer zu senden. Gerade wenn ich mit Männern

zusammen bin, die mir eigentlich gut gefallen, übernimmt mein Kumpel-Modus schnell die Führung. In dieser Rolle fühle ich mich sicher. Hier kann ich nicht enttäuscht werden. Die Sexologin erklärt mir, dass Männer dann aber nicht wissen, will die jetzt reden, oder will die knutschen?

Wenn ich umworben werden will, wenn ich begehrt werden will, wenn ich Aufmerksamkeit haben will – dann muss ich klarmachen: »Du bist mein Loverboy, und jetzt will ich dich vernaschen.«

Ich nehme mir fest vor, daran zu arbeiten. Aber ob es sich lohnt, weiß ich nicht. Denn Christian wird es nicht sehen. Und einen anderen will ich nicht.

# Vendetta-Fiasko

März

Heute ist der Tag der Wahrheit. Also genau genommen ist heute Yairas Geburtstag, aber es ist auch der Tag, an dem ich Christian zum ersten Mal seit etwas mehr als zwei Monaten wiedersehe. Es scheint verrückt, aber ich vermisse ihn noch immer so sehr, dass es wehtut. Der Schmerz und das Gefühl der Trauer und der Leere begleiten mich ständig, und ich habe mich mittlerweile sogar daran gewöhnt.

Ich habe mich in den vergangenen Monaten sehr oft mit Yaira und Tessa getroffen. Nicht nur, um auf diese Weise Christian irgendwie näher zu sein, sondern auch, weil mir diese unkonventionellen, klugen Frauen wirklich ans Herz gewachsen sind. Bei ihnen fühle ich mich wohl und habe zum ersten Mal in meinem Leben auch das Gefühl, ich selbst sein zu dürfen. Ich muss mich nicht verstellen, werde so akzeptiert, wie ich bin, und kann mit ihnen über alles reden. Selbst wenn ich das mit Christian also nicht mehr hinbügeln kann, bin ich unglaublich dankbar für die neuen Freundinnen, die er mir geschenkt hat.

*Aber natürlich hoffe ich ganz, ganz stark darauf, das mit Christian doch noch hinzubügeln. Das ist klar.*

Und aus diesem Grund bin ich schon seit Tagen unglaublich nervös. Ich muss heute unbedingt mit Christian allein sprechen, und ich wünsche mir so sehr, dass dann alles wieder gut ist.

So viel zu meinem Plan. Im Pläneschmieden bin ich bekanntermaßen sehr talentiert. Die Umsetzung ist meistens das Problem.

Als ich bei Yaira klingle, habe ich ein schmerzliches Déjà-vu, denke an den Abend, als ich zum ersten Mal mit Christian hier war. Als er mir feixend zuflüsterte: »Was auf der Party passiert, bleibt auf der Party«, und mir mein Herz ins Höschen rutschte. Damals, vor gefühlt hundert Jahren.

Heute bin ich allein hier. Mutterseelenallein. Niemand steht hinter mir, gibt mir Rückendeckung. Niemand neckt mich, wenn ich schockiert einen Nippelblitzer entdecke. Niemand ermutigt mich, meine Komfortzone zu verlassen, niemand lacht mit mir, und niemand küsst mich stürmisch, wenn wir uns auf dem Weg zur Toilette begegnen.

*Schluchz.*

Schweren Herzens würge ich den Kloß im Hals hinunter und straffe die Schultern.

»Hey, Dornröschen, du siehst fantastisch aus!«, grüßt Jens verzückt, als er mir die Tür öffnet. »Yaira und Oliver löschen gerade ein kleines Feuer in der Küche. Ich darf bis dahin den Lakai spielen und den Gästen die Kleidung abnehmen. Äh, die Mäntel.«

Ich seufze und lächle. Was habe ich diesen frechen Jungen doch vermisst.

»Schön, dass du da bist«, flüstert Jens zärtlich in mein Ohr, als ich ihn umarme. »Wir waren nicht sicher, ob du kommst. Christian ist noch nicht hier. Er hat lange Schicht, aber er meinte, wenn er nicht zu k. o. ist, kommt er noch auf einen Sprung vorbei.«

Mein Herz macht einen raschen Hüpfer. Das passiert jedes Mal, wenn ich seinen Namen höre. Doch zu meinem Glück erwähnt ihn nach dieser Meldung sowieso niemand mehr. Und ich weiß jetzt wenigstens, dass mir noch etwas Zeit bleibt, ehe ich ihm gegenübertrete. Falls ich ihm gegenübertrete.

Einerseits freue ich mich über diese kleine Galgenfrist, andererseits sehne ich mich danach, unser Gespräch endlich hinter mich zu bringen. Doch zweieinhalb Stunden und drei Minuten später ist Christian noch immer nicht da. Ständig huschen meine Augen zwischen Eingangsbereich und Wohnzimmeruhr hin und her, und ich sitze wie auf heißen Kohlen. Keine Ahnung, wann er endlich aufkreuzt, ob er sich überhaupt noch blicken lässt.

*Ah, diese Ungewissheit macht mich noch ganz verrückt, und ich drehe bald durch!*

»Komm, lass uns tanzen«, fordert Jens mich auf.

Ich kippe zur Beruhigung noch schnell meinen Gin Tonic runter, und nachdem ich sowieso nichts mehr zu verlieren habe, reiche ich ihm die Hand und schmiege mich an ihn. Jens' Körper zu spüren fühlt sich überraschend gut an. Dass er über einen grandiosen Körperbau verfügt, wusste ich. Weil er sich aber ständig wie ein frecher Junge aufführt, hatte ich nicht erwartet, mich in seinen Armen so geborgen und aufgefangen zu fühlen. Seufzend drücke ich mich an seine Brust und schließe die Augen.

»Alles in Ordnung?«, wispert er in mein Ohr.

»Hm, hm. Der Song ist nur so traurig, und irgendwie zieht mich das runter.«

»Hey, Oli«, ruft Jens prompt durch den Raum. »Du hattest deine Chance. Genug von diesem Gesülze, jetzt wollen wir richtige Musik hören. Gib uns etwas zum Tanzen! Und dreh mal lauter, wir verlieren sonst das Feeling.«

Wenige Sekunden später erschallt ein Feelgood-Hit durch das Wohnzimmer. Laut, dröhnend und mitreißend.

*Das geht! Viel besser.*

Wenn ich tanze, bin ich eine andere. Während ich im echten Leben wahlweise verzagt, schüchtern, sarkastisch oder unfassbar dumm bin, kann ich auf der Tanzfläche loslassen. Dort bin ich frei und kann alles sein, was ich möchte. Und mit dem Beat der Musik schüttle ich all die Trauer von mir und erwache zu neuem Leben.

»*Hola, Chica*«, jauchzt Jens, packt mich um die Taille und wirbelt mich durch die Luft. »So mag ich dich am liebsten!«

»Ach ja?« Ich lächle ihm lasziv zu, drücke mein Kreuz noch ein wenig mehr durch und lasse die Hüfte sinnlich kreisen. Ich denke an die Worte der Therapeutin, »*fake it, till you make it*«, und hole das gesamte Repertoire an sexy Moves und Dirty Dancing aus mir raus. Und dann küsse ich Jens.

Einfach so. Weil es guttut, dass dieser Mann mich begehrt. Weil hier sowieso jeder mit jedem knutscht. Weil ich einsam und betrunken bin. Weil ich Christian vermisse. Weil Tessa damals für Christian getanzt hat. Und weil es mir einfach zusteht! Rede ich mir zumindest ein. Es ist dann auch nur ein kleiner Kuss. Zwar mit Zunge, aber nur wenig Spucke. Und wirklich nur kurz. Ehrlich!

Umso härter trifft mich der Schlag, als ich mich von Jens löse, die Augen öffne und Christian in der Tür stehen sehe. Regungslos blickt er mich an. Ich weiß nicht, wie lange er schon dort steht, was er gesehen hat. Aber ich fürchte, er hat alles gesehen.

Unbeholfen hebe ich den Arm und winke ihm zu. Kein souveränes Lady-Diana-Winken, sondern eher so ein fröhliches Kinderwinken. Eine ziemlich bescheuerte Geste, die so gar nicht zu meiner aktuellen Stimmung passt. Aber was hätte ich denn sonst machen sollen?

Christian ist natürlich viel cooler als ich. Er nickt in meine Richtung, dann wendet er sich der kleinen, zierlichen Blondine neben ihm zu.

*Moment, ist das seine Begleitung?!*

»Ist das Christians Begleitung?«, frage ich Jens, der noch immer neben mir tanzt und von unserem Blickduell nichts bemerkt hat. Ich deute mit dem Kopf in Richtung der beiden.

»Die Blonde? Das ist Marina, eine Freundin von Yaira. Die ist nett.«

*Großartig. Die ist nett.*

Innerlich verziehe ich mein Gesicht zu einer Grimasse.

Äußerlich bleibe ich natürlich lässig und entspannt. Und auf der Hut. Ob die Nette jetzt auch Christians Freundin ist oder nur Yairas Freundin, bleibt unbeantwortet. Sicherheitshalber schmiege ich mich wieder provokant an Jens.

In der folgenden Stunde umkreise ich Christian und die kleine Blonde wie eine Hyäne. Ich sehe, wie Marina ihre Haare zwirbelt, ihre Lippen leckt und ihren Strohhalm als Mini-Phallus missbraucht, um ihre Fellatio-Künste in aller Öffentlichkeit zu präsentieren.

Bitch!

Die kann noch so nett sein, natürlich durchschaue ich ihr Spiel und erkenne all die Tricks wieder, die mir die Therapeutin für ein horrendes Honorar gezeigt hat. Brust raus, Hohlkreuz, Kopf in den Nacken werfen beim Lachen, dem Mann über den Unterarm und die Schulter streicheln. Das volle Programm eben. Anders als ich selbst scheint diese Marina aber genau zu wissen, was sie tut, hat dieses Spiel offenbar perfektioniert. Sie bietet Christian eine Performance par excellence.

Mir ist zum Heulen. Und wenn ich weiter so viel und schnell trinke, auch bald zum Kotzen.

»Hey«, plötzlich steht Christian vor mir.

»Hey.«

»Wie geht's dir?«

»Ausgezeichnet«, lüge ich gekonnt, recke mein Kinn in die Höhe.

»Lügnerin«, bemerkt Christian und schenkt mir dieses Lächeln, das mir im letzten Jahr so oft weiche Knie beschert hat und mein Herz freudig hüpfen ließ. Das kann ich jetzt aber auf gar keinen Fall gebrauchen, und ich mache Anstalten, mich zurückzuziehen.

»Ich habe viel über uns nachgedacht«, fährt Christian ungerührt fort und lässt mich nicht gehen.

»Ach? Wann denn? Während du mit *Miss Nice* geflirtet hast? Oder als Tessa für dich getanzt hat? Du warst doch noch nie ein großer Denker. Oder ein Kind der Traurigkeit.«

»Du aber auch nicht, wie Jens wohl bezeugen kann.«

»Ja, das kann er. Und es war sensationell. Sen-sa-tio-nell! Ich hatte schon lange nicht mehr so eine gute Zeit.«

»Schön für dich.«

»Ja.«

»Ja.«

»Na dann, viel Spaß noch.«

Ich fühle mich wie eine Fünfzehnjährige, die von ihrem Freund auf einer Party sitzen gelassen wird. Dabei bin ich selbst schuld und ärgere mich nachträglich maßlos über mich selbst. Wann ist man eigentlich alt genug, sich in Krisensituationen nicht mehr wie ein Kleinkind aufzuführen? Was nutzen Erfahrung und Weisheit, wenn man dann doch wieder in alte Rollenmuster oder Schockstarre verfällt?

Irgendwie hatte ich mir unser Aufeinandertreffen anders vorgestellt. Ganz tief in mir drinnen hatte ich diese leise Hoffnung genährt, dass Christian mich sieht und realisiert, dass er nicht mehr ohne mich sein kann. In meiner Idealvorstellung hätte er mich also umarmt, geküsst und hochgehoben, und ich hätte mein Bein wie in alten romantischen Liebesfilmen in einem Beinflip gehoben. Happy End.

So viel zu meinem Plan.

Eine weitere quälende Stunde später ist es so weit, Christian verpasst mir den offiziellen Todesstoß. Auf meiner Sterbeurkunde steht als Grund des Ablebens: »Christian küsste Miss Super-Nice.«

Mein Herz bricht in tausend Teile, als ich seine Hand auf ihrem Rücken sehe. Diese Hand, die mich so oft gehalten hat. Die mich gestreichelt, berührt und geliebt hat. Von seinen Lippen und seinem Mund will ich erst gar nicht reden. Allein die Hand ist schon schmerzhaft genug.

*Verdammt, das ist doch meine Hand! Christian gehört zu mir. Wir gehören zusammen …*

Plötzlich steht Oliver neben mir: »Geh hin, und sag ihm, wie du dich fühlst. So wie ich Christian kenne, wird er das verstehen. Weil du ihm wichtig bist und eure Beziehung immer an erster Stelle steht.«

»Welche Beziehung?«

»Die, die du sabotiert hast.«

Bis gerade eben mochte ich Oliver, doch ich glaube, ich muss meine Meinung revidieren.

*Klugscheißer!*

»Was heißt ›sabotiert‹? Christian wollte frei sein, und ich habe ihn ziehen lassen. Ich bin einfach nicht für dieses beschissene Swingern gemacht. Das Querknutschen, das Teilen, dieser ganze Rudelbums. Ihr könnt das, aber ich kann das einfach nicht!«

»Das musst du auch nicht, Alex. Es geht hier nicht um Können oder Nicht-Können. Das ist kein Wettbewerb. Wenn du monogam sein willst und körperliche Ausschließlichkeit dich glücklich macht, dann ist das in Ordnung. Aber hör auf, dich anzulügen! Denn auch, wenn ihr nicht mit anderen knutscht, ist nicht automatisch alles gut. Es bedarf trotzdem einer soliden Kommunikations- und Vertrauensbasis.«

Ich verdrehe die Augen. Mir liegt ein gehässiger Kommentar auf der Zunge, doch Oliver spricht ernst weiter: »Beziehungen sind nie einfach, Alex! Monogam, bis dass der Tod uns scheidet. Seriell-monogam, bis der nächste Lebensabschnittspartner kommt. Polyamor und unablässig am Abchecken, ob es noch allen Beteiligten gut geht. Oder Dauersingle und ständig auf der Suche nach Mr Big.« Oliver seufzt. »Es gibt nicht das eine perfekte Beziehungsmodell. Jedes Modell hat Vor- und Nachteile. Du musst das richtige für dich finden. Und egal, für welches Modell du dich entscheidest, sei ehrlich und aufrichtig zu dir selbst. Und zu deinem Partner.«

»Ich bin ehrlich ...«

»Dann sprich mit Christian, und sag ihm, was du für ihn empfindest. Jetzt!«

»Das kann ich nicht. Du siehst doch, dass er Spaß hat. Wie stünde ich denn jetzt da, wenn ich mich plötzlich dazwischendränge und unseren Beziehungsquatsch aufwärme?«

»Christian liebt dich. Auch jetzt noch. Die anderen sind nur eure Spielzeuge. Ihr seid die Spieler, die Hauptfiguren. Manchmal kann es erfrischend sein, eine neue Figur aufs Feld zu lassen. An anderen Tagen hingegen will man nur zu zweit bleiben. Und dann gibt es wiederum Phasen, da möchte man eine ganze Kompanie um sich haben. Aber immer, wirklich immer, seid ihr die Protagonisten!«

»Na und? Was heißt das jetzt für mich?«

»Du hattest deinen Spaß mit Jens. Du hast ihn benutzt und etwas getan, das du offenkundig schon seit letztem Jahr möchtest. Du hast außerdem durch euren Kuss dein Bedürfnis befriedigt, dich an Tessa zu rächen, weil sie zu Silvester für Christian getanzt hat. Das ist menschlich, wenngleich es unfair den beiden gegenüber ist.«

»Moment ...«, ich will soeben ausholen und mich verteidigen. Will sagen, dass ich nicht so berechnend und kleinlich bin, doch Olivers hochgezogene Augenbraue stoppt mich.

*Okay, ich bin tatsächlich so berechnend und kleinlich. Aber verdammt noch mal, das war mein gutes Recht!*

»Jedenfalls hast du Jens benutzt. Er war deine Spielfigur. Christian wiederum ist gerade dabei, Marina zu benutzen, um seinen eigenen Schmerz zu vergessen. Auch das ist menschlich, wenngleich es unfair ihr gegenüber ist.«

»Aber ...«

»Kein Aber, Alex! Ich weiß nicht viel, aber ich merke, wenn ich in einem Theater gelandet bin. Und ihr zwei liefert seit Monaten ein großartiges Schauspiel ab. Wenn du also kein *Romeo-und-Julia*-Remake planst, gehst du jetzt rüber und sprichst mit ihm.«

Ehe ich etwas erwidern kann, umarmt Oliver mich, drückt mir einen Kuss auf die Stirn und lässt mich stehen.

*So ein Mist.*

Die Zeichen stehen auf Eskalation, und ich bin wieder

einmal dabei, alles zu vermasseln. Anstatt, wie von Oliver empfohlen, direkt zu Christian zu gehen, trinke ich rasch noch ein oder zwei Glas Prosecco und nähre meine Wut, indem ich Christian beobachte und mir einrede, den perfekten Moment abzuwarten. Den perfekten Moment gibt es allerdings nicht. Und dem Ex-Liebhaber beim Flirten und Knutschen mit einer anderen Frau zuzusehen, ist sowieso eine ultra-bekloppte Idee. Da hilft nicht einmal der sinnestrübende Alkohol.

»Wir müssen reden!«, erkläre ich geradeheraus, ignoriere den verwirrten Blick der Barbie und ziehe Christian auf die Beine und aus dem Wohnzimmer.

»Jetzt willst du reden? Hätten wir das nicht vor zwei Monaten tun sollen? Oder wenigstens vor zwei Stunden?«, fragt Christian, und ich spüre, dass seine Laune zwischen Benzin, Küchenmesser und Feuerwaffe schwankt. Was absolut lächerlich ist, denn ich würde notfalls sogar auf ein Seil, Buttermesser oder meine bloßen Hände zurückgreifen, so wütend bin ich in diesem Moment.

»Findest du das nicht ein wenig unangebracht, dich hier wie ein Teenager aufzuführen?«, fahre ich Christian in dem Wissen an, dass ich mich selbst wie ein Teenager aufführe.

Christian blinzelt völlig perplex. Einmal, zweimal, dreimal.

»Was willst du von mir, Alex? Vor zwei Monaten hast du beschlossen, allein besser dran zu sein. Du bist einfach gegangen, hast dich danach nicht mehr gemeldet. Ich verstehe es bis heute nicht, habe aber beschlossen, mein Leben weiterzuleben. Du hast also kein Recht, mir Vorwürfe zu machen.«

Es heißt, wütende Meerschweinchen pinkeln ihre Artgenossen an, um ihrer Emotion Ausdruck zu verleihen. Ich bin ehrlich: In diesem Moment wäre ich liebend gerne ein Meerschweinchen. Weil ich mir gerade nicht anders zu helfen weiß.

»Schön für dich!«, fahre ich Christian an, und er weiß ganz genau, dass ich das ganz und gar nicht schön für ihn finde. »Dann leb doch dein Leben. Ich brauche dich nicht, und Kurt konnte dich sowieso nie leiden!«

»Ach bitte, können wir wie Erwachsene reden? Das ist doch echt zum Kotzen!«

»Oooh, soll ich dir den Eimer halten?«

»Ach, mach doch, was du willst«, schimpft Christian.

Mir ist klar, dass das im grammatikalischen Kontext eine Aufforderung darstellt, aber im emotionalen Subtext einem Unheil verkündenden Menetekel gleichkommt.

»Ich mache sowieso, was ich will«, ignoriere ich die Vorzeichen eines drohenden Unheils. »Mach DU doch, was du willst!«

Mir wird bewusst, dass wir den Vorraum nicht länger für uns haben, wenn das Theater so weitergeht. Aber das ist mir egal.

»Was ICH will?«, ruft Christian verzweifelt aus, wirft die Arme in die Luft. »Ich wusste genau, was ich will. Nämlich dich! Aber ich fürchte, du weißt nicht, was du willst.«

»Das stimmt nicht!«

»Gut, dann sag mir, was du willst, denn ich werde nicht

schlau aus dir. Erklär mir zum Beispiel, wieso du mich vor deiner Familie versteckt gehalten hast und unsere Verbindung geheim bleiben musste, als würdest du dich für mich schämen?«

»Das stimmt nicht! Ich habe dich nicht versteckt!«, rufe ich aus und weiß im selben Moment, dass er recht hat.

»Den Eindruck hatte ich aber!« Christian ist geradezu in Rage. »Du sagst, du willst dich frei fühlen, nicht eingeengt werden. Du willst Abenteuer erleben und dich vor niemandem rechtfertigen. Das ist dein gutes Recht, und das habe ich akzeptiert. Alex, ich habe alles getan, damit du glücklich bist! Alles! Und trotzdem war es nie genug ...«

»Ich weiß, dass ...«, setze ich an, doch Christian unterbricht mich.

»Alex, ich habe dir die Welt zu Füßen gelegt! Die ganze verdammte, beschissene Welt. Ich habe dir alles und jeden Spaß gegönnt. Ich habe meine Gefühle unterdrückt und mich über jeden Funken Zuneigung und Liebe von dir gefreut, als wäre ich ein räudiger Straßenköter.«

»Das ist nicht fair, ich ...«

Christian unterbricht mich abermals. Etwas, das er sonst nicht tut. Offenbar ist er wirklich wütend. »Was willst du von mir?!«, ruft er aus, wirft erneut die Arme in die Höhe. »Du forderst Freiheit und Ungebundenheit, erwartest aber gleichzeitig Treue, Loyalität und körperliche Ausschließlichkeit.«

»Etwas, das dir offenbar sehr schwerfällt! Wie soll ich dir denn unter diesen Umständen trauen, wenn ich ständig Angst habe, dass du morgen draufkommst, dass ich dich langweile, nicht genug bin? Sobald sich eine Gelegenheit bietet, jagst du doch dem nächsten Rock hinterher und bist weg.«

»Wann habe ich dir denn jemals dieses Gefühl vermittelt?«

»Das musstest du nicht. Das weiß ich einfach!«

»Nein, weißt du was?«, seufzt Christian gefährlich ruhig und fährt über sein Gesicht. »Ich bin raus, Alex! Ich kann einfach nicht mehr. Ich habe mein Bestes gegeben, aber mehr geht einfach nicht.«

Und damit verlässt er nicht nur das Zimmer, sondern auch das Haus und mich.

*Klasse. Ganz, ganz große Meisterklasse, Alex. Und jetzt?*

Drei Stunden später ziehe ich mich Schicht für Schicht aus, lasse die Kleidung achtlos am Boden liegen und heule wie ein Schlosshund. Wieder mal.

Ich bin hackedicht, stehe nackt vor dem Badezimmerspiegel und schwöre der Männerwelt ab. Auch wieder mal.

»Ab heute wird sich mein Leben ändern«, gelobe ich lallend, hebe mein Wasserglas mit der perlenden Kopfschmerztablette und stoße energisch mit meinem Spiegelbild an. Die Antwort ist ein klirrendes Geräusch und ein unmittelbarer stechender Schmerz in meiner Hand.

»Verdammte Scheiße!«, fluche ich und starre auf die im Waschbecken verteilten Scherben. Besorgt betrachte ich meine Hand. Das sieht wirklich übel aus. Ich blute wie ein Schwein beim Sautanz.

*Wow, Alex, heute ist offenbar dein Glückstag!*

Vor meinen Augen dreht sich noch immer alles, mir ist übel, und mein Kopf brummt. Es gleicht einem Wunder, dass ich in meinem besoffenen, blutenden Zustand überhaupt in meine Kleidung schlüpfen und mir ein Taxi ins nächstgelegene Krankenhaus habe rufen können. Dass ich mein Shirt verkehrt herum anhabe und meine hellen Bluejeans von rostbraunen Blutflecken übersät sind, bemerke ich erst im Warteraum der Unfallambulanz.

*Was soll's, einen Schönheitswettbewerb gewinne ich heute sowieso nicht mehr.*

Nach einer gefühlten Ewigkeit wird mein Name aufgerufen, und ich betrete den Behandlungsraum. »Bitte nehmen Sie Platz«, begrüßt mich ein indisches George-Clooney-Double in OP-Kleidung. »Warum sind Sie heute hier?«

Innerlich verziehe ich mein Gesicht, äußerlich bleibe ich ruhig-professionell, lasse mir meine Irritation nicht anmerken. Was für eine bekloppte Frage. Ich bin versucht zu antworten: »Nun, ich bin ja jetzt wieder Single, und der Service hier bei Ihnen soll angeblich ganz gut sein. Habt ihr zufällig auch Amazon Prime? Zu Hause hab ich nämlich nur Netflix.«

*Pff. Warum sind Sie heute da?*

Wobei die Frage »Was kann ich für Sie tun?« auch nicht wirklich besser ist, weil mir dann sofort die idiotischsten Ideen durch den Kopf sausen. So, als wäre der türkis gewandete Mediziner ein Dschinn aus der Öllampe, und ich hätte drei Wünsche frei. Natürlich antworte ich dem netten Arzt nichts dergleichen. Stattdessen versuche ich zu rechtfertigen, warum ich spätnachts hier bin, wieso ich rieche wie eine Mischung aus Schlachthaus und Bierkeller und warum ich tatsächlich Hilfe brauche, aber wirklich, ganz wirklich kein Hypochonder oder selbstmordgefährdet bin. Wie zur Bestätigung hebe ich meinen in Geschirrtuch gewickelten Arm und beteuere, dass es ein Unfall war.

»Na dann, schauen wir uns das mal an«, erlöst mich der Mann endlich von meinem Rede-Durchfall.

Mein Gott, ist der süß, denke ich erneut, als er sich über mich beugt und die Schnittwunden an meinem Arm und der Hand genauer untersucht. Unter dem Ausschnitt seines luftigen OP-Shirts gucken etliche dunkle und wenige graue Brusthaare raus, und ich bin prompt versucht, durchzufahren und seine Haut zu berühren.

Mensch, Alex, jetzt reiß dich doch mal zusammen, du Rauschkugel, mahnt mich meine innere Stimme.

*Ach menno, mir ist auch gar nichts vergönnt. War ja nur ein Gedanke.*

Ich muss zugeben, der Arzt bringt mein Blut durchaus in Wallungen, und als er mich bittet, »mich oben frei zu machen«, um den Blutdruck zu messen, bin ich versucht, nicht nur meine Bluse abzulegen, sondern auch gleich meinen BH. Oder mich vielleicht sogar untenrum frei zu machen.

Weil das natürlich Blödsinn und definitiv meinem Rausch geschuldet ist, konzentriere ich mich darauf, den Restalkohol mit tiefen Atemzügen auszublasen. Unter Anstrengung fokussiere ich meinen Arm und beobachte den Arzt, wie er Glassplitter aus meiner Haut pult und die Wunden reinigt.

»Wie geht es Ihnen gerade?«, fragt der Arzt.

»Also gegen ein paar Streicheleinheiten hätte ich nichts einzuwenden«, antworte ich wahrheitsgetreu.

Weil der Mann zwar lacht, meine Befindlichkeit aber sichtbar nicht ernst nimmt, sehe ich mich bemüßigt, ihm zu versichern: »Jetzt geht es wieder. Aber ich schwöre, ich hatte vorhin wirklich Schmerzen, und das Blut ist aus meinen Wunden geschossen wie das Wasser aus der Fontäne eines Blauwals.«

Das entlockt dem Arzt ein erneutes Glucksen, und ich sehe meine Chance steigen, doch noch ein paar Streicheleinheiten abzustauben.

»Soso?! Wie die Fontäne eines Blauwals? Dann ist es ja gut, dass Sie hergekommen sind. Wäre doch schade gewesen, wenn Sie uns verbluten.«

*Hach, das Leben ist schön. Und keine Sau braucht Christian. Soll der doch bleiben, wo der Pfeffer wächst.*


Am nächsten Morgen denke ich natürlich ganz anders darüber. Aus unerfindlichen Gründen wollte der nette Arzt mir partout nicht seine Nummer für den Notfall geben. Und deshalb stehe ich jetzt genau da, wo ich bereits vor einem Jahr war. Allein mit meinem Goldfisch Kurt und sauer auf die ganze Welt.

Wie geht noch mal dieses bescheuerte Sprichwort: »Am Ende wird alles gut. Und wenn noch nicht alles gut ist, dann ist es noch nicht das Ende.«

Nun, ich kann mit Sicherheit sagen, dass dies hier das Ende ist. Und gar nichts ist gut.

# Spiegelperspektiven

April

Es gibt nichts, worauf ich mich derzeit freuen könnte. Keine Männer, keine Gehaltserhöhung, keine bikinitaugliche Sommerfigur. Und schon gar kein Medikament gegen AIDS, Krebs oder Alzheimer, weil alle Forscher mit fucking Corona, künstlicher Intelligenz oder Expeditionen zum Mars beschäftigt sind. Ja, nicht einmal eine Creme gegen Erwachsenenakne oder Cellulitis gibt es, die hält, was sie verspricht.

*Was ist das bloß für eine verdammte, verfluchte und beschissene Welt?!*

Weil sich meine Laune nicht einmal mehr durch meine Tourette'schen Ausbrüche bessert, beschließe ich, heute wieder mal über die Stränge zu schlagen und etwas wirklich Verwegenes zu machen. Etwas, das mich von meiner Frustration ablenkt. Etwas, das der Welt beweist, wer ich wirklich bin und dass ich mich von nichts und niemandem unterkriegen lasse.

Voll Genugtuung öffne ich die extragroße Familienpackung Chips. Bereits der Geruch der frittierten Kartoffelscheiben lässt mir das Wasser im Mund zusammenlaufen, und für volle zwanzig Minuten vergesse ich mein Elend. Bis zu der Sekunde, als der letzte Krümel in meinem Mund verschwindet und mein schlechtes Gewissen anklopft. Großartig, jetzt bin ich also nicht nur traurig, sondern auch noch ein Kilo schwerer. Tja, ich weiß eben, was mir hilft. Ein Hoch auf meine effektiven Bewältigungsstrategien. Folgt mir für weitere Empfehlungen!

*Und nun?*

Ich habe Schluckauf und Sodbrennen, beschließe dennoch, einkaufen zu gehen, weil Jana sich für das Wochenende angemeldet hat. Nachdem ich jetzt nur noch sie zum Verwöhnen habe, will ich wenigstens das richtig machen.

Bevor ich das Haus verlasse, mache ich mir nicht einmal die Mühe, in den Spiegel zu sehen.

*Sollen die Menschen besser einen weiten Bogen um diese verheulte mürrische Hexe mit wirrem Haar machen.*

Hinter mir an der Kasse drängelt so ein Hipster-Typ. Seit zwei Minuten trommelt er genervt auf seinen Einkaufswagen und blickt immer wieder auf seine smarte Sportuhr. Die Wahrscheinlichkeit, dass er einer der weltweit besten Herzchirurgen ist und gleich noch einem Kind das Leben retten muss, geht gegen null. Viel wahrscheinlicher ist, dass er heute Abend ein heißes Date hat und sich erst die Eier rasieren muss.

*Pff!*

Prompt gerate ich in Versuchung, Paprika, Knoblauch,

rote Linsen und die Tüte Chips centgenau mit meinen Kupfermünzen zu zahlen. Und wehe, ich höre den Typ nörgeln! Dann storniere ich die Chips und hole mir dafür noch »ganz schnell« eine Packung Kekse. Wie man Menschen eine Lektion erteilt, weiß ich eben. Trotzdem entscheide ich mich dagegen, bin für jede Konfrontation viel zu ausgelaugt.

Zu Hause angekommen, bin ich noch immer miesepetrig. Ich hasse die Welt, hasse mich selbst und ärgere mich über meine eigene Dummheit. Das mit Christian und mir war die schönste Zeit meines Lebens. Und ich war so bescheuert, es an die Wand zu fahren.

*Das ist jetzt dann wohl meine Lektion. Nächstes Kapitel, bitte! Ich wäre dann mal so weit. Bitte. Danke.*

Nun ist es also draußen. Ich habe meiner Mutter gesagt, dass Christian und ich zusammen waren, und werde auch mit Caro und Martina reden. Warum, weiß ich nicht. Vielleicht, um mich selbst noch ein wenig mehr zu quälen, zu demütigen, zu bestrafen. Vielleicht aber auch, weil ich hoffe, irgendwo da draußen auf Verständnis, Trost und Zuspruch zu treffen. Oder wenigstens meine Mutter ein wenig zu ärgern.

Es meiner Mutter zu beichten, war dann aber doch ein Fehler. Christian ist Arzt und kann sehr charmant sein, sie kennt ihn schon lange, wenngleich nur oberflächlich, und folglich sieht sie in ihm einen guten Fang und potentes Schwiegersohnmaterial. Ihre Begeisterung hielt bedauerlicherweise nur dreißig Sekunden. Dann musste ich ihr klarmachen, dass wir uns getrennt haben, und danach war sie klarerweise maßlos von mir enttäuscht. Trost und Zuspruch gehen leider anders.

Ich weiß, dass die Beichte vor Caro und Martina auch nicht leichter wird und die beiden vermutlich aus allen Wolken fallen werden. Christians Freunde wussten schon lange von unserer Liaison. Genau genommen wussten sie es, bevor ich selbst es mir eingestehen wollte. Das sind eben kluge Leute. Und Christian ist eine ehrliche Haut, trägt sein Herz am rechten Fleck. Er mag keine Geheimnisse. Anders als ich selbst – da hat er wohl recht.

Weil Christian polarisiert, weiß ich, dass Caro und Martina kein gutes Haar an ihm lassen werden. Und selbst jetzt, nachdem es wirklich und endgültig aus ist zwischen uns, schmerzt mich diese Tatsache, ist geradezu eine zum Himmel schreiende Ungerechtigkeit. Denn Christian ist ein guter Mann. Neben ihm fühlte ich mich immer gleichwertig, sicher und gut aufgehoben. Und deshalb bin ich es Christian und mir schuldig, reinen Tisch zu machen.

Wie erwartet sind Caro und Martina schockiert.

»Du hast *was*?!«

»Es war nur eine Affäre«, versuche ich, sie zu beruhigen. »Es ist einfach passiert.«

»Also mir ist so etwas noch nie einfach passiert«, meint Martina, und ich bin unsicher, ob ich Tadel, Sarkasmus oder gar Eifersucht aus ihrer Stimme höre.

»Aber jetzt ist es wirklich aus?«, hakt Caro skeptisch nach.

»Ja, wir haben uns getrennt«, bestätige ich. »Du hattest recht, Christian und ich passen nicht zusammen.«

»Das war klar. Aber jetzt sag mal, musstest du eigentlich auch so perverse Sachen machen?«

»Was meinst du?«, gehe ich automatisch in Abwehrhaltung.

»Na, du weißt schon. Christian ist nun mal ein Weiberheld und ein Macho und … na, eben pervers. Der ist ja nicht normal, schaut anderen beim Sex zu und macht lauter kranke Sachen.« Caro fasst bestürzt an ihren Mund. »Oh mein Gott. Du musstest doch hoffentlich nicht mitmachen bei diesen Schweinereien?«

»Nein, ich musste gar nichts machen … und ich finde es nicht in Ordnung, dass ihr immer so über ihn herzieht. Christian ist ein toller Mann. Und es tut verdammt weh, wenn ihr so über ihn redet!«

Ich denke an die vergangenen Monate und all die Dinge, die ich nicht machen musste, sondern machen wollte. Ich würde am liebsten in die Welt hinausrufen, was ich alles erlebt habe. Doch ich weiß, dass sie es nicht verstehen. Und vermutlich ist das mitunter ein Grund, warum ich so lange nichts gesagt habe.

»Mensch, das war ja nicht böse gemeint«, versucht Martina, die Wogen zu glätten. »Christian polarisiert nun mal. Das weißt du doch, Alex!«

Ich fahre über mein Gesicht, bin erschöpft. »Hört zu, die Monate mit Christian waren die beste Zeit meines Lebens. Er hat mir eine völlig neue Welt gezeigt. Ich kann es nicht mal wirklich erklären. Er ist einfach so anders, so frei. Er war immer verständnisvoll und rücksichtsvoll, hat mich unterstützt und …«

»Schon klar. Er ist ein Superheld«, unterbricht Caro mich.

»Ich versteh dich natürlich, Alex«, lenkt Martina in dem Versuch ein, das sinkende Schiff zu retten. »Christian sieht toll aus und ist auch echt sexy. Aber wir sind nun mal besorgt und wollen dich schützen. Weil du einfach nicht zu ihm passt. Du bist so ... so ... brav. Und er ist so ... anders. Das sagst du doch selbst!« Martina hebt entschuldigend die Schultern und lässt sie kraftlos wieder sinken. »Warum hast du uns denn all die Monate über nichts gesagt?«

Ich höre natürlich ihren verletzten Stolz, bin aber selbst viel zu sehr verletzt, um näher auf ihre Gefühle einzugehen.

»Ich hätte das auch nicht von dir gedacht. Irgendwie bin ich echt enttäuscht«, setzt Caro noch eines drauf.

*Okay. Jetzt reicht es!*

»Enttäuscht? Du bist enttäuscht?«, brause ich auf. »Leute, ich habe gerade eine echt harte Trennung hinter mir – und anstatt mir zuzuhören und für mich da zu sein, seid ihr enttäuscht und macht mir Vorwürfe?«

»Na, entschuldige mal ...«, holt Caro zum Gegenschlag aus, doch ich habe bereits eine Entscheidung getroffen.

»Wisst ihr was? Das war's. Ich bin raus!«, erkläre ich, stehe auf und verlasse diese scheinheilige Polly-Pocket-Welt.

Im Nachhinein bin ich von mir selbst mächtig überrascht. Auf der einen Seite habe ich ein schlechtes Gewissen und hoffe, dass diese Aktion mir nicht zu einem späteren Zeitpunkt auf die Füße fällt, aber auf der anderen Seite fühle ich mich auch sehr erleichtert und bin wahnsinnig stolz auf mich.

*Wie komme ich denn dazu, mich für mein Liebesleben zu rechtfertigen?*

Ich habe doch nichts Falsches getan. Weder einen ihrer Männer gebumst noch sonst jemandem wehgetan. Doch offenbar bringt bereits die Vorstellung ihre heile Welt ins Wanken, dass ich etwas tun konnte, was sie augenscheinlich nicht können.

Christian wäre vermutlich der Meinung, dass das schon längst überfällig war. So hätte ich es zwar nicht formuliert, aber ich fühle mich jetzt in der Tat freier und um zwei belastende Freundschaften leichter. Am liebsten würde ich Christian jetzt davon erzählen. Aber das geht nicht. Und deshalb vermisse ich ihn umso mehr!

Seit drei Tagen liege ich zu Hause rum. Im Bett, auf dem Sofa, in der Badewanne. Ich habe mir freigenommen und möchte nie wieder mein Haus verlassen. Von mir aus kann ich auch hier sterben. Da draußen gibt es sowieso nichts mehr, das mich reizt.

Obwohl jeder Mensch glaubt, dass er einzigartig ist, sind die Beweggründe der meisten Menschen ja eigentlich sehr ähnlich: Fast alle wollen reich sein, etliche wollen schön sein, einige ergänzend auch noch berühmt. Manche wollen etwas für die Nachwelt hinterlassen. Und andere wiederum suchen Seelenfrieden und Erleuchtung. Und neben all diesen Sehnsüchten und Träumen gibt es auch noch mich. Meine Wünsche sind sehr primitiv und pragmatisch: Ich will einfach nur in Ruhe gelassen werden.

Unter Tränen und wieder einmal mit viel Rotz habe ich mir die traurigsten Filme der Welt angesehen:

*P.S. Ich liebe dich*

*Weil es dich gibt*

*Wie ein einziger Tag*

*Ein ganzes halbes Jahr*

Spätestens bei diesem letzten Film, als der todkranke Will mit seinen Eltern in die Schweiz fliegt, um Sterbehilfe in Anspruch zu nehmen, und Louisa in einem Café in Paris Wills Abschiedsbrief liest, fürchte ich, selbst an gebrochenem Herzen zu sterben.

Rotz und Wasser. Das kann mein Körper mittlerweile richtig gut, Körpersäfte produzieren.

*Hach, was würde ich jetzt für ein wenig Saft zwischen meinen Beinen geben.*

Schleimig-glitschigen Saft. Aber meine Lust ist dahin. Als ob das Weinen meines Herzens die Lust verschreckt hat. Lediglich Rotz ist mir geblieben.

Die meisten Menschen denken, dass Intimität gleich Sex bedeutet. Tatsächlich bedeutet Intimität aber Wahrheit. Wenn man jemandem vollkommen vertrauen und sich selbst zeigen kann und wenn das Gegenüber dann auch noch antwortet: »Ich liebe dich! Bei mir bist du sicher!«, dann hat man wahre Intimität erlebt.

An dem Abend, als Christian diese blonde Frau geküsst hat, wurde unsere eigene, private und wunderschöne Intimität besudelt. Zumindest fühlt es sich so an. Die Erinnerung daran tut weh. Mir ist egal, ob meine Reaktion einfach nur Verlustangst oder mangelnde Selbstliebe ist oder auf meine Mutter und meinen Vater zurückzuführen ist. Oder ob ich selbst schuld bin, weil ich Jens geküsst habe, und es jetzt sowieso nicht mehr ändern kann. Es tut weh. Punkt.

Abends im Bett wird mir wieder mal klar, dass Ängste und Sorgen weitaus krasser wach halten als alle Energydrinks der Welt.

Mein Körper sagt mir, dass ich völlig übermüdet und erschöpft bin, doch mein Kopf bildet sich just in diesem Moment ein, fiktive Diskussionen zu führen. Meistens gewinne ich diese Diskussionen, das ist recht aufbauend, aber manchmal nicht. Dann nervt mein imaginärer Antagonist.

Das Ergebnis der aktuellen Nächte ist vorprogrammiert. Ich bin den ganzen Tag müde und könnte jederzeit und überall einschlafen. Nur nachts, wenn ich endlich darf, will und soll, geht dann wieder nichts.

Es ist vier Uhr dreizehn. Mir geht dieser Satz nicht aus dem Kopf, den Christian bei unserem Streit zu Neujahr gesagt hat: *Ich liebe dich. Aber ich kann dich nicht retten. Du musst anfangen, dich selbst zu lieben.*

Hatte er recht?

Ich will Christian verstehen, will wissen, wie er über unseren Streit und unsere Trennung denkt. Aber bevor ich ihn verstehen kann, möchte ich mich selbst verstehen und wissen, wieso ich ihn so sehr vermisse, es aber nicht schaffe, ihn um Verzeihung zu bitten. Deshalb beschließe ich, noch mal die Sexualtherapeutin aufzusuchen.

Ihr ein Update meines katastrophalen Liebeslebens zu geben, fühlt sich wie eine Beichte an. Wie erwartet, nickt die

Frau sehr viel, sehr verständnisvoll und sehr weise. Wie ein alter Priester.

»Was genau stört Sie, wenn Sie an diesen zweiten, schicksalhaften Abend zurückdenken?«, fragt sie mich.

»Ich wollte wirklich, wirklich mit Christian reden. Ich hatte die besten Absichten. Aber dann war da diese Barbie, diese Frau, und sie war so anders als ich. So unfassbar attraktiv, so schön, so ... einfach schön.«

»Wenn diese Frau weniger schön wäre, wäre es dann leichter für Sie?«

»Vielleicht ...«

»Auch Sie sind eine sehr attraktive Frau, Alex!«

»Ich bin okay. Aber diese Frau war ... sie war einfach so schön!«, wiederhole ich abermals. Ich hebe die Schultern, lasse sie kraftlos wieder sinken. »Zuerst Jos Krawatte, dann Tessa, dann diese Frau. Das ist einfach zu viel! Tessa kann nicht mal etwas dafür, meinte es zu Silvester nicht böse und hätte jeden Mann erfreut, der gerade zur Stelle gewesen wäre. Sie genießt ihr Leben ungeniert, und wir haben uns ausgesprochen. Ich wünschte bloß, ich wäre mehr wie sie. Mutiger und freier.«

Ich seufze abgrundtief.

»Wie war denn Christians und Ihr Liebesleben, ehe Sie sich getrennt haben?«

»Oh, das war sensationell. Wir hatten ständig Sex. Eigentlich war alles sexy, was wir getan haben, selbst wenn es nicht um Sex ging. Wenn er mich berührt hat, hat meine Haut geglüht, und ich bin unter seinen Händen zerflossen. Ich hätte mich ihm ständig hingeben können. Außer an diesen miesen Tagen vor meiner Periode. Oder wenn ich mich aufgebläht fühlte. Oder Pickel hatte. Oder sonst mies drauf war. Aber ansonsten war ich regelrecht verrückt nach ihm.«

»Das klingt sehr beglückend und erfüllend«, stellt die Therapeutin lächelnd fest. »Wie war das an diesen miesen Tagen? Fühlten Sie sich körperlich unwohl oder einfach nur nicht attraktiv?«

Ich überlege.

»Es ist wohl eine Mischung aus beidem. Aber die Attraktivität steht im Vordergrund, schätze ich«, gebe ich zu. »Wenn ich mich hässlich fühle, will ich einfach keinen Sex haben. Dann will ich nicht, dass er mich so sehen könnte, wie ich mich in diesem Moment fühle. Und dann entziehe ich mich prophylaktisch seiner Nähe. Um ja keine Intimität aufkommen zu lassen.«

»Solche Tage kennen wir alle. Das ist normal. Ein mangelndes Selbstwertgefühl kann uns in unserem Handeln aber auch sehr einschränken. Ständig ruft uns die eigene innere Kritikerin zu, was wir anders oder besser machen sollten. Die Erziehung und die Erfahrung, die wir im Laufe der Jahre gemacht haben, prägen unser Verhalten zusätzlich.«

Ich nicke, will im ersten Affekt alles auf meine Mutter schieben, muss mir zugleich aber auch eingestehen, dass ich für mein Verhalten endlich selbst Verantwortung übernehmen muss.

»Ich würde gerne etwas mit Ihnen probieren«, sagt die Therapeutin. »Haben Sie schon einmal von dem Begriff der Spiegelarbeit gehört? Im Englischen wird häufig die Bezeichnung mirror work verwendet.«

Ich schüttle den Kopf.

»Es ist eine sehr bewährte Technik, die insbesondere Frauen dabei hilft, Bodyshaming zu überwinden. Dafür bitte ich meine Klientinnen, sich nackt auszuziehen und vor einen Spiegel zu stellen. Bei dieser Therapieform wird die Klientin mit sich selbst und den anerzogenen Schönheitsidealen konfrontiert. Die Welt ist leider voller Botschaften, wie unsere Körper auszusehen haben. Was ist schön, was nicht? Was ist normal, was nicht? All diese Stimmen und Erfahrungen hemmen uns in unserer Intimität. Tatsächlich gibt es aber eine so große Vielfalt, und in jeder von uns steckt Schönheit – und die würde ich gerne mit Ihnen entdecken. Wollen wir das probieren, Alex?«

Ich schlucke, dann atme ich tief durch. Eigentlich ist mir gerade zum Heulen zumute und nicht nach Ausziehen.

*Jetzt soll ich also nicht nur einen Seelenstriptease hinlegen, sondern mich auch noch vor dieser Frau entblößen?*

»Jetzt? Einfach so?«, frage ich zögerlich.

»Warum nicht? Was hindert uns daran?«

Ich zucke die Schultern. Weil mir kein plausibler Grund dagegen einfällt, begleite ich die Frau zu einem Paravent, und sie bittet mich, meine Kleidung abzulegen. »Wenn Sie sich unwohl fühlen, nutzen Sie gerne eines der bereitliegenden Tücher, um sich zu bedecken.«

Vor dem mannshohen Standspiegel lädt die Therapeutin mich ein, ihr zu beschreiben, was ich sehe, wenn ich mich selbst im Spiegel betrachte. Mein Herz pocht bis zum Hals und meine Hände sind feucht. Mit leiser Stimme starte ich mit dem Offensichtlichen. Ich bemängle meine zu kleinen

Brüste und meine zu dicken Schenkel. Ich gebe zu, dass ich dem utopischen Ideal orangenhautfreier Haut hinterherjage. Etwas, das tatsächlich nur bei jungen Mädchen und einigen wenigen Hollywoodstars vorkommt. Ich maule über mein dünnes Haar und meine dicken Waden und bemängle meine Nase sowie meine steile Falte zwischen den Augenbrauen – für die noch dazu nicht mal ich selbst, sondern das Leben allgemein und meine Mitmenschen im Besonderen verantwortlich sind.

Die Therapeutin kommentiert meine Worte nicht. Als ich erschöpft innehalte, fragt sie: »Was sehen Sie noch?«

»Einen Bauch, der ganz in Ordnung ist, wenn er nicht gerade aufgebläht ist. Er könnte natürlich straffer sein.«

»Wofür sollte er straffer sein?«

Das ist eine gute Frage.

*Wofür eigentlich? Wozu braucht eine erwachsene Frau ein Sixpack? Ich habe nicht vor, jetzt noch ein Engel von Victoria's Secret zu werden.*

»Was sehen Sie noch?«, fragt die Therapeutin in die Stille.

»Meinen Nabel, meine Knie, meine ... die ... Vulva.«

Es ist offensichtlich, dass die Therapeutin mein Zögern bemerkt hat, und ich verfluche mich innerlich. Hätte ich doch bloß den Mund gehalten, denke ich und presse die Lippen jetzt umso fester aufeinander.

Nach einer gefühlten Ewigkeit bricht die Frau das Schweigen.

»Wollen Sie sie mir beschreiben?«

»Die Schamlippen?« Panik überkommt mich. Seitdem

ich haarlos bin, sehe ich sie zwar ganz genau, aber dennoch fehlen mir die Worte. Ich bin stumm wie mein Goldfisch Kurt, und die Stille wiegt schwer auf meinen Schultern. Wie gebannt starre ich zwischen meine Beine, versuche, eine Ausrede oder Erklärung zu formulieren.

Und plötzlich rinnt eine Träne über meine Wange. Dann noch eine und noch eine. Mein Atem geht stoßweise, und ich zittere.

»Ich mag sie nicht«, flüstere ich schließlich matt.

»Wie kommt das?«

Ich hole tief Luft, meine Stimme ist brüchig, und die Worte kommen nur zaghaft: »Ich weiß nicht. Als Kind habe ich mir nie Gedanken drüber gemacht, wie ich da unten aussehe, aber irgendwann in der Pubertät hat sich mein Körper verändert. Und ich wusste eben nicht, wie ich damit umgehen soll, ob das überhaupt normal ist – ob ... ich ... sie ... also ... ob das normal aussieht.«

Ich kämpfe gegen die Tränen, doch es werden immer mehr.

Die Therapeutin reicht mir ein Taschentuch. »Möchten Sie wissen, was ich sehe?«

Ich nicke schwach. »Ich sehe Labien einer erwachsenen Frau. Bereit, Liebe zu empfangen und Liebe zu schenken.«

Ich schluchze auf, kann jetzt nicht mehr an mich halten und heule wie ein Schlosshund.

»Die moderne Schönheitschirurgie versucht, uns weiszumachen, dass wir defekt sind, solange wir keine kindergleiche Vulva haben. Das ist Blödsinn. Nur fünf Prozent aller Frauen weltweit haben Labien, die optisch denen von jungen Mädchen ähneln. Fünf Prozent! Wenn wir den gängigen fehlgeleiteten Schönheitsidealen glauben, würde das im Umkehrschluss bedeuten, dass fünfundneunzig Prozent aller Frauen optisch defekt sind. Und das ist einfach unmöglich! Das ist unmöglich!«

Ich nicke und weine. Und mit jeder Minute, die ich mich länger im Spiegel betrachte, zieht sich mein Herz weiter zusammen.

»Weinen ist in Ordnung. Sie dürfen um das Mädchen trauern, das erwachsen wurde und sich nicht gut genug fand. Das mit seinen Zweifeln allein war. Weinen Sie um das junge Mädchen, das verletzt wurde, dem man Böses gesagt hat. Weinen Sie!«

Und das tue ich. Ich glaube nicht, dass ich jemals so bitterlich geweint habe. Nicht einmal nach meiner Scheidung oder nach der Trennung von Christian. Damals habe ich um die Männer geweint, die ich verloren hatte. Doch diesmal weine ich für mich – und um mich.

Und dann, plötzlich, nach schier unendlich scheinenden Minuten des Schluchzens, verebben die Tränen langsam.

»Da draußen gibt es so viel Bodyshaming. Eltern, Schulkollegen, Medien – jeder sagt uns, wie wir zu sein haben. Es sind so viele Stimmen, die uns von klein auf etwas einreden.«

Ich nicke wieder, fühle mich wie ein Wackeldackel mit Schluckauf auf dem Armaturenbrett eines alten Škodas.

»Das kleine Mädchen in Ihnen hat viel gelitten, lange gelitten«, erklärt die Therapeutin. »Es muss diese Bürde jetzt aber nicht mehr allein tragen. Wir helfen ihm zu heilen. Wollen Sie das?«

Ich hole tief Atem, nicke zittrig.

»Sie haben mir erzählt, was Sie nicht an sich mögen, weil Sie einem Schönheitsideal hinterherjagen, das man nicht erreichen kann. Und auch nicht erreichen muss. Ich möchte jetzt gerne wissen, was schön an Ihnen ist. Was sehen Sie?«

Ich tupfe die Tränen von meinem Gesicht und schnäuze mich lautstark, ehe ich erneut mein Spiegelbild ansehe. Ich denke an den Abend, als Christian mit mir vor dem Spiegel stand und mich bat, mich anzusehen. Und prompt wird mein Herz wieder schwer, und ich muss meine erneut aufsteigenden Tränen hinunterschlucken.

Und dann betrachte ich meine Sommersprossen, die ich sehr mag. Ich blicke in meine Augen, die groß und ausdrucksstark sind. Ich sehe meine Arme, meine schlanken Finger und gepflegten Nägel. Dann wandert mein Blick zu meinen Brüsten, die mein Kind genährt haben und die mir bereits solch wunderbare Stunden der Lust geschenkt haben, wenn ein Mann sie berührte. Mein Bauch, in dem ich meine Tochter ausgetragen habe. Meine Füße, die noch immer jung und schön sind. Mein Po, der knackig und rund ist, selbst wenn er nicht mehr so straff und fest ist, wie er es vor zwanzig Jahren war.

Ja, es gibt tatsächlich viele Aspekte meines Körpers, die ich schön finde. Es ist alles nur eine Frage der Perspektive.

Ich schluchze noch ein letztes Mal auf, trockne meine Tränen und pruste abermals mit Inbrunst in ein mir dargereichtes Taschentuch.

»Wollen Sie sich wieder anziehen?«

Ich nicke, fühle mich erschöpft und müde. Ich weiß, meine Reise ist noch nicht vorbei. Ich möchte diese Stunde und die Erkenntnisse daraus in Ruhe verarbeiten. Und danach will ich mit Christian sprechen. Denn er hatte recht, ich bin schön. Aber ich wollte es ihm nicht glauben.

# Neustart

Mai

Ich weiß, dass Verliebtheit immer irgendwann nachlässt. Ich weiß, dass Beziehungen nicht immer einfach sind. Ich weiß auch, dass ich immer wieder an meine Grenzen stoßen werde. Aber ich habe mir selbst geschworen, aus den Fehlern der Vergangenheit zu lernen. Ich möchte nie wieder so ein Drama erleben wie in den vergangenen Monaten. Und ich möchte nie wieder Kochschokolade mit Chips und Rotz essen. Irgendwann hat alles seine Grenzen.

Nur mein eigener Stolz, der hat offenbar keine Grenzen. Musste erst ganz, ganz tief fallen, ehe er wie ein Phoenix aus der Asche emporsteigen konnte. Und nun bereit ist, Christian gegenüberzutreten. Und für ihn zu kämpfen.

Natürlich fände ich ein Happy End schön, in dem Christian auf einem weißen Ross angeritten kommt und mich anfleht, wieder zu ihm zurückzukommen. Natürlich. Doch die Wahrheit sieht so aus, dass ich ihn zurückgewiesen und verletzt habe. Viele Monate lang indirekt, weil ich nicht zu ihm gestanden habe, und am Ende sogar sehr direkt, weil ich einfach gegangen bin, anstatt mit ihm zu reden. Ich hatte natürlich gute Gründe sowie jede Menge Ängste, Selbstzweifel und Dämonen, die mir das Leben schwer gemacht haben. Doch all dieser Vorwände und Entschuldigungen ungeachtet, habe ich es vermasselt. Und deshalb liegt es an mir, es wiedergutzumachen. Oder es zumindest zu versuchen. Denn natürlich besteht die Gefahr, dass er mich gar nicht mehr zurückhaben möchte und ich bereits in die Riege seiner Ex-Frauen aufgenommen wurde, er sich schon längst einer anderen zugewandt hat.

Dieser Befürchtung zum Trotz – oder vielleicht auch gerade deshalb – arbeite ich derzeit hart an meiner Selbstliebe.

Die Therapeutin war sehr direkt, hat mir gesagt, dass es kein Zuckerschlecken ist, alte Muster und Glaubenssätze zu verändern. Aber sie hat mir auch Mut gemacht und mich bestärkt. Und verdammt, ich will es so sehr! Deshalb mache ich brav meine Hausaufgaben, die sie mir mitgegeben hat.

»Ich möchte, dass Sie wertschätzend und liebevoll Ihre Geschlechtsteile kennenlernen«, hatte sie erklärt, und ich hatte bei ihren Worten skeptisch das Gesicht verzogen. »Denn alles, was sich gut anfühlt, ist auch gut. Ich kann Ihnen Hunderte Bilder von Vulven zeigen und so beweisen, wie groß die optische Vielfalt ist. Sie können sich auch jeden Abend im Spiegel betrachten und sich etwas Nettes sagen. Mindestens genauso wichtig ist aber auch, dass Sie in Kontakt mit Ihrem Körper treten. Streicheln und berühren Sie Ihre Vulvalippen, wenn Sie duschen. Erforschen Sie den vaginalen Innenraum, wenn Sie sich selbst befriedigen. Lernen Sie sich kennen, als ob Sie es zum ersten Mal erleben würden. Denn je besser Sie sich kennen und je besser es sich anfühlt, desto leichter lassen sich Zweifel aus dem Weg räumen.«

Ich bin zwar eine Meisterin im Zweifeln, aber ich bin auch bereit, der Methode dieser Frau – und somit auch meinem Körper – eine Chance zu geben.

Um aber nicht nur an meinem Körperbewusstsein und meiner Spürfähigkeit zu arbeiten, sondern auch in meinem Kopf etwas zu bewirken, gehe ich zudem jeden Abend spazieren und höre über Kopfhörer meine eigene Stimme an. Jeden Tag, immer derselbe Text. Anfangs war es sonderbar, geradezu verstörend, die eigene Stimme auf Band zu hören, aber je öfter ich sie höre, desto mehr gewöhne ich mich daran. Mittlerweile habe ich sogar erkannt, wie machtvoll und wirkungsvoll es ist, sich selbst jeden Tag gute Gedanken zu sagen.

Denn unsere innere Stimme ist meistens die schärfste Kritikerin, und wir gehen in der Regel viel zu hart mit uns selbst ins Gericht. Geliebten Mitmenschen treten wir hingegen weitaus empathischer, verständnisvoller und liebevoller gegenüber.

Wenn zum Beispiel meine Tochter zu mir kommt und erklärt, heute war ein Scheißtag, und alles ist blöd gelaufen, dann nehme ich sie in den Arm und tröste sie: »Bestimmt ist heute nicht alles schiefgegangen, auch wenn etwas nicht so funktioniert hat, wie du es dir gewünscht hättest. Komm her, und erzähl mir davon.«

Oder wenn eine Freundin maulend und schimpfend anruft, dass sie über die Feiertage zugenommen hat, und ich sie beruhige: »Du bist wunderschön! Auf dieses eine Kilo kommt es doch wirklich nicht an. Wenn du strahlst und lachst, ziehst du einen ganzen Raum in deinen Bann. Kein Schwein interessiert ein Kilo mehr oder weniger.«

Bei Kindern und Freunden ist das einfach. Da geht die Unterstützung automatisch. Doch wenn es um uns selbst geht, dann klappt das oft nicht. Wir kritisieren uns selbst viel zu harsch, lassen uns Dinge nicht durchgehen, die wir an anderen kaum beachten würden.

Ich denke nur an diesen vermaledeiten Pickel, der mir zu Silvester die Nerven geraubt hat. Hätten Christian oder Oliver einen Pickel gehabt, hätte ich es wohl kaum bemerkt, oder es wäre mir egal gewesen.

Die Therapeutin hat mir geholfen zu erkennen, dass ich gnädiger und liebevoller mit mir sein darf. Und auf diese Weise auch mehr Vertrauen in mich selbst und meine Mitmenschen bekomme.

Weil das in der Theorie aber einfacher ist als in der Umsetzung, übe ich mich in positiver Affirmation und höre mir diesen zehnminütigen Brief an mich selbst an. Ich sage mir, dass ich gut bin, so wie ich bin, und dass ich verdient habe, glücklich zu sein. Ich zähle alles auf, was ich im Leben schon erreicht habe, worauf ich stolz bin und was ich gut kann. Selbst jene Dinge, von denen ich anfangs nicht überzeugt war, dass sie wahr sind, sage ich mir jeden Tag. Und je öfter ich sie mir selbst sage, desto mehr glaube ich daran.

Dank dieser positiven Gedanken fühle ich mich mittlerweile so zuversichtlich und voller Energie, dass ich nach über vier Monaten Trennung bereit bin, mich Christian zu stellen.

Dass der gute Mann just in dem Moment nicht zu Hause sein könnte, in dem ich spontan beschließe, ihm endlich mein Herz auszuschütten, daran habe ich natürlich nicht gedacht. Ich bin einfach in mein Auto gestiegen und zu ihm gefahren. Ich habe nicht einmal vorher angerufen oder meine Ansprache vorbereitet. Erst nach dem dritten Läuten blicke ich der Realität ins Auge.

*Das war eine blöde Idee!*

Christian dürfte entweder im Krankenhaus oder bei Freunden oder sonst irgendwo unterwegs sein. Folglich patrouilliere ich seit Stunden vor seiner Tür und warte und warte und warte. Anfangs mit Herzklopfen, dann mit Ärger, später mit Enttäuschung. Und irgendwann aus purem Pragmatismus und dickköpfiger Sturheit.

*Jetzt erst recht!*

Als es Abend wird, hole ich mir eine Decke aus meinem Auto und setze mich wieder vor Christians Tür. Ich kann ihm unmöglich eine Nachricht schreiben – dann wäre der ganze Überraschungseffekt dahin, und ich kann unmöglich all meine Gedanken in eine Kurznachricht verpacken. Ich kann jetzt auch auf keinen Fall wieder nach Hause fahren – denn dann wäre die ganze Warterei vergeblich gewesen. Außerdem besteht die Gefahr, dass mir für einen weiteren Versuch der Mut fehlen wird. Aus demselben Grund kann ich auch keinesfalls riskieren, dass ich im Auto einschlafe und verpasse, dass er nach Hause kommt.

Neunzehn Uhr dreiundzwanzig. Mein Magen beginnt sich lautstark zu beschweren, und ich bestelle eine Pizza. Als diese geliefert wird, sehe ich mich genötigt, dem skeptisch dreinblickenden Pizzaboten zu versichern, dass ich keine Obdachlose bin, die hier campiert und Probleme macht. Erst mein saftiges Trinkgeld kann ihn schließlich davon überzeugen, und er zieht kopfschüttelnd von dannen.

Zwanzig Uhr acht. Ich hoffe inbrünstig, dass Christian bald kommt. Wenn er Nachtschicht hat, waren die vergangenen Stunden doch umsonst, und ich habe mir sinnlos einen steifen Nacken und kalte Füße geholt. Wenn er mit einem Date nach Hause kommt, dann will ich auf der Stelle tot umfallen. Und wenn er mich nicht sehen will und mir die Tür vor der Nase zuschlägt, dann ebenso.

Doch ungeachtet all dieser Eventualitäten möchte ich nicht aufgeben!

Einundzwanzig Uhr acht. Ich habe noch nie bewusst den Geräuschen der Stadt gelauscht. Dem Rufen eines Käuzchens, von dem ich mich frage, wo genau es hier einen Lebensraum gefunden hat. Dem Rauschen der Autos, dem Brummen von technischen Anlagen und Geräten. Dem Weinen von Kindern, das aus geöffneten Fenstern dringt. Und neben all diesen offensichtlichen Geräuschen gibt es auch die subtilen, versteckten. Das Pfeifen des Windes. Das Kratzen der Katze neben dem Müll, das Rascheln der Zeitung, die den Weg nie in den Müll gefunden hat. Das Kichern eines vorbeieilenden Liebespaares. Stadtgeräusche.

Einundzwanzig Uhr dreißig.

*Verdammt, wann schläft das schreiende Kind endlich ein?*

Ich selbst bin so müde, dass ich trotz dieses Geheuls sowie der nervig brummenden Luftwärmepumpe an Ort und Stelle einschlafen könnte. Ich bin erschöpft, zwinge mich aber, wach zu bleiben.

Zweiundzwanzig Uhr. Vielleicht schließe ich doch kurz die Augen. Nur ein paar Minuten, um Kraft zu tanken.

Fünf Uhr vierundzwanzig. Es wird gerade hell, und ich wache entsetzt auf. Ich bin tatsächlich vor Christians Haustür eingeschlafen. In der Vorstellung ist so etwas furchtbar romantisch und heroisch, in der Realität furchtbar dumm. Ganz besonders, wenn man keine zwanzig mehr ist, die Bandscheiben schmerzen und der Ex-Liebhaber nicht einmal davon weiß, weil er die verdammte ganze Nacht nicht nach Hause gekommen ist. Denn er wird wohl kaum über mich drübergestiegen und einfach ins Haus gegangen sein. Mir ist zum Heulen. Wieder einmal.

Fünf Uhr dreißig. Mir reicht's. Das wird mir jetzt echt zu blöd. Ich fahre!

Fünf Uhr einunddreißig. Nein, ich bleibe. Irgendwann muss er doch heimkommen!

Sechs Uhr zwei. Ich beschließe, jetzt doch nach Hause zu

fahren. Der Wind hat an Kraft aufgenommen, und dunkle Wolken ziehen auf. Mir ist kalt, und ich will duschen.

Sechs Uhr drei. Falls Christian Nachtdienst hatte und seine Schicht um sechs Uhr endet, ist er in zwanzig Minuten hier. Das warte ich noch ab, dann fahre ich.

Sechs Uhr fünfzehn. Mir ist kalt, und ich beginne gerade, auf der Stelle zu joggen, um mich aufzuwärmen, als die ersten Regentropfen vom Himmel fallen. Mist.

Sechs Uhr siebzehn. Ich dränge mich bibbernd und zitternd an die Hauswand, zähle mittlerweile die Sekunden.

Sechs Uhr sechsundzwanzig. Wo bleibt der Mistkerl?! Mir reicht's. Ich fahre! In mich hineinmurmelnd und mich über meine eigene Dummheit ärgernd, rolle ich meine nasse Decke ein. Eine Nachbarin, die soeben das Nachbarhaus verlässt, starrt mich entsetzt an und wendet sich zugleich wieder beschämt ab, als sich unsere Blicke treffen. Ich muss furchtbar aussehen und will nicht wissen, was sie über mich denkt. Ich will nicht mal selbst über mich nachdenken. Was für eine bekloppte, undurchdachte Idee.

Sechs Uhr dreißig. Verzweifelt krame ich in meiner Handtasche nach meinem Autoschlüssel. Meine Jeans sind mittlerweile so nass, dass ich überlege, ob ich in meiner Unterhose nach Hause fahren kann.

»Hast du schon in die Jackentasche geschaut?«, höre ich eine Stimme hinter mir.

Wie in Zeitlupe drehe ich mich um. Blicke direkt in Christians müdes Gesicht. Die Regentropfen rinnen über seine Stirn und seine Wangen und bleiben in den feinen Fältchen hängen. Er scheint eine lange, harte Schicht im Krankenhaus hinter sich zu haben.

»Der Schlüssel. Hast du schon in die Jackentasche geschaut?«, wiederholt er, und als ich in die Jackentasche greife, werde ich tatsächlich fündig.

Ertappt zucke ich mit den Achseln und ziehe das Teil hervor, mache aber keinerlei Anstalten, das Auto zu öffnen.

»Wie geht es dir?«, fragt er, weil ich noch immer kein Wort gesagt habe.

Ich schlucke. »Etwas feucht, sonst aber gut.«

Christian antwortet nicht, und ich spreche rasch weiter, um meine eigene Unsicherheit zu verbergen: »Ich weiß, du bist jetzt vermutlich verwirrt. Denn was kann mir denn bitte Besseres passieren, als an einem Samstagmorgen bereits feucht zu sein?«

Ich warte, doch eine Antwort bleibt aus, also flüstere ich ihm wie eine Souffleuse zu: »Es nicht allein sein zu müssen?«

Da Christian stumm bleibt, blubbere ich nervös weiter: »Weißt du, mir ist durch meine eigene Dummheit, Angst und Unsicherheit mein Partner abhandengekommen ...« Hier reagiert Christian endlich, hebt seine Augenbraue, doch ich spreche bereits unbeirrt weiter. » ... und ich habe gehört, du hast einen vollen Kühlschrank, ein exquisites

Weinlager, eine heiße Sauna und einen noch originalverpackten Dildo anzubieten?!«

Für den Bruchteil einer Sekunde glaube ich, die Andeutung eines Lächelns zu erkennen, doch einen Wimpernschlag später blickt Christian mich wieder ernst an. Und so spreche ich weiter: »Außerdem lasse ich nächste Woche meine Vulva von einem renommierten Künstler in Gips abnehmen. Ich bräuchte jemanden, der meine Hand und notfalls auch meine Haare nach einer Sarkasmus-Brechorgie hält.«

Christian schweigt noch immer, weshalb ich mich genötigt sehe, weitere Zitate hervorzukramen: »Natürlich habe ich mehr Mut als Angela Merkels Friseur und Frida Kahlos Augenbrauen zusammen. Ich bin schließlich die Jeanne d'Arc der Nacht, und sobald ich meine Maske raus
hole, bin ich sogar das Luder Lola. Aber ...«

An dieser Stelle muss ich schlucken und tief Luft holen.

» ... aber was, wenn ich doch Schiss habe, Durchfall kriege und weder Chips noch Erdnüsse vorrätig sind?«

Endlich spricht Christian: »Alex, ich kann ...«

»Bitte! Hör mir zu!«, unterbreche ich ihn. Ich will nicht hören, dass es vorbei ist. Dass ich meine Chance hatte und sie vermasselt habe. »Bitte! Es tut mir alles so unendlich leid. Ich habe in den vergangenen Monaten viel nachgedacht. Ich bin damals völlig ausgeflippt, hatte Angst. Da war – und ist – so viel Selbstzweifel und Unsicherheit in mir. Aber ich arbeite hart daran! Ich weiß jetzt, dass ich dir blöde Vorwürfe gemacht habe und dass ich gemein zu dir war. Und es tut mir so unendlich leid, dass ich so bescheuert war. Bitte verzeih mir!«

»Alex ...«, ich sehe Christian an, dass er mit sich ringt, nicht weiß, wie er reagieren soll.

Wäre mein Leben ein Film, würde er mich an dieser Stelle küssen. Doch wieder einmal zeigt sich, dass mein Leben kein Film ist.

»Bitte, Christian, verzeih mir. Es tut mir so leid! So, so, so leid«, schluchze ich auf. Eigentlich ist es mehr ein Grunzen als ein Schluchzen, weil ich den Laut zu unterdrücken versuche. Mein Gesicht ist nass, und ich bin nicht sicher, ob es Regen oder Tränen sind. Vermutlich beides. Ich fühle mich wie ein Häufchen Elend, meine Schultern hängen schwer herab, als ob eine Zentnerlast auf ihnen läge, und mein Herz schmerzt so sehr, dass ich kaum atmen kann.

»Ich könnte Tom Hanks jetzt wirklich brauchen!«, flüstere ich in einem letzten verzweifelten Versuch. »Bitte.«

Und dann bekomme ich endlich mein Happy End. Denn Christian nimmt ohne weitere Worte meine Hand und öffnet mir die Tür in sein Haus und zurück in sein Leben.

# Epilog

Ich sitze mit Tessa, Yaira und Katrin im Wohnzimmer, und wir reden über Gott und die Welt. Unsere Gespräche sind ganz anders als jene mit Caro und Martina. Mit ihnen kann ich auf der einen Seite wunderbar schweinisch witzeln und auf der anderen Seite ebenso ernst und nachdenklich philosophieren.

Ich denke an die Frustration meiner ehemaligen Freundinnen über ihre eigenen Männer sowie an ihre Gehässigkeit anderen Frauen gegenüber. Und während ich darüber nachdenke, was Caro und Co. wohl von meinem neuen Freundeskreis halten würden, wird mir bewusst, dass ich längst dazugehöre und es bedeutungslos ist, was sie von uns denken.

Zum ersten Mal seit sehr langer Zeit fühle ich mich wirklich frei in meinen Worten und meinem Handeln und auch noch richtig wohl in meiner Haut. Ich muss nicht über jeden Satz nachdenken, den ich in die freie Wildbahn der Konventionen entlasse. Ich muss nicht darüber nachdenken, ob vermeintliche Freunde meine Geheimnisse in der nächsten

Freundesrunde hinter vorgehaltener Hand und vor Sensationsgeilheit sabbernd ausplaudern werden.

Ich habe gelernt, mich mit Menschen zu umgeben, die mich schätzen, wie ich bin, und die mir guttun. Einer davon ist Katrin. Sie war immer ehrlich und echt, aber dennoch habe ich mich lange Zeit nicht vollends bei ihr fallen lassen können. Manchmal spielt man eine Rolle eben schon so lange, dass man die Maske auch abseits der Bühne nicht mehr abnehmen kann. Und so habe ich mich einerseits über Caros Beschränktheit geärgert, gleichzeitig war ich aber selbst darin gefangen und habe Katrin heimlich um ihre Ungezwungenheit beneidet, anstatt sie als Inspirationsquelle zu sehen. Erst mit Yaira, Tessa und diesen vielen neuen Menschen erhielt ich den notwendigen Input von außen. Meine Erfahrungen und der Perspektivenwechsel wiederum haben meine Freundschaft mit Katrin auf eine andere Ebene gehoben.

»Ich bin so froh, dass ich Freundinnen wie euch habe«, sprudelt die Sentimentalität aus mir wie zuvor der Schaumwein aus der Flasche, als Yaira die Korken knallen ließ. »Hier, bei euch, darf ich auch mal Mini oder tiefen Ausschnitt tragen, ohne verurteilt oder kritisiert zu werden. Hier darf ich eine eigene Meinung haben, hier darf ich ehrlich sein. Bei euch muss ich mich nicht klein- oder andere schlecht machen – und das finde ich so wahnsinnig befreiend!«

»Darauf trink ich«, prostet Katrin mir zu.

Yaira hingegen lächelt und drückt meine Hand. Sie weiß, was ich meine. »Kennst du Viktor Frankl?«, fragt sie mich. »Er war ein österreichischer Neurologe und Psychologe, der während des Zweiten Weltkriegs in mehreren Konzentrationslagern inhaftiert gewesen war.«

Ich nicke, erinnere mich vage an den Namen aus der Schulzeit.

»Er war ein kluger Mann, hat einmal gesagt: ›Es dient nicht der Welt, wenn du dich kleinmachst. Sich kleinzumachen, nur damit sich andere um dich herum nicht unsicher fühlen, hat nichts Erleuchtendes.‹ Wenn wir unser eigenes Licht scheinen lassen, geben wir unbewusst anderen Menschen die Erlaubnis, dasselbe zu tun. Wenn wir von unserer eigenen Angst befreit sind, befreit unsere Präsenz automatisch andere.«

Dieser Ausspruch berührt mich, und ich nehme mir vor, ihn neben meinen Spiegel zu hängen. Direkt neben das Zitat von Charlie Chaplin: »Sorge dich mehr um dein Gewissen als um deinen Ruf. Denn dein Gewissen ist das, was du bist, dein Ruf ist das, was die anderen von dir halten. Und das, was die anderen von dir halten, ist ihr Problem.«

Und genau deshalb werde ich Christian nächste Woche mit zum Straßenfest unserer Reihenhaussiedlung nehmen. Er und ich haben in den vergangenen Wochen, nach dieser schicksalhaften Nacht unter freiem Himmel und meinem regennassen Auftritt, viel gesprochen. Über uns, offene Beziehungen, Polyamorie und Sexualität. Ebenso über Jo, meinen Ex-Mann, geplatzte Träume und verletzte Herzen.

Wie Christian und ich unsere weitere Beziehung gestalten wollen und wohin das mit uns überhaupt geht, wissen wir noch nicht. Wir wissen lediglich, dass es gemeinsam irgendwohin gehen soll. Und auf dieses Abenteuer freue ich mich riesig!

# Nachwort und Danksagung

Das ist ein Roman, der von wahren Begebenheiten inspiriert wurde. Alex' Geschichte ist jedoch Fiktion.

Einige Themen und Ereignisse können bei Leserinnen Gefühle triggern. Für diesen Roman wurde umfassend und gewissenhaft recherchiert, er erhebt jedoch keinen Anspruch auf Vollständigkeit und ist kein Sachbuch oder therapeutischer Ratgeber.

An dieser Stelle möchte ich auch allen Freunden und Inspirationsquellen danken. Ihr seid ein nicht versiegender Quell an Geschichten und Anekdoten. Danke, dass ihr eure Erlebnisse mit mir geteilt und Alex und Christian lebendig gemacht habt!

# Wer vor der Liebe wegläuft, bewegt sich doch auch!

Luca hasst Ungerechtigkeit: Dass sie aufgrund einer Handgreiflichkeit gegen einen aufdringlichen Mann jetzt Sozialstunden in einem Jugendhaus ableisten muss, ist ihre Vorstellung von der Hölle. Und Luca hasst Sport. Denn Sport machen Leute, die dünn werden wollen – so wie ihre Mutter, die jetzt, wo sie in Rente ist, Luca ständig in den Ohren liegt, dass und wie sie abnehmen sollte. Dass der Leiter des Jugendclubs ausgerechnet ein perfekt durchtrainierter Sunnyboy ist, macht ihr die Strafe keineswegs schmackhafter. Schließlich hat sie Besseres zu tun, als sich von einem Fitnesshäschen den Kopf verdrehen zu lassen. Oder?

Nina Dias
**Run For Love**
Das mit der Liebe? Läuft.

Taschenbuch
Auch als E-Book erhältlich
www.ullstein.de

ullstein

# Wer kennt es nicht? Läuft eigentlich alles, aber man hat keine Ahnung, wo man selber steht.

Ihr Leben lang hat Alexa versucht, alles richtig zu machen, aber kurz vor ihrem 40. Geburtstag stellt sie ernüchtert fest, dass sie das nicht besonders weit gebracht hat. Ihre Kinder würden niemals freiwillig einen Tag mit ihr verbringen, ihr Job bei einer Frauenzeitschrift steht auf der Kippe – und als sich dann auch noch der Verdacht erhärtet, dass ihr Ehemann sie betrügt, beschließt Alexa: Jetzt ist Schluss! Schluss mit nett, Schluss mit rücksichtsvoll! Mit Hilfe ihrer besten Freundin will Alexa endlich lernen, auf den Putz zu hauen und sich zu nehmen, was sie will. Doch wie lässt man es eigentlich so richtig krachen, wenn man heimlich noch immer brav den Müll trennt ...?

Fanny Hansen
**Alexa, bestell mir nen neuen Mann nen neuen Job ein neues Leben**
Roman

Taschenbuch
Auch als E-Book erhältlich
www.ullstein.de

ullstein